L'air était tout en feu

DU MÊME AUTEUR

Le Goût du roi, Perrin, 2006.

Scènes de la vie quotidienne à l'Élysée, Plon, 2012.

Les Derniers Mondains, Plon, 2015.

Ainsi, Dieu choisit la France. La Véritable Histoire de la fille aînée de l'Église, Presses de la Renaissance, 2016.

L'Été des quatre rois, Plon, 2018. Grand Prix du roman de l'Académie française.

La Chambre des dupes, Plon, 2020.

Camille Pascal

L'air était tout en feu

ou La Conjuration de Cellamare (1718)

roman

Robert Laffont

ISBN : 978-2-221-26370-9
Dépôt légal : août 2022
Éditions Robert Laffont – 92, avenue de France, 75013 Paris

« *Quand on avait acquis, comme que ce fut, la qualité de prince du sang et l'habilité à succéder à la couronne, il fallait bouleverser l'État et mettre tout en feu plutôt que de se les laisser arracher.* »

Propos de la duchesse du Maine rapportés par le duc de Saint-Simon, *Mémoires*, tome VII (1718-1721), p. 333.

Prologue

Paris, mercredi 27 avril 1718

Les pieds dans la vase, la vieille femme cherchait son fils. Malgré le chagrin, elle avait pris soin de rentrer les pans de sa robe de serge dans la ceinture de son tablier et elle descendait maintenant à la Seine comme une bête va à l'abreuvoir. Ses bas sales, jetés sur les épaules, faisaient de longues oreilles à son bonnet pendant qu'elle scrutait les piles du pont des Tournelles. Au lever du soleil, son garçon était allé s'embaucher au débardage du port Saint-Bernard, car il était bâti comme un hercule et n'avait pas son pareil pour tirer les grumes échappées des trains de bois flotté. Par malheur, son pied avait ripé entre deux poutres de chêne et il était tombé à l'eau. Ses compagnons avaient bien essayé de le repêcher avec la pointe de leurs crochets de fer, mais ils n'étaient parvenus qu'à déchirer sa chemise et à lui lacérer la peau sans le sauver. Le corps emporté par le courant ne pouvait pas être allé bien loin, pour autant mieux valait le retrouver avant qu'il ne soit harponné par les hommes du guet et conduit à la morgue, où elle devrait alors payer leur écot aux religieuses qui gardaient jalousement les cadavres et ne ramonaient pas pour la suie. Aussi la mère avait-elle besoin de l'aide des saints du paradis car, pour ce qui était de celle des hommes, il ne fallait pas y compter.

À l'aube, la pauvre veuve était sortie du faubourg Saint-Victor, car elle devait être la première à passer à l'ouverture de la porte Saint-Bernard. Ensuite, elle avait marché d'un bon pas jusqu'au couvent des Grands Augustins où après bien des palabres on lui avait concédé, pour vingt deniers, le morceau de ce pain bénit indispensable à la réussite de l'opération. Elle était repartie aussitôt, remontant le fleuve en amont sur une bonne lieue avant de s'arrêter là où la Seine avait englouti son fils. Maintenant elle voulait le lui faire régurgiter comme la baleine avait recraché Jonas.

La pauvre vieille s'accroupit sur les talons, sortit d'un grand mouchoir une écuelle de bois, une chandelle de suif et le morceau de pain frotté aux saintes reliques. De la sébile elle fit une fragile embarcation sur laquelle elle posa délicatement l'hostie consacrée et la chandelle de suif avant de l'allumer d'un coup de briquet puis de mettre le tout à l'eau, non sans se signer consciencieusement après chaque geste. Enfin, pendant que le petit lumignon s'éloignait sur les bords du fleuve, elle récita neuf Pater sans jamais le quitter des yeux, priant qu'avec l'aide de saint Nicolas de Tolentin, patron des mères et des enfants, il la conduise infailliblement jusqu'au cadavre de son fils. Lorsqu'elle vit la chandelle se prendre dans les cordages d'un bateau de foin arrimé au quai des Tournelles juste en face de la maison des Filles de Sainte-Geneviève, elle se crut exaucée et remercia le saint pour sa grande miséricorde.

Abandonnant ses sabots sur la berge, la mère se précipita les pieds nus vers cet endroit précis du quai, mais ce fut pour voir monter une épaisse fumée blanche avant que le bateau ne s'embrase soudainement sous ses yeux. Des cris s'élevèrent aussitôt et des hommes accoururent. Il fallait conduire au plus vite le navire au milieu du fleuve avant de le couler par le fond afin d'éviter que le feu ne gagne les autres embarcations chargées de bois et de charbon ; mais le propriétaire s'y refusait obstinément. À défaut de sauver la cargaison qu'il savait perdue, il croyait encore possible d'épargner son navire. Il eût préféré se pendre plutôt que de le saborder, mais les marchands de bois qui régnaient en maîtres absolus sur ce tronçon du fleuve et dont la fortune était entreposée en piles serrées le long des berges ne l'entendaient pas de cette oreille. De peur que le feu ne les ruine à leur tour, ils envoyèrent leurs propres hommes couper à la hache la corde d'amarrage.

Le bateau en flammes poussé par un léger vent d'est s'éloigna sur le fleuve où pendant quelques instants il parut hésiter sur la direction à prendre avant d'emprunter le petit bras de la Seine et de s'engager sous les deux ponts de l'Hôtel-Dieu comme une torche qui viendrait caresser les voûtes des catacombes. À ce moment-là, tous ceux qui suivaient sa course depuis le quai des Tournelles le perdirent du regard et crurent un instant à un embrasement du soleil couchant. En réalité, le brasero flottant venait de s'encastrer dans les cintres de bois qui soutenaient les encorbellements trop ventrus des maisons du Petit-Pont. Les flammes se lancèrent alors à l'abordage de ce méandre de poutres et de charpentes pour s'engouffrer dans les réserves de maisons marchandes. Il était à peine sept heures du soir lorsque toutes les fenêtres des immeubles construits sur le pont et serrés depuis des siècles contre le Petit Châtelet se mirent à vomir du feu au moment où les malades de l'Hôtel-Dieu crachaient leur sang.

Les habitants surpris alors qu'ils baissaient les auvents de leurs boutiques se virent perdus. Après le terrible hiver 1709, ils avaient craint que les cintres de bois qui soutenaient leurs entrepôts ne soient emportés par la débâcle des glaces, mais l'enfer avait choisi de les arracher à la quiétude d'une douce soirée de printemps, au moment de sortir de table. Certains sautaient déjà par les fenêtres quand d'autres cherchaient leur salut du côté des quais, les bras chargés de ce qu'ils avaient de plus précieux. Lorsque le feu gagna la deuxième rangée de maisons, le pont ne fut plus qu'une étroite fournaise qui se refermait sur leurs locataires comme la mer Rouge sur les armées de Pharaon. On voyait des servantes en chemise, jambes nues et bonnet sur la tête car elles venaient à peine de souffler leur chandelle, courir en tous sens. Un véritable canal de feu enjambait désormais la rivière et, depuis les parapets du Pont-Neuf où les badauds agglutinés étaient venus se repaître d'un si beau malheur, Notre-Dame semblait reposer, intacte et inviolée, une sainte martyre, au milieu d'un grand bûcher.

Les poutres calcinées tombaient dans le fleuve, sur lequel flottait déjà une multitude d'objets lancés depuis le pont pour en soustraire la grande valeur aux flammes. Les soldats et les capucins chargés de combattre l'incendie arrivaient depuis les faubourgs armés de pelles et de pioches afin de jeter de la terre sur le feu, car les pompes qui allaient pourtant à grande force ne faisaient que l'irriter, comme un fauve révolté par les claquements du fouet. Des bourgeois arrosaient leurs portes avec l'eau des puits dans l'espoir de détourner le feu mais en vain, et les flammes menaçaient maintenant de s'en prendre à l'île de la Cité tout entière. Au midi, l'antique forteresse du Petit Châtelet protégeait courageusement la rive gauche de sa cuirasse maçonnée sous Charles V.

Le cardinal de Noailles, abrité sous un dais de cérémonie, accouru à l'Hôtel-Dieu entouré de ses diacres et des chanoines, priait avec ardeur pour que la colère du ciel et la violence du feu épargnent l'hôpital et ses milliers de malades que personne n'avait encore songé à évacuer. Effrayée par cette horrible perspective, Son Éminence donna aussitôt des ordres pour que ces malheureux puissent être transportés à l'archevêché tout proche et fit ouvrir ses propres appartements sans crainte de les voir souiller par cette misère humaine. Ses domestiques frémirent de dégoût devant les linges infects et purulents mais s'exécutèrent. Au même moment, les hommes du guet fermaient les rues adjacentes et empêchaient la foule avide de pillage autant que de spectacle de venir se jeter tête la première dans la fournaise. Le cardinal avait été rejoint par tout ce que le Palais comptait de robes rouges et de bonnets carrés. Depuis le grand salon de l'Hôtel-Dieu dont les larges fenêtres permettaient d'ordinaire de faire prendre le frais aux tuberculeux, ces graves magistrats contemplaient le désastre en s'interrogeant sur les remèdes à lui apporter. Dès leur arrivée, toujours solennelle même lorsque le tocsin sonnait, le premier président et le procureur général du parlement de Paris se virent avancer de larges fauteuils par des valets pour y asseoir leur dignité. Le maréchal de Villars qui présidait au Conseil de la guerre, jamais en peine de belles idées militaires, proposa de faire bombarder les maisons du pont encore debout pour les sauver des flammes.

Pendant que l'on mettait cet excellent projet en délibéré, le bateau incendiaire dégagé du Petit-Pont par l'effondrement d'un des piliers était parti s'échouer sur les quais un peu plus loin, provoquant un mouvement de panique autour de la place du Marché-Neuf. Des brancards chargés d'enfants et tirés par des femmes en cheveux cherchaient désormais à gagner le quai des Orfèvres et la place Dauphine où l'on espérait que le feu ne les trouverait pas. Pendant ce temps, pour couvrir la fuite de leurs familles et de leurs matelas, des hommes abattaient tout ce qui était à pans de bois afin de ralentir l'incendie et de l'empêcher de gagner le cœur de l'île de la Cité. Fort heureusement un vieux pavillon en pierre de taille construit en des temps très anciens à l'angle de la rue du Marché-Pallu et du Marché-Neuf fit office de coupe-feu. Soudain le vent tomba et l'incendie calma sa rage.

Fatigué des sentences et des chicanes de ces messieurs du Parlement que par ailleurs il abhorrait, monseigneur de Noailles avait donné l'ordre de sortir de Notre-Dame la châsse de sainte Geneviève qui, une nouvelle fois, sauvait la capitale. Heureux de ce beau dénouement, les Parisiens arrivèrent alors de tous les quartiers, pour narguer le feu mourant, admirer l'étendue des dégâts, se désoler du malheur des autres et mettre partout le plus grand désordre. Jamais nuit parisienne n'avait été plus agitée depuis les troubles de la Ligue, et c'était une véritable fête.

Au Palais-Royal, monseigneur le Régent, alerté par le bourdon de Notre-Dame qui sonnait le tocsin à toute volée et par un courrier circonstancié du lieutenant général de police, avait aussitôt gagné son observatoire construit en lanterne sur la rue de Richelieu afin de constater, par lui-même et malgré sa vue basse, que l'air était tout en feu. Il fit aussitôt répondre à M. de Machault qu'il irait sur place le lendemain avec ses équipages pour se rendre compte de l'étendue du désastre et apporter la consolation de sa seule présence aux malheureux qui n'avaient plus rien. Il ajouta au bas de sa lettre des instructions précises, exigeant que les gendarmes et les mousquetaires se tiennent prêts à monter en selle et à disperser la foule. C'est ainsi que, sur les coups de onze heures du soir, on vit plusieurs compagnies de soldats prendre position rue de la Huchette sur la rive gauche, et au débouché de la rue de la Lanterne qui commandait l'entrée de la Cité par la rive droite. La mèche des fusils n'attendait plus que d'être allumée, et ce n'était pas pour faire contre-feu à l'incendie.

Le peuple avait la mauvaise habitude de s'en prendre à ses maîtres lorsqu'il lui arrivait un grand malheur, et les paroles fortes de monseigneur de Noailles qui parlait déjà publiquement de châtiment divin prêtaient à de méchantes interprétations et surtout à de mauvaises chansons. Certains propos séditieux surpris par les mouches du lieutenant de police, qui n'avaient pas manqué de se glisser parmi les badauds rassemblés sur les quais et le Pont-Neuf, laissaient entendre que les Parisiens voyaient dans l'incendie du Petit-Pont un avertissement du ciel envoyé au Régent pour le punir de ses débauches et de son mauvais gouvernement. L'air de Paris brûlait aussi de ce réveil des braises de la Fronde, plus dangereuses encore que les flammes qui s'élevaient au loin et dont le rougeoiement dansait maintenant comme une menace sur les hauts toits du Louvre.

Le lendemain, le Régent ne manquerait pas de tout faire pour adoucir le sort des sinistrés, mais il ne pouvait admettre cet échauffement des esprits et ces feux de langues. Jamais depuis qu'il s'était emparé du timon de l'État en obtenant de faire casser le testament du roi Louis XIV il n'avait été à ce point cerné par les esprits méchants et les ambitions les plus folles. Certes, au lendemain de la mort de son oncle, il était parvenu à séduire les princes et les grands en leur proposant de partager le pouvoir par le jeu de ces innombrables conseils de gouvernement dans les méandres desquels lui-même finissait par se perdre, et où leur sottise, qui avait pourtant fait merveille, n'arrivait même plus à le divertir. Aux magistrats du parlement de Paris réduits par le vieux Roi-Soleil à une telle servilité qu'ils n'étaient plus que des laquais à cols fourrés d'hermine, il avait rendu le droit de remontrance et un semblant de dignité, mais aujourd'hui tous ces messieurs prétendaient partager avec lui l'autorité souveraine dont il était, jusqu'à la majorité du petit roi, le seul dépositaire. Quinze jours plus tôt, ces ânes à queue de pourpre avaient même osé lui refuser l'enregistrement du traité diplomatique passé avec le duc de Lorraine, comme si les affaires étrangères du royaume pouvaient être soumises à une assemblée de bavards abscons. Qu'en serait-il demain lorsqu'il dévoilerait son grand projet de quadruple alliance qui devait unir à la France, par un même traité contre le roi d'Espagne, le propre oncle du jeune Louis XV, l'Angleterre, les Provinces-Unies et l'Autriche, ses ennemis d'hier les plus acharnés ? Le Parlement hurlerait à la trahison, les dévots crieraient à l'alliance contre nature avec des puissances hérétiques, les princes en appelleraient aux mânes du roi Louis XIV, les maréchaux exhiberaient les blessures reçues à Denain ou à Malplaquet, le peuple qui vocifère toujours avec les idiots entrerait dans la danse, et cela finirait, encore, par des pendus.

D'un geste de la main, le Régent chassa une de ces taches virevoltantes qui lui passaient parfois devant les yeux. Il ne manquait plus que ces bougres-là s'en mêlent pour plonger le royaume dans le brasier. À cette pensée, le Régent regretta que le bateau incendiaire n'ait pas continué sa course d'une demi-lieue pour aller foutre le feu au Palais de justice et débarrasser la France de ces radoteurs de jurisprudence, envieux de tout et haineux de tous. Seule la cuisson en robe pourrait rendre ces gens comestibles. Il fallait que le bon Dieu aime sacrément la chicane et s'amuse, depuis les nuées, à la lecture de leurs savants galimatias pour les avoir ainsi épargnés en choisissant de faire griller les jolies marchandes du Petit-Pont. À moins que ce ne soit le diable qui, au dernier moment, ait confondu les robes. Après tout, cela était bien dans la manière du Malin de priver les honnêtes hommes du meilleur des péchés avant de les livrer aux tourments de la justice.

Pour ne rien arranger à son humeur, Philippe d'Orléans n'ignorait pas le torrent de calomnies que l'on versait quotidiennement sur sa tête, depuis bien avant le nouveau règne. Il avait plus souvent qu'à son tour fait les frais du petit ragoût merdeux dont la Maintenon administrait tous les jours une bonne cuillerée au vieux roi Louis XIV, son mari de pénitence. Cette vieille putain qui se donnait maintenant des airs de sainte au milieu des demoiselles de Saint-Cyr avait toujours voulu l'abattre au profit de ses pupilles, car ce ventre fripé et stérile aimait à la folie les enfants adultérins que son vieux galant avait plantés dans celui de ses autres maîtresses. Par ses complaisances, ses bassesses et sa totale soumission aux Jésuites, cette ripopée de vices était même parvenue à ébranler les lois fondamentales du royaume pour ouvrir une chatière politique à ces rebuts de gouttière. Le duc du Maine était son enfant chéri. Tout le monde à la cour s'étonnait d'un tel attachement pour ce garçon qui joignait l'infirmité à la bâtardise, mais lui, Philippe d'Orléans, savait que la veuve Scarron, après avoir épousé un cul-de-jatte en premières noces, ne pouvait déborder d'amour maternel que pour un boiteux. Cette pure méchanceté le soulagea un moment comme d'une envie de pisser, mais le bourdonnement du tocsin réveilla son indignation et il fut saisi de tremblements nerveux. Les petits chatons de cette portée diabolique avaient bien grandi, pris de l'aisance, de l'assurance et de l'embonpoint, mais ils ne perdaient rien pour attendre, car le jour n'était pas si lointain où il leur fracasserait la tête contre une marche du trône. Il fallait vidanger les haines d'État aussi régulièrement que les latrines, et le temps était venu. Il n'avait que trop enduré les multiples atteintes, orchestrées par le feu roi lui-même, aux règles de succession du royaume et aux droits des Orléans.

Dès avant la fin du siècle précédent, la vieille guenipe s'était employée à barbouiller de bâtardise le sang si pur des Bourbons, et tous y étaient passés les uns à la suite des autres. Les Conti, les premiers, avaient inauguré la litanie de ces mariages affreux. Les Condé, car ils avaient beaucoup à se faire pardonner, les avaient suivis aussitôt, et Monsieur le Prince avait ravalé son immense orgueil de famille en acceptant les noces de son fils avec Mlle de Nantes, fille de Louis XIV et de la Montespan. Ensuite vint son tour, car son propre père, Monsieur, frère du roi, circonvenu par ses mignons, ne s'était pas opposé à son mariage avec Mlle de Blois, sœur de la précédente. Philippe se souvenait encore de la gifle retentissante que sa mère lui avait assenée publiquement à l'heure de la messe du roi pour prix de son accord à ce mariage honteux. Aux yeux de Madame, un accouplement avec une bête curieuse de la ménagerie de Versailles eût été plus digne de son fils que cette union avec le fruit d'un double adultère. Pour faire bonne mesure, quelques mois plus tard, le duc du Maine, tout atrophié qu'il était, épousait la petite-fille du Grand Condé, la naine la plus spirituelle et la plus méchante de tout l'univers. À ce niveau d'infirmité, ce n'était d'ailleurs plus un mariage mais une sorte de parabole, la vilenie donnant la main à la médisance.

Cette réflexion intérieure provoqua un véritable fou rire chez le Régent, mais il se reprit, car s'égayer de son propre esprit quand de malheureux bourgeois regardaient leur maison brûler manquait singulièrement de charité. Quoi que puissent en dire tous les libellistes à la solde du duc du Maine et de sa femme en miniature, il n'était pas l'empereur Néron. Depuis des décennies, il faisait l'objet des insinuations les plus noires et des accusations les plus démentes de la part de ce couple d'infirmes. On l'avait soupçonné d'avoir empoisonné la moitié de la famille royale pour se frayer un chemin jusqu'au trône. On l'accusait de coucher avec sa fille, la duchesse de Berry, parce qu'il aimait l'avoir à sa table. Certains lui faisaient même une querelle d'Allemand d'avoir cherché à voler la couronne d'Espagne de son cousin le roi Philippe V alors qu'il s'était battu les armes à la main pour la lui conserver sur la tête au moment où elle risquait de rebondir sur celle d'un archiduc d'Autriche.

Ce soir, il était las de ces ignominies, fatigué des coups bas, épuisé de rumeurs, rassasié de la bêtise des peuples et de la veulerie des grands, mais il ne laisserait personne lui contester le droit de gouverner. Il était petit-fils de France et, par là, le premier sur la liste de succession, si jamais le jeune roi Louis XV venait à disparaître. Aussi, malgré sa paresse, son goût de vivre librement en simple particulier, son dégoût des honneurs du pouvoir comme de ses bassesses, n'abdiquerait-il jamais une once de ses droits ni de la primauté de son sang.

Aujourd'hui, et il les sentait déjà lui frôler la joue, les vents mauvais se levaient à nouveau, comme cette petite brise qui venait de jeter un brandon flottant contre les vieilles baraques du Petit-Pont, et risquaient bien de le faire couler par le fond. Les chansons et les placards anonymes ne se contentaient plus seulement de l'accuser de vouloir à toute force empoisonner un enfant de huit ans mais d'avoir vendu son âme au diable et la France à un Écossais diabolique. Comme un jour il avait été bêtement filouté – il lui fallait bien le reconnaître – par un alchimiste qui lui promettait le grand œuvre sans être jamais parvenu à transformer du plomb en or, les mauvais esprits le soupçonnaient, pour se venger, de transformer l'or des Français en papier-monnaie. De tout cela, longtemps il s'était moqué, car il ne se souciait pas de ce que pouvaient penser de lui les mouches et les grenouilles, mais cette fois les choses allaient trop loin. Les salons faisaient leurs choux gras des Mémoires du cardinal de Retz, qu'il avait imprudemment laissés paraître, et l'on rêvait d'un retour à la guerre civile dans certains cercles parisiens. Le feu de la politique était en train de prendre une nouvelle fois aux perruques des magistrats et aux rabats des Jésuites.

Le Parlement se croyait en Angleterre et les libellistes ne prenaient même plus la peine de se faire imprimer en Hollande. Certes, il n'avait plus rien à craindre de la vieille fée qui grelottait de froid et d'aigreur derrière ses courtines à Saint-Cyr. Celle-là ne bougeait plus un volant de sa cornette sans lui en demander humblement l'autorisation, mais il savait parfaitement où se cachait le nid de guêpes qui ne manquait pas une occasion de le tourmenter pour le faire trébucher. Dans leur repaire de Sceaux, le duc et la duchesse du Maine ne se contentaient pas de courir à la ruine en tirant des feux d'artifice en plein jour et en taquinant la muse au beau milieu de la nuit : ce couple d'hypocrites nourrissait tous les mécontents du royaume et recueillait les moindres ragots avant de les faire mettre en vers par une foule d'écrivassiers à sa solde. De toutes ces manigances, son fidèle Dubois l'avait prévenu depuis longtemps, mais il n'aimait pas davantage les rapports d'espions et les souterrains que l'abbé creusait perpétuellement pour atteindre ses ennemis, les surprendre et les perdre sans recours. Depuis toujours, cet homme l'amusait de son esprit autant qu'il l'effrayait de son absence totale de scrupules. Pourtant, cette fois, il fallait se rendre à l'évidence : la révolte enflammait les têtes et gagnait maintenant la province qui s'agitait. Les Bretons poussaient même la hardiesse jusqu'à refuser l'impôt au roi sous le prétexte gothique de leurs anciennes libertés. Tout cela n'avait pas plus de raison qu'un roman de chevalerie, mais un ramassis de gentillâtres, culs-terreux enivrés de noblesse et bercés par les chimères de leurs généalogistes, menaçaient de s'en prendre au maréchal de Montesquiou en personne. Le vieux militaire, héros de la dernière guerre qui commandait là-bas au nom du roi, avait échappé de justesse à une embuscade. L'homme n'était pas très fin, mais sa morgue légendaire ne méritait pas de tomber sous les coups de fourche. Il fallait en finir une fois pour toutes avec ces insolences qui, depuis les palais princiers jusqu'aux manoirs bretons, ébranlaient la solidité de l'État et la paix civile.

La nuit, maintenant, était tombée, et la noire fumée de l'incendie se confondait avec la couleur du ciel. Seul l'effondrement d'une charpente rappelait le désastre en crachant par-dessus les toits du Louvre des gerbes de braises. Le Régent pensa encore l'espace d'un instant au malheur de tous ces gens qu'il faudrait secourir, mais pour l'heure il était temps d'aller noyer sa mélancolie dans des effluves moins brûlants et plus poivrés. Il espérait seulement qu'il avait pris assez de chocolat après son déjeuner pour pouvoir se retrouver et se soutenir. Les femmes qui l'attendaient étaient d'un appétit insatiable, et si Law avait ce talent d'imprimer pour elles des billets de banque à profusion, lui-même n'était plus tout à fait certain de les accompagner jusqu'au ravissement, ses forces l'abandonnant de plus en plus souvent. Il les payait double pour le leur faire oublier. Pourtant, c'est le cœur léger qu'il descendit l'escalier secret jusqu'à ses petits appartements où l'attendait un joli tableau vivant. Il raffolait des nymphes peintes sur ses murs et ses plafonds par les plus grands artistes, mais rien n'égalait la chair ferme, chaude et déjà un peu poisseuse d'une fille de vingt ans. Il se sentit revivre et jeta sa perruque aux mains d'Ibagnet, son premier valet de chambre qui gardait la porte de l'orgie tout en refusant obstinément de l'y suivre. Il ne lui en voulait pas, car c'était un honnête homme, le seul, d'ailleurs, que l'on puisse croiser au Palais-Royal.

Au même moment, au faubourg Saint-Victor, la vieille grelottait de froid et de chagrin dans son galetas. Jamais elle ne retrouverait le corps de son pauvre fils au milieu de cette tuerie. Partout on repêchait des cadavres pour les conduire à la morgue où la mère ne pourrait pas aller reconnaître le sien et encore moins le racheter. Le saint l'avait trahie, et elle regrettait amèrement la pièce d'argent que lui avait coûtée le pain bénit.

I

Les intrigues de Sceaux

1.

La vieille cour

À Sceaux, les dissipations des Grandes Nuits n'étaient plus qu'un souvenir lointain de cet âge d'or où le duc du Maine nageait en pleine faveur, tirant de son père illégitime des trésors fabuleux que sa femme dilapidait aussitôt en illuminations pour se désennuyer de ses fréquentes insomnies. C'était le beau temps des rêves éveillés qu'alimentait la passion de Mme de Maintenon, dont le cœur brûlait comme du bois sec pour l'enfant d'une autre – mais qu'elle avait d'abord fait sien et voulait maintenant faire roi. La marquise, prise d'une de ces manies ridicules de vieille précieuse, se croyait une nouvelle Circé pour être parvenue à transformer en un mari bourgeois et fidèle le plus grand et le plus volage de tous les rois. Elle avait alors imaginé que, par la seule puissance de cette même magie qui donnait au récit de sa longue vie des airs d'enchantement, elle pourrait encore une fois détourner le cours de l'histoire et faire mentir les lois fondamentales du royaume de France, en permettant au fruit d'un double adultère de prétendre au trône de Saint Louis.

Il est vrai que la danse macabre qui avait entraîné en quelques mois dans sa folle sarabande la quasi-totalité de la descendance mâle du vieux roi ouvrait à ses enfants bâtards, le duc du Maine et le comte de Toulouse, les espérances les plus inouïes. De cette famille d'hommes dont Louis XIV tirait une si grande fierté, il n'était plus resté qu'un petit-fils devenu roi d'Espagne, sous le nom de Philippe V, après une guerre interminable, et un enfant de cinq ans dont le souffle ne valait pas bien cher aux yeux de toutes les chancelleries d'Europe.

Alors, derrière sa cornette de fine dentelle d'Alençon teintée de noir par la succession des deuils, l'épouse morganatique dont un battement de paupières ou un tremblement de lèvre suffisait à faire reculer les ministres termina de s'insinuer dans les pensées politiques du vieux roi en usant tout à la fois du pouvoir de sa dévotion, de mille petits sous-entendus susceptibles de perdre définitivement le duc d'Orléans dans son esprit, et de prévenances dignes d'une garde-malade. Quand le Roi-Soleil fut à l'agonie, celle qui était parvenue à ses fins depuis près d'un demi-siècle s'empara définitivement de l'âme d'un mourant auquel les souffrances de la gangrène et de l'amputation ne laissaient plus aucun repos. On arracha alors à ce vieillard absolu terrassé par la fièvre un testament et quelques codicilles pour parachever, enfin, ce grand œuvre de sorcellerie dynastique forgé dans la marmite de ses arrière-cabinets. Le duc du Maine, le faux enfant et le vrai charmant de la Maintenon, ce petit bâtard déjà intégré dans l'ordre de succession par l'édit de juillet 1714, aussitôt enregistré par le parlement de Paris avec une veulerie aussi caressante que le col fourré de ces augustes magistrats, se voyait désigné comme régent de France en lieu et place du duc d'Orléans, dans la violation la plus extravagante des droits du sang. Pour faire bonne mesure, le maréchal-duc de Villeroy, vieille baderne complaisante, obtenait la charge de gouverneur du futur Louis XV et le père Le Tellier celle de confesseur, qu'il exerçait du reste encore auprès de son aïeul.

L'ancienne maîtresse devenue secrètement légitime cherchait, avec la vieille cour, à s'agripper à ce pouvoir dont la jouissance lui tenait lieu d'ivresse sensuelle lorsque le roi, dont les pourrissements de mâchoire exhalaient déjà une odeur de caveau, se traînait en chaise roulante jusqu'à sa ruelle pour exiger d'elle les devoirs d'une épouse.

La jeune duchesse du Maine, éblouie par ces manèges de fin de règne et convaincue de la toute-puissance de sa marâtre d'adoption, voyait enfin le ciel bleu de France s'ouvrir sous les pas de la petite-fille du Grand Condé et réserver à la branche cadette des Bourbons l'élévation et la gloire d'une famille qui ne pouvait rester indéfiniment tenue sous le boisseau. La princesse minuscule s'était alors ruée avec fureur dans les jupes de la Maintenon et, après la mort de la petite duchesse de Bourgogne dont le roi ne parvenait pas à se consoler, elle avait entrepris de la remplacer, à défaut de l'effacer, en étourdissant le moribond couronné de fêtes et d'esprit français. Dans les derniers mois du plus long des règnes, le Soleil se couchait inexorablement à Versailles mais l'aube courait s'ébrouer à Sceaux.

Hélas, c'était oublier un peu vite que la mort se plaît à donner tort aux rois, car personne n'aime à s'incliner devant la poussière de l'Ecclésiaste de peur d'éternuer.

Le Parlement toujours courbé, toujours laquais, toujours prosterné devant le pouvoir, surtout lorsque ce dernier marche accompagné d'un brave régiment de gardes-françaises, avait cassé le testament du feu roi dont il avait pourtant la garde. Le lendemain même de la disparition du Roi-Soleil, le duc d'Orléans était aussitôt rétabli dans ses droits et institué régent, en échange de quoi le Parlement se voyait restituer celui de remontrance perdu après les errements de la Fronde. Ces grandes perruques qui s'imaginaient en pères de la Nation retrouvaient ainsi la faculté de discuter les décisions royales dont le jeune Louis XIV les avait privées. En desserrant un peu la muselière de ces graves magistrats, non sans leur avoir fait longuement admirer ses soldats, Philippe d'Orléans avait magnifiquement joué de la carotte et du bâton. En quelques heures d'un lit de justice préparé de main de maître à Paris, pendant qu'à Versailles on attendait le dernier souffle, les rêves souverains du duc et de la duchesse du Maine s'étaient effondrés comme ces châteaux de cartes avec lesquels on amuse la patience des petits enfants. Il n'était plus resté au malheureux bâtard que la garde et l'éducation de l'enfant royal jusqu'à sa majorité. C'était encore trop pour Philippe d'Orléans et sa coterie, mais ce n'était plus rien aux yeux de la princesse naine portée jusqu'ici aux nuées par les fidèles du vieux roi et la petite cour de Sceaux dont elle était la reine adulée et irascible.

Deux ans plus tard, le Conseil de régence révoquait purement et simplement les décisions royales de 1714 et de 1715 qui avaient admis le duc du Maine et le comte de Toulouse, son frère, à la succession au trône.

La chute des bâtards ne semblait plus devoir connaître de fin.

Depuis ce basculement politique, la duchesse foudroyait de mépris son mari pour être resté bêtement impuissant devant l'habileté du Régent et cherchait par tous les moyens à faire elle-même valoir des droits qu'elle regardait désormais comme les siens car ils étaient aussi ceux de ses enfants, notamment de son fils, le prince de Dombes. Avec les épreuves et les déconvenues, le château de Sceaux, où l'on avait pourtant eu l'habitude de voir gambader des nymphes poursuivies par des lutins en pleine nuit et des dieux hébétés danser la gigue jusqu'au point du jour, s'était peu à peu transformé en une académie savante où les débris de la vieille cour glosaient à satiété sur les droits des rois de la première race. Là où s'était tenue une des conversations les plus brillantes de France, on se plaisait à défaire la réputation des maisons ducales coupables d'avoir partie liée avec la chute des bâtards légitimés, dont la dignité, parfaitement inconnue jusque-là, était venue intercaler un rang supplémentaire entre eux et les princes du sang.

Louise-Bénédicte de Bourbon, duchesse du Maine, et bru royale de la main gauche par la volonté de Louis XIV qui n'aimait rien tant que mêler le sang de ses bâtards avec celui de sa propre famille, n'en dormait plus. Aussi cette nuit-là, pour combler son insomnie, s'était-elle fait apporter en toute discrétion les vieux manuscrits du cabinet des titres de la Bibliothèque du roi où elle espérait découvrir les secrets inavouables des ducs et pairs aussi bien que les fables les plus ridicules que certains généalogistes mercenaires avaient forgées pour les dissimuler. La petite princesse montée dans son grenier, si richement décoré qu'il avait ébloui jusqu'au feu roi lors d'une visite à Sceaux, était allongée sur un lit de repos dont les pieds de bois doré étaient aussi griffus que les pattes d'un lion. Une somptueuse robe de chambre taillée dans un brocart doublé de velours lui servait tout à la fois de toilette et de couverture tant ses plis étaient généreux. Une coiffe au point d'Angleterre pailletée d'or faisait, pour sa part, office de bonnet de nuit, et comme la duchesse aimait à tromper l'obscurité dont elle avait maintes fois triomphé sur la scène de ses Grandes Nuits, elle était fardée à l'extrême, les joues rougies comme pour une présentation à la cour et les lèvres dessinées avec autant de soin que les lambrequins bordant les tapisseries. Si elle ne s'était pas mise à rudoyer le cardinal de Polignac, assis à ses pieds sur un carreau de soie, le spectateur de cette scène étrange aurait pu croire que la fille d'un géant mythologique venait d'abandonner sa poupée sur un canapé couleur de feu. La chambre se trouvait alors tout encombrée d'immenses in-folio dont les reliures paraissaient avoir échappé à l'incendie de la bibliothèque d'Alexandrie, et des rouleaux de parchemin jonchaient le parquet cloisonné. Quant au lit de repos, il disparaissait littéralement sous l'amoncellement des registres et des sacs de procédure dont la poussière noire se collait aux mains pommadées de la princesse qui, après avoir lu attentivement un acte enregistré sous les premiers Valois, laissa échapper dans un soupir de femme à laquelle Morphée refuse obstinément les dernières faveurs :

« Me voilà comme l'Encelade, enfouie sous les rochers de l'Etna… »

Les fidèles encore présents et épuisés applaudirent à cette saillie avant de replonger dans l'étude des grimoires et des tableaux généalogiques avec le secret espoir d'en finir avant le lever du jour. Soudain, un cri de victoire retentit. C'était le cardinal de Polignac qui venait de découvrir enfin la preuve que le petit duc de Saint-Simon, bête noire de la princesse et âme damnée du Régent, descendait d'un simple bourgeois, juge en Mayenne répondant au nom de « Le Bossu », et que ce gentillâtre, ivre d'un titre plus neuf encore que le pont qui enjambe la Seine à la pointe de la Cité, toujours dressé sur ses ergots pour défendre son rang, tentait d'apparenter, sans rire, aux plus illustres maisons chevaleresques de la province.

La poupée de sang royal sauta au bas de son lit pour venir déchiffrer elle-même les hiéroglyphes notariaux, preuve irréfutable de cette misérable ascendance. Le cardinal, dont l'ambition politique n'avait d'égale que la prudence cauteleuse, se montra aussi fier de sa trouvaille que si le traité d'Utrecht avait été écrit de sa seule main, alors même que depuis sa calamiteuse ambassade de Varsovie, vingt ans plus tôt, il était la risée des diplomates et la hantise du département des Affaires étrangères. Avec le souci de ne pas être en reste, le malheureux Malézieu, ancien précepteur du duc du Maine et philosophe particulier de la princesse, cherchait désespérément dans Descartes une pensée ou un aphorisme qui eût permis de relancer la conversation à son avantage. N'en trouvant aucun, il résolut en désespoir de cause de s'attaquer au Régent, disant que le duc de Saint-Simon n'était au fond que son nain de cour. La méchante vérité fit battre les mains de la petite duchesse qui héla aussitôt sa femme de chambre, dont les bâillements discrets ne lui avaient pas échappé.

La pauvre Delaunay quitta alors l'embrasure où elle essayait de dérober quelques minutes de sommeil. Elle s'avança dans le cercle de lumière dessiné par les girandoles des porte-torchères de bois doré qui entouraient sa maîtresse afin de prendre les ordres de celle dont elle était devenue, pour sa bonne fortune autant que sa pénitence, la lectrice attitrée. La duchesse du Maine désigna d'un simple mouvement de tête à l'un des valets de pied chargés de veiller en permanence sur l'éclairage de ses insomnies une écritoire de marqueterie d'écaille, cadeau du feu roi, et se la fit apporter. Après avoir tiré une clé d'argent des immenses poches de sa robe de chambre et l'avoir introduite dans la serrure ciselée, la petite altesse fit jouer un mécanisme qui révéla un double fond dont elle extirpa une liasse manuscrite élégamment calligraphiée, qu'elle tendit aussitôt à sa femme de chambre d'un geste de majesté. Rose Delaunay comprit. Le recueil de vers servait de bouteille d'opium aux terribles névralgies dont sa maîtresse faisait l'objet depuis qu'elle assistait, impuissante, à l'abaissement de sa famille et à la chute de l'édifice qu'elle avait travaillé toute sa vie à élever.

Alors qu'à l'extérieur le parc était enseveli sous le linceul d'une profonde nuit, la femme de chambre commença la scansion de ces vers si connus de la princesse qu'elle les murmurait pendant que l'autre les déclamait. Le cardinal avait abandonné à la poussière des siècles ses registres paroissiaux et regardait maintenant de droite et de gauche comme si un forfait ou un sacrilège devait se commettre. Quant à Malézieu, il se savait protégé par la hauteur des pensées que tout philosophe explore chaque fois qu'il ferme les paupières pour mieux échapper au réel, à ses contingences et surtout au risque de s'y trouver tout à coup confronté. La lectrice abattait consciencieusement les rimes obscènes de cette étrange poésie épique les unes après les autres avec cette diction parfaite apprise de Mmes de Grieu au couvent de Saint-Sauveur à Rouen. À l'approche des trente et unième et trente-deuxième strophes de la première ode, après que les intrigues de Philippe d'Orléans lors de la guerre d'Espagne eurent été soigneusement récitées, la petite duchesse se fit apporter un coussin de plumes pour se carrer plus confortablement contre le dossier de son lit de repos et savourer ainsi les flèches empoisonnées d'une violence inouïe que le faiseur de vers à sa solde décochait au Régent.

Plus morte que vive, car elle se faisait la complice d'un crime de lèse-majesté par la seule lecture d'un texte dont l'auteur avait été jeté au fond d'une prison provençale, Rose Delaunay, qui ne pouvait plus soutenir le regard de sa bienfaitrice et tortionnaire, continuait d'un ton le plus neutre possible de façon à laisser entendre qu'elle ne comprenait pas un traître mot des horreurs qu'elle lisait, surtout à l'approche de ce fameux passage, dans lequel le poète s'adressait à la duchesse de Berry, la propre fille du Régent :

Toi qui joins au nœud qui vous lie
Des nœuds dont tu n'as point d'effroi,

Ni Messaline, ni Julie
Ne sont plus rien auprès de toi :
De ton père amante et rivale,
Avec une fureur égale
Tu poursuis les mêmes plaisirs ;
Et, toujours plus insatiable,
Quand le nombre même t'accable,
Il n'assouvit point tes désirs.

Rose Delaunay aurait pu lire du même ton les Saintes Écritures, mais le plaisir de sa maîtresse, lui, parvenait à son paroxysme. La duchesse du Maine, qui se flattait d'avoir parfois corrigé la métrique et amélioré la rime de ces strophes qui dénonçaient les amours incestueuses du Régent et de sa fille, se sentait comblée d'aise à chaque nouvelle lecture. La palpitation de ses narines écaillait le blanc de céruse dont elle était presque entièrement plâtrée. Interrompant d'un mot sa femme de chambre, la princesse donnait alors à sa tête un léger mouvement pivotant en direction de ses deux adorateurs attitrés, le cardinal et le philosophe, avant de les interroger sur les supplices que les anciens Chaldéens réservaient aux couples incestueux. Convaincu que la réponse ne se trouverait pas plus dans la philosophie que dans l'astronomie, Malézieu garda un silence prudent et se tourna benoîtement vers le cardinal dont l'érudition biblique et la couardise furent alors mises à rude épreuve. Le prélat s'était violemment fait laver la tête par le Régent quelques semaines plus tôt justement à cause de ces libelles, et il conservait le souvenir précis des menaces proférées à demi-mot. La pourpre cardinalice protégeait certes de la hache du bourreau et même de la prison, mais pas de l'exil entre les quatre murs d'une abbaye... La réponse se fit donc attendre, provoquant l'ire de la princesse qui tempêtait contre ces deux académiciens incapables de répondre aux questions les plus élémentaires alors même qu'elle leur offrait son admiration, sa protection et un asile.

La colère princière était comme un poêle hollandais, dont l'extérieur tout carrelé de Delft paraît aussi frais que de la faïence mais dont l'intérieur dissimule une fournaise. Aussi cherchait-elle, dans le souvenir des martyrologes dévorés dans sa jeunesse, quels tourments elle pourrait infliger à ce Régent du diable qui se plaisait à abaisser son mari et à la priver de cette souveraineté à laquelle son propre sang, celui si pur des Bourbons, l'appelait avec certitude. À défaut de trouver l'exutoire nécessaire à sa haine, elle exigeait de Mlle Delaunay qu'elle reprenne sa lecture d'un texte qui se transformait, vers après vers, en un réquisitoire infernal mais dont les outrances finissaient par tourner au ridicule.

La cour de Sceaux avait eu beau déverser, depuis des mois, des tombereaux de pamphlets sur le Palais-Royal, ravauder avec application le tissu de tous les mensonges et de toutes les calomnies qui couraient sur Philippe d'Orléans depuis sa jeunesse, rien n'était parvenu à faire barrage à ce prince ni à l'empêcher de s'emparer du timon de l'État, qu'aujourd'hui il tenait fermement d'une main pendant que de l'autre il caressait la toison de Mme de Parabère.

C'est au cours de cette nuit sans sommeil que la princesse prit enfin conscience qu'elle ne parviendrait pas à terrasser le nouveau maître de la France à coups de plumes d'oie trempées dans le fiel d'une mauvaise poésie. La petite-fille du Grand Condé ne pouvait d'ailleurs pas se contenter de faire écrire contre son ennemi de nouvelles mazarinades : elle se devait de l'affronter les armes à la main comme son aïeul l'avait fait avec l'armée royale au cours de la fameuse bataille du faubourg Saint-Antoine le 2 juillet 1652. Elle rêvait de sentir enfin l'odeur de cette poudre de fronde dont son enfance avait été bercée.

Les paupières de la petite duchesse devenaient de plus en plus lourdes alors que l'aube se levait, mais elle résistait de toutes ses forces car elle n'acceptait de s'endormir qu'avec le point du jour, façon de tenir tête à Hécate, reine de la Nuit, qu'elle voyait comme sa principale rivale féminine. Pourtant déjà, sans y prendre garde, elle entrait dans le pays des songes, où revêtue d'une armure étincelante, portant fièrement le casque d'Athéna et armée de la houlette des bergères de l'Arcadie, elle traînait après son char de carrousel le Régent, l'abbé Dubois et le duc de Saint-Simon, ses deux âmes damnées, pour aller les jeter aux pieds du Grand Roi ressuscité et tout auréolé de la gloire d'un règne interminable et toujours recommencé...

La princesse dormait enfin, le cardinal de Polignac et Malézieu se retiraient en silence, heureux de voir rompre les chaînes qui les attachaient au lit de leur protectrice depuis la tombée de la nuit. Les valets de pied fermaient les volets intérieurs puis les rideaux pour que les rayons du soleil ne viennent pas offusquer le sommeil de celle qui se refusait à obéir au rythme des jours et des saisons comme une simple mortelle.

Seule la petite Delaunay restait prisonnière de la chambre, car il lui fallait se tenir prête à reprendre ses lectures là où elles avaient été interrompues en cas de réveil de sa maîtresse.

2.

La bonne aventure…

La mission était d'importance, et Rose Delaunay tremblait telle une feuille morte. Elle maudissait sa condition de jeune fille ayant reçu l'éducation d'une demoiselle de qualité mais sans autre ressource que son esprit – situation peu enviable qui la maintenait dans la totale sujétion d'une princesse plus capricieuse qu'une fée et plus folle qu'une pensionnaire des Petites Maisons. On l'avait abandonnée dans une voiture de louage pour ne pas compromettre les fleurs de lys brisées du fameux « bâton péri » peintes sur les berlines princières. Les cahots du fiacre ajoutaient encore à son désarroi, car elle ne savait absolument pas où elle allait. Il lui paraissait même que, depuis un bon quart d'heure d'après la montre de carrosse, l'on ne roulait plus sur les pavés de Paris mais sur un méchant chemin qui sentait déjà le mauvais faubourg. L'abbé frisotté, pommadé et parfumé assis à ses côtés cherchait à la divertir sans y parvenir. Certes, il était de bonne maison, répondait au nom de Vérac, famille autrefois illustre mais tombée dans un oubli profond. Quant au rabat de dentelle qu'il portait au col, il tenait davantage de celui du petit-maître que de l'ecclésiastique. La duchesse s'en était pourtant toquée car elle le croyait son espion à la cour de son propre neveu, le duc de Bourbon, qu'elle haïssait presque autant que le Régent. Haine que ce prince aussi borgne qu'il était méchant lui rendait largement, et avec intérêts. Elle comptait sur cet histrion à calotte de soie pour instiller la zizanie entre les deux princes, mais c'était prêter beaucoup d'habileté à cet abbé de cour aux airs d'homme à bonnes fortunes qui l'avait convaincue de consulter les oracles avant que d'entreprendre la moindre cabale contre le Palais-Royal et son maître infernal.

Cette folle équipée était donc son ouvrage, car la duchesse du Maine ressemblait désormais aux malades incurables auxquels la Faculté n'offre plus d'autre choix que de s'en remettre à Dieu. Elle était prête à confier sa triste destinée à tous les empiriques de la politique dont l'art consiste à monter les échafaudages les plus périlleux et à donner de vains espoirs à ceux que la Fortune a définitivement abandonnés mais dont l'ambition n'a jamais désarmé. Enfin les chevaux marquèrent le pas, et c'est le cocher qui, en l'absence de valet de pied, vint ouvrir la portière et aider la femme de chambre à descendre de voiture. Il faisait nuit noire, mais les murs de plâtre qui longeaient des jardins sans âme et les maisons basses dont l'ombre se dessinait grâce au seul éclat de la lune confirmèrent Rose dans son appréhension : la voiture les avait bel et bien conduits au-delà des limites de la ville, dans un de ces faubourgs fangeux où se pratiquaient les trafics les plus inavouables. D'un geste elle se signa, redoutant d'avoir été conduite, bien malgré elle, à l'une de ces messes noires dont les récits alarmaient autrefois ses compagnes de couvent.

Le cheminement qu'elle dut suivre ne calma pas ses craintes : elle se vit entrer dans un ancien jeu de paume qui tombait en ruine, où il lui fallut emprunter un escalier vermoulu avant de traverser des planchers au travers desquels on aurait pu assister aux échanges de balles si de véritables joueurs, plutôt que des spectres, avaient encore fréquenté les lieux. Enfin, derrière une porte, Rose Delaunay découvrit une petite assemblée qui entourait d'égards une sorte de pythonisse habillée à l'ancienne mode et à laquelle on ne s'adressait qu'après lui avoir offert une franche lippée. Une fois que la dame Dupuy, car c'était son nom, avait vidé d'un trait son gobelet d'étain, elle lançait une chanson à boire reprise aussitôt par la compagnie. Lorsque la femme, enfin grise, commençait à tituber, il convenait de lui poser les questions dont on espérait une réponse de l'au-delà, à moins que ce ne fût de la pièce d'à côté, où se dissimulaient ses complices. Prise entre le fou rire et les larmes, la femme de chambre de la duchesse du Maine chercha le moyen d'évoquer de la façon la plus évasive et surtout la moins compromettante possible l'avenir de ses maîtres, mais elle n'obtint rien de la devineresse qui se contenta de la fixer d'un œil vitreux tout en exigeant plus de vin. Il revint alors à l'abbé de Vérac de se montrer plus précis, en évoquant ce que pourrait être la destinée du duc du Maine dans le cas où le jeune roi, renouant avec une triste habitude de famille, venait à mourir, emporté par les fièvres ou le poison.

Cette fois l'œil de la voyante s'alluma : assurément la question l'inspirait. Elle vida son verre d'un trait, fixa d'un air songeur la carafe posée sur la table qu'une chandelle de suif suffisait à faire miroiter et, suivant du doigt le rougeoiement de ses reflets sur la nappe suspecte, elle entama une longue litanie où il fut question de grandeur, de couronne fermée, d'espoir, de guerre et de danses espagnoles. Ce torrent de mots sans suite ni raison fut soudain interrompu par une crise de hoquets violents, puis la tête de l'ivrognesse tomba sur la table comme du haut d'un échafaud. On fit alors comprendre aux visiteurs que le temps était venu de laisser reposer la voyante qui venait de révéler, pour quelques louis à peine, tant de mystères.

De retour à l'Arsenal, où sa maîtresse l'avait attendue une partie de la nuit en se faisant expliquer par Fontenelle ses *Entretiens sur la pluralité des mondes* pour tuer le temps, Rose Delaunay fut bien en peine de rendre compte de façon un tant soit peu intelligible de son ambassade auprès des esprits moqueurs. En l'occurrence, la femme de chambre se risqua à émettre quelques doutes sur la fiabilité d'une dame qui lui semblait avoir rôti, dans sa seule existence, plus de balais que les sorcières n'en chevauchent les soirs de sabbat.

La duchesse ne tint aucun compte de l'avertissement et fit même venir jusqu'à elle quelques semaines plus tard cette chiromancienne à laquelle le moût de raisin donnait plus de visions que le marc de café mais, malgré l'aide des savants qui faisaient l'orgueil et l'ornement de sa cour, elle n'en tira pas davantage de raisons d'espérer que sa femme de chambre. Il lui fallut confesser cette escapade dans l'au-delà à son examinateur de conscience qui lui recommanda la soumission à la volonté de Dieu, et surtout la prudence. Elle fit pénitence cependant sans rien entendre d'un conseil qui ne relevait pas du salut de son âme mais de sa seule sauvegarde.

À Sceaux, où les débris de l'ancienne cour cherchaient toujours refuge, les nuits devenaient aussi tristes que les jours. Il était bien loin le temps où, sous le nom de « Ludovise », la dernière des précieuses ordonnait aux lutins, aux gnomes, aux nymphes, aux sylphes et aux salamandres, les soumettant à ses lois et les contraignant à chanter sa gloire jusqu'au point du jour. Il n'était pas jusqu'aux cérémonies de l'ordre de la Mouche à Miel, dont autrefois ses adorateurs étaient si friands, qui ne perdissent en éclat. Les récipiendaires se faisaient de plus en plus rares depuis que le duc du Maine avait été déchu de ses droits à la succession au trône, et les derniers fidèles de la duchesse tentaient de dissimuler les défections en arborant autour du cou la médaille de cet ordre fantasque dont elle s'était autoproclamée la *dictatrice* perpétuelle, infligeant des punitions ridicules à ceux des membres qui égaraient leurs insignes ou qui manquaient aux cérémonies d'investiture. Mlle de Moras, fille de financier, avait ainsi été condamnée à retrouver la médaille de l'ordre – subtilisée par le facétieux Malézieu – dans un pâté en croûte où elle dut risquer ses engageantes de dentelle jusqu'au coude… L'avenir du duc du Maine s'obscurcissant, ces petites plaisanteries n'amusaient plus guère, et la duchesse plongeait dans une affliction dont rien ne paraissait devoir la guérir.

À bout d'expédients, Louise-Bénédicte, qui méditait les prédictions obscures de la devineresse des faubourgs, crut trouver sa planche de salut du côté de l'Espagne. Le roi Philippe V n'était autre après tout que le petit-fils de Louis XIV et, à ce titre, le propre neveu de son mari par la main gauche. Dans le cas où le jeune roi viendrait à mourir, il serait le plus légitime pour lui succéder, et ce malgré toutes les garanties exigées par l'Europe coalisée au moment du traité d'Utrecht qui, cinq ans plus tôt, avait mis fin à la guerre de Succession d'Espagne. Il n'était pas imaginable, aux yeux de certains seigneurs, que celui qui serait alors le dernier descendant direct du roi Louis XIV renonce à la couronne de Saint Louis au profit du duc d'Orléans. En cas de malheur – et que pesait la vie d'un enfant de huit ans ? –, les deux cousins ne pouvaient donc que s'affronter au cours d'une guerre civile qui menaçait d'être plus terrible que la Ligue ou la Fronde. Le Régent aurait certainement pour lui l'appareil d'État et une partie des Français effrayés par la perspective de nouveaux troubles. Il faudrait alors à Philippe V des partisans à l'intérieur du pays, capables de préparer son retour en France et de l'aider à reprendre le trône de son aïeul. Les princes légitimés qui ne tenaient leur rang et leurs espérances que de Louis XIV paraissaient tout désignés pour cela.

Galvanisée par cette nouvelle combinaison dynastique, la petite-fille du Grand Condé se reprenait à espérer et à rêver de gloire et de puissance comme elle l'avait fait lors des dernières années du règne précédent, époque où les machinations tortueuses de la Maintenon permettaient de s'accrocher aux queues de toutes les comètes. Elle se voyait déjà à la tête des provinces soulevées, défaisant les armées de l'usurpateur et marchant sur Reims comme une nouvelle Jeanne d'Arc – de bien meilleure naissance – pour y faire couronner le futur Philippe VII de France. Le cardinal de Polignac n'osait pas la contredire de peur de déclencher une de ses colères légendaires et promettait de bénir sa bannière le jour venu, mais en attendant ces temps de gloire le prudent diplomate se contentait de rappeler à son ancienne maîtresse qu'elle ne disposait d'aucun moyen sûr pour faire connaître ses intentions et celles du duc du Maine à leur neveu le roi d'Espagne. Les espions du Régent étaient partout, le cabinet noir décachetait les lettres à la vapeur d'eau avec autant d'efficacité qu'à l'époque de M. de Louvois et l'ambassadeur d'Espagne, le prince de Cellamare, sortait peu, par paresse autant que par crainte des agents provocateurs de l'abbé Dubois, que ses menées diplomatiques secrètes devaient conduire inévitablement à une rupture avec Madrid.

Ulcérée par cette mise en garde cauteleuse, la duchesse eut un geste de rage, se saisit du drageoir en cristal de roche monté en vermeil dans lequel son mari, lorsqu'il lui rendait visite, aimait à puiser les amandes enrobées de sucre et elle l'envoya se briser contre le marbre de la cheminée. Les débris de cristal et les petites dragées multicolores tombèrent en une pluie brillante et sonore sur les parquets de cet Olympe. Les laquais demeurés jusque-là immobiles entamèrent un ballet silencieux pour faire disparaître les restes de ce qui avait été un objet de très grand prix, mais la petite Louise-Bénédicte n'avait aucune espèce d'attachement à ces misérables colifichets de marchands merciers, car elle n'était que grandeur et mépris. Il fallut pourtant satisfaire à ce nouveau caprice politique.

3.

Un baron lunaire

L'abbé de Vérac ayant été jugé trop ami de la devineresse, on lui préféra le père Tournemine, car cette ancienne connaissance de Rose Delaunay avait le mérite de venir parfois faire sa cour à Sceaux et d'avoir été présentée à la princesse. Philippe V d'Espagne étant tombé dans une grande dévotion – chacun le sachant aux mains de la terrible Compagnie de Jésus –, et l'on imagina que le bon père devait avoir ses entrées à l'alcazar de Madrid. Il n'en était rien, mais l'abbé, qui pensait avoir trouvé à Sceaux les clés de l'Académie française, pour sa part, se garda bien de détromper Rose venue le consulter à la dérobée. Il assura connaître un excellent diplomate, lequel pour des affaires personnelles devait aller en Espagne et se ferait un honneur de devenir l'agent de liaison entre la cour de Madrid et celle de Sceaux. L'idée de traiter ainsi directement avec son neveu le Roi Très-Catholique enivra la duchesse du Maine plus sûrement que du vin de Bourgogne. Cet émissaire providentiel fut aussitôt invité à venir se prosterner aux pieds de la *dictatrice* perpétuelle de l'ordre de la Mouche à Miel, et il ne se fit pas prier.

De toute évidence, le baron de Walef tenait sa baronnie du seul roi de la Lune, mais il avait le grand mérite d'écrire des vers. La petite duchesse l'invita à les lui réciter dès leur première rencontre en préambule à toute discussion, et, par bonheur, les trouva jolis. L'homme lui débita alors, en plus de ses alexandrins, toutes sortes de visions diplomatiques grandioses où les royaumes se jouaient comme sur une table de pharaon et finissaient immanquablement entre les mains des Bourbons. Une telle science de la géographie, des généalogies et de la philosophie de Machiavel désignait à l'évidence ce baron de comédie comme un grand diplomate. On le chargea aussitôt de prendre l'attache du cardinal Alberoni, le tout-puissant Premier ministre de Philippe V, afin de le sonder sur les intérêts des princes légitimés si durement malmenés par le Régent. Pour l'instant il ne s'agissait pas d'inviter le roi d'Espagne à s'immiscer directement dans les affaires du royaume de France, mais simplement de renouer des liens familiaux distendus par le temps. Le baron de Walef applaudit à de si belles intentions et promit ce que l'on voulut. De façon à ne pas compromettre la princesse, car on se piquait d'habileté à Sceaux, il fut même décidé que tous les courriers seraient adressés à sa femme de chambre ; il suffirait au baron de lui envoyer des lettres les plus anodines possible afin de tromper la vigilance du cabinet noir, et d'écrire entre les lignes à l'aide d'une encre transparente le vrai compte rendu de ses démarches. La demoiselle Delaunay ferait de même pour les réponses, qu'elle prendrait sous la dictée de sa maîtresse qui battait de ses petites mains d'enfant à toutes ces ingéniosités d'espion.

Soucieux d'être reçu en Espagne pour ce qu'il était – une sorte de plénipotentiaire –, le baron exigea des lettres de créance. Flattée de pouvoir ainsi traiter en souveraine, la duchesse se fit apporter la belle écritoire et rédigea un petit billet de sa main dans lequel elle indiquait tenir pour homme de confiance le porteur de cette lettre et invitait son destinataire à considérer ce qu'il dirait comme venant de sa part. La demoiselle Delaunay frémit à la lecture de ce blanc-seing qui pouvait conduire sa maîtresse à l'échafaud, mais se contenta de faire fondre à la flamme la cire à cacheter. Avant de s'éclipser, l'aventurier ajouta que pour plus de sûreté il adresserait sa correspondance à une femme qui demeurait à Paris, actrice de son état mais dont il répondait, et personne ne releva que c'était une curieuse façon de protéger un secret que de faire entrer une parfaite inconnue dans la confidence. La main de la fidèle femme de chambre hésita un instant au moment de fermer la lettre.

À Sceaux, on croyait le baron de Walef parti pour l'Espagne depuis plusieurs jours lorsqu'il vint frapper un matin à la porte de Rose Delaunay. De ses explications confuses, la jeune femme comprit qu'il espérait des Flandres une lettre de change mais qu'il n'avait pu l'escompter et se proposait de vendre quelques bijoux pour financer son voyage. Il n'était pas difficile de comprendre que cet homme voulait de l'argent mais il était trop tard pour reculer, la duchesse s'était compromise avec une naïveté confondante et n'avait pas d'autre choix que de payer cet aventurier afin qu'il se mette en route et s'éloigne le plus vite possible. Elle fit donc compter à cet aventurier cent véritables louis d'or dont il se montra très satisfait avant de prendre non pas le chemin de l'Espagne mais celui de l'Italie, où, ajouta-t-il avec de grands airs de mystère, l'avenir de la France se jouait. Il prétendit en effet être en commerce étroit avec le comte Maffei, ministre du duc de Savoie, mais se refusa à en dire davantage et posa son index en travers de sa bouche pour mieux se faire comprendre. Delaunay fut tout étourdie de cette apparition qui lui rappela les spectres du jeu de paume.

Après son départ définitif, le baron de comédie ne donna plus signe de vie. La duchesse demandait invariablement à sa femme de chambre si elle avait reçu quelque lettre écrite d'une encre mystérieuse, mais il n'en était rien ; la reine de Sceaux poussait alors de grands soupirs avant de demander sa musique pour se désennuyer. Les mauvaises langues de la vieille cour racontaient dans des rires étouffés que ce nouveau Cyrano de Bergerac était certainement allé sur la Lune toucher les arrérages de ses seigneuries imaginaires. À quoi certains ajoutaient qu'il fallait bien cent louis pour entreprendre un tel voyage. Les sourires s'effaçaient évidemment au passage de la princesse qui, après avoir écouté une pièce de Mouret pour le clavecin, descendait au jardin dans l'espoir d'y dégourdir sa mélancolie. On craignit un moment une consomption tant la pauvre femme dépérissait, et la Faculté se perdait en conjectures car son mal, l'ennui politique, n'avait pas plus de nom que de remède.

4.

Remuements d'argent et de noblesse

La situation catastrophique du royaume n'allait pas tarder à réveiller la princesse de cette léthargie pernicieuse. Ruiné par une guerre interminable, l'État se trouvait au bord de la banqueroute dont il était toujours sauvé *in extremis* par des financiers, traitants et maltôtiers, qui lui administraient de mois en mois un remède plus dangereux encore que le mal en lui faisant crédit à des taux usuraires. Il y avait urgence, car les rentes n'étaient plus payées à terme et c'était toute la bourgeoisie parisienne qui se verrait bientôt amputée d'une partie de ses revenus, ce qui n'est jamais bon pour le pouvoir, surtout lorsque le roi règne mais ne gouverne pas encore.

On imagina alors plusieurs de ces expédients dont l'État, en France, avait été souvent coutumier. Le plus courant revenait à faire condamner ses propres créanciers en les traînant devant des Chambres ardentes dont ils sortaient tondus comme des moutons pour peu qu'ils aient eu la maladresse de ne pas en appeler aux bons protecteurs. La méthode était aussi expéditive que rentable, mais elle avait pour fâcheux contrepoint de tuer aussitôt le crédit de l'État lui-même car, le plus souvent liées au Parlement ou à la cour, les puissances financières, soigneusement dissimulées derrière ces hommes de paille et d'argent, devenaient méfiantes et se gardaient bien, ensuite, de répéter l'opération. Les écus se cachaient et la dette n'était plus servie. Face à une situation aussi dramatique, seule l'augmentation des impôts offrait un expédient bien connu du Contrôle général des finances. Il suffisait au roi de prendre quelques édits bursaux ou d'augmenter la taille pour remplir ses coffres mais, outre que le pays avait été saigné à blanc au cours des trente dernières années, c'est une habitude bien difficile à prendre, même pour les sujets les plus loyaux du monde, que de se soumettre aux exigences fiscales d'un gouvernement aux abois.

La solution n'était d'ailleurs pas aussi simple que les anciens serviteurs du feu roi le pensaient, car le marché passé par le Régent avec les parlements au moment de la mort du roi Louis XIV devenait un obstacle majeur. Réinvestis du droit de remontrance, les parlementaires étaient bien décidés à discuter pied à pied les édits royaux. Ces messieurs des parlements de Paris et de province, et notamment de Bretagne où l'impôt était vécu comme une atteinte insupportable au droit des gens, voyaient d'un mauvais œil le roi se servir le premier dans les campagnes et pressurer leurs paysans au point de les rendre insolvables, et donc incapables de s'acquitter de leurs fermages et de leurs droits féodaux. Pendant que le parlement de Paris haussait courtoisement le ton, la Bretagne, elle, vociférait, allant jusqu'à menacer le gouverneur du roi. Un vent de fronde se levait, attisé par la publication des Mémoires du cardinal de Retz qui venaient rappeler très mal à propos un temps où les magistrats, les princes et la bonne noblesse de France s'étaient soulevés contre les impôts et l'autorité de la régente Anne d'Autriche. Dans les salons, on se faisait lecture des meilleures pages, et à Sceaux, l'on se prenait à rêver.

La situation financière et politique paraissait donc inextricable lorsqu'un homme de génie s'était présenté au Palais-Royal, un de ces aventuriers comme le baron de Walef que la fin de la guerre laissait désœuvrés mais qui pullulaient alors à Paris, où l'on a toujours ouvert les bras aux esprits à systèmes et à bonnes fortunes. Cet Écossais, condamné à mort dans son propre pays, répondait au nom de John Law, parfaitement imprononçable en France. Il était parvenu à convaincre le Régent que seule une révolution monétaire sauverait ses finances. Le duc d'Orléans n'avait rien contre la magie, bien au contraire, et il s'était lui-même essayé à l'alchimie ; aussi convertir de l'or en papier pour faire de l'argent lui parut-il une idée tout à fait formidable. Lui, qui se plaisait aux calculs arithmétiques, se laissa tenter par cette rêverie de boulier. La banque fut portée sur les fonts baptismaux séance tenante par un prince alchimiste et un aventurier protestant, mais c'était compter là encore sans les résistances des parlements : ceux-là n'aimaient pas la magie, surtout lorsqu'elle jouait avec les cordons de leurs bourses.

L'effervescence publique était à son comble, et des seigneurs bretons malcontents de ce qui se tramait au Palais-Royal le firent savoir au duc du Maine, lequel paraissait seul capable à leurs yeux de relayer leur colère, voire de prendre leur tête. Si le duc prêtait peu d'attention aux châteaux en Espagne que sa femme s'ingéniait à échafauder au cours de ses longues nuits sans sommeil, il se sentait toujours flatté, lui le bâtard royal, le prince boiteux, détesté par les princes du sang et méprisé par les ducs, de se voir hissé sur le pavois, comme un fils de Mérovée, par la bonne vieille noblesse de province. Le prince ne put s'empêcher d'évoquer ces remuements de gens de condition devant sa femme, et cela suffit à agiter les ambitions de cette dernière. Quand le duc se prit à le regretter, il était déjà trop tard.

5.

Le comte balafré et le marquis malheureux

Lorsque son visiteur fut introduit pour la première fois en sa présence, la princesse, pourtant rompue à l'impassibilité de cour, ne put s'empêcher d'esquisser un mouvement de recul. L'homme n'était pas laid à proprement parler – la laideur comme la folie étaient si répandues dans sa propre famille que Louise-Bénédicte les regardait comme naturelles aux gens bien nés –, il était tout bonnement défiguré. Le comte de Laval, de l'illustre maison des Montmorency, avait eu le visage traversé d'un coup de mousquet au siège de Fribourg trois ans plus tôt, et sa mâchoire n'était rattachée au reste de son visage qu'à l'aide d'une savante machinerie de cuir et d'acier élaborée par un maître chirurgien qui tenait davantage de l'ingénieur. Cette infirmité donnait au personnage un aspect terrible et guerrier, mais une fois sa répulsion surmontée la petite duchesse du Maine s'en toqua comme d'un de ces animaux féroces dont elle peuplait sa ménagerie. Il lui parut tout à coup que cette mâle assurance de soldat blessé serait d'une tout autre aide que les afféteries stylistiques de ses principaux courtisans. Aussi l'Altesse Sérénissime déploya-t-elle pour cet invité des trésors de prévenance très inhabituels chez une princesse du sang que son rang mettait au-dessus de son mari lui-même, et elle encouragea même ce personnage à s'asseoir en sa présence.

À peine l'invitation fut-elle lancée qu'un laquais en grande livrée avançait silencieusement au héros de Fribourg un large fauteuil de bois doré dans lequel il prit place avec la simplicité déférente d'un véritable gentilhomme. Cette élégance dans la cambrure du mollet jointe à sa détestation du duc de Bourbon lui délivra son laissez-passer pour Sceaux, d'autant que le comte de Laval s'empressa de brosser à la duchesse un tableau mirifique de l'état des provinces. À l'entendre, la France était comme un morceau d'étoupe et n'attendait qu'une étincelle pour s'enflammer. La noblesse dont la fidélité au jeune roi était évidemment sans faille s'en prenait partout au Régent, à sa vie de satrape et à sa politique. Les pourparlers diplomatiques engagés par la France avec le roi d'Angleterre et la république de Hollande relevaient de la trahison pure et simple. Quant aux retards pris sur le paiement des rentes joints aux manipulations de la monnaie, ils n'avaient pas d'autre but que la ruine des honnêtes gens. Il ne manquait plus à ce grondement souterrain que la visite de quelques émissaires déterminés et le soutien du roi d'Espagne, petit-fils de Louis XIV, pour que partout la noblesse du pays se soulève, entraînant avec elle ses braves paysans assommés d'impôts et abreuvés de mépris.

Ces paroles débitées d'un ton sans réplique par une bouche militaire fracassée au service du roi étaient comme du miel versé sur l'amertume de la duchesse : la France n'attendait qu'un signe pour voler à son secours, rendre à son mari les droits qui lui avaient été autrefois garantis par le testament de Louis XIV et les porter tous les deux jusqu'aux marches du trône. Cette image presque sacrilège, car elle impliquait la mort du petit roi et les horreurs d'une guerre civile venant s'ajouter aux désastres d'une nouvelle guerre de succession, fit courir au bas de ses reins un frisson de plaisir auquel elle n'était pas habituée. Le démon de la politique était comme celui de la chair, ses délices devenaient plus rares et donc plus vives avec le temps. Or la princesse avait largement dépassé les quarante ans, un âge auquel une femme de la cour, fût-elle de sang royal, après avoir assuré une descendance à son mari, devait commencer à arpenter les chemins arides du renoncement pour gagner son ciel. La princesse craignait Dieu mais plus encore l'ennui et l'inconfort d'une vie dévote, il ne pouvait donc pas être question de se retirer du monde.

Celle qui aimait toujours à être encensée sous le surnom précieux de « Ludovise » réfléchit un long moment, consulta d'un air absorbé la carte du ciel étoilé dont les mystères ne quittaient jamais ses appartements et se tourna vers l'homme qui avait introduit le comte de Laval auprès d'elle et conservait depuis le début de l'entrevue le plus profond silence. Le marquis de Pompadour ne souriait jamais et parlait rarement. Depuis la mort du feu roi, il traînait après lui un précipité des aigreurs et des ressentiments de la vieille cour. Élevé avec monseigneur le Dauphin, il pouvait tout espérer de son règne, mais la mort de ce prince lui avait porté un coup terrible. Pour le consoler de la perte de son propre fils et lui donner des marques de son estime, le roi Louis XIV l'avait alors attaché au service de son petit-fils le duc de Bourgogne, devenu dauphin, et avait confié de surcroît à la marquise de Pompadour la charge de gouvernante des enfants à naître du duc et de la duchesse de Berry. Le sort s'acharnant sur la descendance du Grand Roi, la disparition, coup sur coup, de ces deux princes, un an et trois ans après leur père, plongeait par ricochet le couple dans des abîmes, les laissant sans charge, sans pension, sans logement à Versailles et, ce qui était pire encore à la cour de France, sans espérances. Ce couple qui avait été l'âme de la petite coterie de Meudon d'où étaient partis tant de traits venimeux contre le duc d'Orléans n'avait plus désormais en partage que des regrets, des dettes et la haine de celui qui était devenu, depuis, régent de France. Ces malheurs accumulés avaient bien évidemment suffi à ouvrir au marquis de Pompadour les portes de la cour de Sceaux et celles du cœur de la duchesse du Maine. Il avait même été jugé digne de recevoir l'ordre de la Mouche à Miel et de prêter serment d'allégeance à sa *dictatrice* perpétuelle au cours d'une cérémonie parfaitement loufoque dont le ridicule n'était pas parvenu à le dérider.

Par deux fois, la princesse, qui n'avait pas l'habitude de se répéter lorsqu'elle condescendait à s'adresser à un simple mortel, demanda au marquis, autrefois chargé d'une ambassade en Espagne par Louis XIV, ce qu'il pensait de la cour de Madrid, et s'il savait par ses correspondants quel était l'état d'esprit du roi Philippe V à l'égard des affaires du royaume d'une France dont il était parti dix-huit ans plus tôt. À l'évocation du fils de monseigneur le Dauphin, le marquis de Pompadour sortit soudain de sa prostration mélancolique et répondit qu'il ne pouvait s'empêcher de sentir de l'attachement pour le fils de son ancien maître, avant de retomber dans un profond silence comme une pierre au fond d'un puits.

La duchesse n'était pas femme à se contenter de propos aussi vagues et, sans faire la moindre allusion à l'imprudente mission confiée au baron de Walef, elle interrogea son interlocuteur sur ses liens avec le prince de Cellamare, ambassadeur du roi d'Espagne en France, et s'il lui arrivait parfois de le rencontrer. Le marquis, adoptant cet air de grand seigneur dépossédé qui ne le quittait plus depuis l'avènement du Régent, répondit que la tristesse de sa situation et le dérangement de ses affaires le condamnaient à une existence très retirée, qu'il ne recevait donc aucune visite, ne sortait plus dans le monde et réduisait sa compagnie à sa famille et à quelques amis. Devant l'air dépité de la princesse, dont les sourcils soigneusement tracés de fard prenaient une dangereuse inflexion, il ajouta qu'il lui arrivait cependant d'aller chez le prince de Cellamare, lequel, se voyant traité à Paris comme une sorte de pestiféré depuis la mort de Louis XIV, menait à peu près la même vie sans éclat. À ces mots, les sourcils sérénissimes reprirent instantanément leur courbure antérieure, au soulagement silencieux des grands valets de chambre. Le marquis eut beau s'empresser de préciser que ses visites au représentant du roi d'Espagne étaient de pure courtoisie et qu'ils n'avaient jamais abordé ensemble les matières politiques, son interlocutrice se précipita dans la brèche qu'elle venait d'ouvrir pour regretter à voix très haute que le prince de Cellamare, dont elle estimait les vertus, ne vienne pas faire sa cour à Sceaux. Sans laisser au marquis le temps de dire un seul mot, elle lui demanda de transmettre ses reproches attristés à l'ambassadeur et de l'inviter à venir lui rendre ses hommages.

À cet instant, le premier gentilhomme de la chambre annonça que M. de Malézieu se tenait à la disposition de Son Altesse Sérénissime pour lui dispenser sa leçon d'astronomie. L'audience était terminée, mais l'on se quitta bien contents l'un de l'autre.

II

La danse des alliances

6.

Un abbé londonien

L'esprit de l'abbé s'égarait toujours un peu à la messe, aussi n'y assistait-il que très rarement. À Londres, pourtant, il faisait exception, car il savait que le latin indisposait les espions dont le ministre Stanhope avait peuplé sa domesticité anglaise. Ces petites indélicatesses n'altéraient d'ailleurs en rien l'estime que se vouaient les deux hommes. Ils avaient fini par lier au fil du temps une de ces amitiés par lesquelles deux grands diplomates, deux véritables hommes d'État, se reconnaissent d'une même force et se jouent parfois ensemble de la bêtise de leurs pairs ou de l'insuffisance de leurs maîtres.

Dubois ne suivait pas davantage son missel que le Régent ne le faisait à la Chapelle royale de Versailles du vivant du vieux roi, mais il finissait néanmoins par apprécier ces moments de recueillement où ses douleurs de vessie calmées par les vapeurs de l'encens cessaient de le torturer, lui offrant le répit indispensable aux grandes réflexions politiques.

Cinq mois plus tôt il avait gagné l'Angleterre, revêtu des qualités d'ambassadeur plénipotentiaire et muni de pouvoirs exorbitants par lesquels il se voyait autorisé à traiter directement avec le roi d'Angleterre, l'empereur d'Autriche, le roi d'Espagne et la république de Hollande. Depuis trois ans, l'abbé travaillait avec méthode et obstination à un projet grandiose auquel il était parvenu à intéresser le Régent et qui revenait tout simplement à culbuter la vieille diplomatie française, de façon à garantir par un seul et même traité la paix de l'Europe et les droits à la couronne de France de Philippe d'Orléans. Dubois, à l'instar du duc et de la duchesse du Maine, restait convaincu que la disparition, quasi inévitable, du jeune Louis XV devait plonger la France dans la guerre civile et l'Europe dans une guerre totale. Il ne doutait pas un seul instant que Philippe V d'Espagne, resté prince français jusque dans le choix de ses perruques cendrées et son refus de s'habiller à l'espagnole, abandonnerait les royaumes ibériques à l'infant Louis dès l'annonce de la mort de son neveu le roi de France, pour revendiquer aussitôt le trône de ses pères. À Londres, cette éventualité était envisagée avec les plus grandes craintes car on imaginait bien que le roi d'Espagne, dernier petit-fils encore vivant du roi Louis XIV, se drapant dans le droit divin, foulerait aux pieds les traités d'Utrecht pour aller se faire sacrer à Reims, obligeant ainsi les anciennes puissances coalisées contre lui lors de la guerre de Succession d'Espagne à reprendre les armes.

Ce cauchemar donnait à Stanhope des suées nocturnes qui ne devaient rien au vin de Bourgogne dont pourtant il abusait. Quant à Dubois, il en perdait le sommeil et ne pissait plus correctement. Jamais l'Angleterre et les puissances commerciales du Nord n'accepteraient un nouvel arasement des Pyrénées par ce retour de l'union des royaumes de France et d'Espagne qui aurait pour effet d'étendre la souveraineté des Bourbons du Pérou jusqu'à Dunkerque. Quant à l'empereur d'Autriche, qui se regardait encore comme le seul héritier légitime de l'empire de Charles Quint, il n'attendait que cette occasion pour rallumer la guerre et ses prétentions espagnoles. Une de ces nouvelles apocalypses se préparait à laquelle tous les athées de Londres, l'abbé Dubois en tête, croyaient dur comme fer. C'était la principale raison pour laquelle, dès avant la mort du roi Louis XIV, le roi George Ier d'Angleterre avait discrètement fait savoir à Philippe d'Orléans que, non content de le reconnaître immédiatement comme régent de France dès la mort du vieux monarque, il soutiendrait ses droits tant en argent qu'en vaisseaux de guerre. Certes, l'aide s'était révélée inutile, ou à tout le moins particulièrement discrète, mais les deux princes en avaient conçu une inclination réciproque, et ce d'autant plus que bien des choses les rapprochaient : ils avaient en commun un même goût pour les femmes, les sciences et les arts, et surtout leur légitimité se voyait sans cesse contestée par des esprits chagrins. Le roi George n'avait pas succédé à la reine Anne parce qu'il était son plus proche parent mais parce que, depuis 1701, la loi anglaise interdisait à tout prince catholique de prétendre à la couronne d'Angleterre. Or, si la reine Anne était morte sans enfants, elle avait un demi-frère, Jacques Stuart, resté déraisonnablement catholique, et le pape comme le roi d'Espagne le reconnaissaient de ce fait comme le seul roi légitime d'Angleterre, d'Écosse et d'Irlande. Ce nouveau Jean sans Terre était connu, à travers toute l'Europe, sous les titres de « chevalier de Saint-George » ou tout simplement de « Prétendant », et ses malheurs lui gagnaient, notamment à la cour de France, les belles âmes qui pour la plupart n'entendent strictement rien aux raisons politiques.

Dubois avait, quant à lui, vite compris tous les avantages que son ancien élève pouvait espérer tirer de cette communauté d'intérêts. L'abbé n'avait que faire du droit des Stuart, si bons catholiques qu'ils fussent, car l'éventualité de voir le roi d'Espagne devenir roi de France suffisait à déclencher chez lui des poussées de fièvre qui le laissaient plus épuisé qu'au sortir du bordel de la Fillon, dont les pensionnaires étaient pourtant connues pour leur avidité de succubes. Philippe V de retour chez lui, à Versailles, c'était évidemment le triomphe de la vieille cour, la grande cabale des Jésuites et des dévots, l'ombre de la Maintenon autant que celle de la guerre civile, mais surtout la revanche du duc et de la duchesse du Maine.

Il fallut que les clochettes d'argent annoncent l'élévation pour que Dubois échappe à ce cauchemar éveillé, mais les papotages sacrés du chapelain ne suffisaient pas à interrompre le fil de ses pensées toutes tournées désormais vers l'empyrée de la haute politique. Fort heureusement, le pain et le vin n'avaient pas besoin de ses prières pour devenir le corps et le sang du Christ.

Le seul moyen de protéger le Régent, c'était d'enfermer le roi d'Espagne à double tour dans une prison diplomatique dont il ne pourrait plus jamais s'échapper. À cela, Dubois n'avait cessé de se consacrer avec acharnement jusqu'à venir abîmer sa santé dans les brouillards londoniens pour y dessiner le vaste plan qu'il couvait depuis des années, et il touchait enfin au but. Le roi d'Angleterre promettait de s'entremettre pour obtenir de l'empereur Charles VI qu'il garantisse les droits du Régent à la couronne de France et reconnaisse enfin Philippe V comme roi d'Espagne. En échange de quoi l'Autriche se voyait gratifiée de la Sicile et de quelques duchés italiens qui allaient lui assurer cette présence en mer Méditerranée perdue depuis son renoncement aux prétentions espagnoles. Par ailleurs, et de façon à se gagner les bonnes grâces d'Élisabeth Farnèse, la redoutable épouse de Philippe V, l'abbé et Stanhope avaient imaginé l'amadouer en prévoyant au bas du traité que son fils don Carlos, dont elle était folle, hériterait de la Toscane à la mort du grand-duc régnant.

Hélas, l'Espagne rechignait à participer à ce jeu de taquet, et sa résistance opiniâtre donnait des aigreurs d'estomac à l'abbé toujours inquiet, toujours fiévreux. Pour ne rien arranger, il savait, par l'intermédiaire de ses nombreux informateurs, que sa longue absence de Paris laissait le champ libre au sein du Conseil des affaires étrangères à la mauvaise influence du maréchal d'Huxelles, farouche adversaire de ce renversement des alliances aux dépens de l'Espagne. Ce survivant de l'ancienne cour, fort du prestige de son bâton gagné dans l'antichambre de la Maintenon et de ses entrées dans le cabinet de travail du Régent, cherchait par tous les moyens à tourner la tête de ce dernier en faveur de Philippe V, en invoquant, bêtise suprême, l'esprit de famille. Ce crétin trop bien né et poudré ne voyait pas venir le danger de la guerre qui menaçait et cherchait à ménager son propre avenir en défendant les intérêts du roi d'Espagne.

La voix égrotante du chapelain agaçait maintenant l'abbé Dubois au plus haut point car elle venait troubler ses réflexions, mais pas autant, à la vérité, que la lenteur des réponses du Régent à ses courriers pressants – lenteur dont il n'augurait rien de bon. Ce silence épistolaire lui torturait l'âme, car il connaissait trop bien son ancien élève pour ignorer que sa désinvolture légendaire n'était que le masque de ses hésitations et de ses volte-face.

Quelques jours plus tôt, le roi George d'Angleterre lui avait laissé entendre que, grâce à l'or anglais, le chapeau de cardinal pourrait venir couronner la signature définitive du traité. L'abbé avait la faiblesse de penser que l'argent de la grande banque protestante avait plus d'influence auprès du Saint-Siège que le papier-monnaie de ce fou de John Law, qui avait eu par ailleurs la curieuse idée de se convertir au catholicisme. Une reculade du Régent devant le saut du dernier obstacle – voilà qu'il pensait maintenant comme un homme des champs de courses et donc en *perfect Englishman* – sonnerait le glas de ses rêves pourpres, et cela, il ne parvenait pas à l'envisager. Seul le cardinalat était de nature à apporter la protection et le prestige dont il avait besoin à ce simple fils d'apothicaire, qui avait eu par surcroît la faiblesse de se marier avant de recevoir la prêtrise.

À Paris la fronde devenait très à la mode, et lui-même se sentait parfaitement de taille à jouer les Mazarin, mais il lui fallait impérativement coiffer la barrette. Alberoni était devenu cardinal pour avoir embrassé publiquement le gros cul du duc de Vendôme, sodomite impénitent ; lui se contentait de faire la paix avec des protestants. Le pape ne pouvait tout de même pas lui en tenir raisonnablement rigueur !

Des mains tremblantes et pommadées s'avançaient maintenant vers lui pour placer la patène sous son menton. Il croqua le Christ sans trop y penser tant, pour l'heure, il voyait rouge.

Au sortir de son oratoire, Dubois se dirigea vers son cabinet où l'attendait une tasse de cet étrange breuvage au goût de médecine et dont les Anglais raffolaient. Comme il était impossible à Londres de boire un café qui n'ait pas le fumet du goudron, il s'était habitué à cette décoction de feuilles mortes, à laquelle il accordait la vertu de le faire pisser avec plus de régularité. Une fois qu'il eut soigneusement fermé la porte, son premier geste fut d'aller à la cassette de maroquin fauve dans laquelle son secrétaire particulier déposait toujours le courrier du matin sans l'ouvrir. Il compulsait fébrilement les lettres en regardant chacun des cachets qui les scellaient. Cette fois encore, aucune ne portait les armes de Philippe d'Orléans. Une de ces crises de découragement dont il ne maîtrisait jamais la violence ni la durée allait s'abattre sur ses humeurs lorsque son regard s'arrêta sur un sceau familier, et il décacheta d'un geste sec la lettre du nouveau lieutenant général de police.

Elle contenait le rapport complet de ces filles à parties qui, une fois leurs charmes dévorés par l'âge ou la vérole, se reconvertissent en tenancières, fausses dévotes ou magiciennes de foire, et informent soigneusement la police pour couvrir leur nouvelle industrie ou garder dans le secret un passé encombrant. La bonne femme avait donné bien du plaisir à l'abbé à la fin du dernier siècle et il la protégeait en retour, comme il le faisait pour la Fillon et celles qui pourvoyaient aux soupers du Palais-Royal : il prélevait sur elles sa dîme, tant en argent qu'en confessions de toutes sortes. Mme Dupuy, c'était son nom, racontait une séance de voyance très particulière au cours de laquelle une femme de chambre de la duchesse du Maine, plus morte que vive, accompagnée d'un abbé très parfumé, était venue poser aux esprits des devinettes qui lui paraissaient dignes d'être portées à la connaissance de monsieur le lieutenant général de police. Il avait été question de la santé du jeune roi, des malheurs des princes légitimés, des destinées du Régent et un peu de Leurs Majestés espagnoles, tout cela, bien sûr, entouré de prudentes circonlocutions mais suffisamment explicite pour éveiller les soupçons. À ce premier récit, la devineresse ajoutait que les réponses de l'au-delà ayant été jugées relativement satisfaisantes, elle s'était vu inviter à Sceaux pour y être présentée à Son Altesse Sérénissime, la reine des Mouches à Miel. Cette confession très détaillée se terminait par de longues plaintes sur la dureté des temps pour les femmes vertueuses, quelques demandes d'instructions pour la suite de son office, ainsi que mille bénédictions répandues à profusion sur la tête du roi, du Régent, du lieutenant de police et, enfin, de ce bon abbé Dubois.

En repliant soigneusement la lettre, ce dernier se surprit lui-même à remercier le ciel.

7.

Le pavillon de l'Arsenal

Le marquis de Pompadour, enveloppé dans un domino de soie noire lustrée par un trop long usage, avait pris soin de faire badigeonner de goudron les armes peintes sur les portières de son carrosse dont la caisse à l'ancienne mode désignait, à elle seule, un survivant du dernier règne. La courtoisie et la considération avec lesquelles il s'adressait à son cocher intriguèrent pourtant le portier tandis que celui-ci faisait tourner sur ses gonds la lourde porte cochère. Le fidèle serviteur crut que son maître, dont il connaissait la vie routinière depuis les malheurs venus frapper ses ambitions, se rendait avec un ancien compagnon de débauche à une partie de plaisir pour se dédommager de toutes ses infortunes.

La voiture traversa la Seine par le pont Royal, longea le quai des galeries du Louvre jusqu'aux guichets avant de remonter les rues Saint-Nicaise puis de Richelieu au pas lent de chevaux mal nourris. En apercevant les hauts toits du Palais-Royal, le cocher lâcha un juron qui se perdit dans la nuit. Le marquis donna aussitôt deux coups brefs de sa canne à pommeau sur le plafond de l'habitacle pour appeler son étrange domestique à plus de discrétion. Parvenue à la rue Neuve-des-Petits-

Champs, la voiture tourna à main droite. À hauteur de l'ancien hôtel Colbert, dont les portes étaient restées inhabituellement ouvertes, elle marqua l'arrêt sans chercher à pénétrer dans la cour intérieure. Un homme drapé dans un riche manteau de voyage et précédé de deux laquais portant des torches s'avança. Le cocher sauta de son siège et vint ouvrir la portière, non sans avoir salué très dignement l'inconnu qui répondit à cette politesse par de grands moulinets de chapeau dignes de la cour d'Espagne avant de monter en voiture. Plusieurs coups de fouet et autant d'injonctions à peine étouffées restèrent sans effet : les chevaux déjà épuisés par une longue route se refusaient à repartir. Il fallut que le mystérieux passager donne des ordres dans sa langue pour que l'on apporte quelques sacs d'avoine au maigre équipage du marquis de Pompadour.

Enfin le carrosse s'ébranla à nouveau au moment où le clocher de l'église des Déchaussés sonnait minuit. Il restait désormais à aller au bout du monde, et ce n'est que deux heures plus tard que l'on y parvint. Il fallut ensuite traverser les cours successives de l'Arsenal plongées dans les ténèbres pour atteindre enfin le petit pavillon de la duchesse, posé comme une lanterne au milieu de la nuit profonde.

Le marquis échangea quelques mots avec le cocher lui ordonnant de rester à l'extérieur, car leur auguste passager exigeait de n'être suivi de personne d'autre que de lui pour cette première entrevue. Le comte de Laval cracha par terre de dépit et ajouta qu'il se contenterait donc de bouchonner lui-même les deux rossinantes dès lors que c'était là le seul rôle qui lui était assigné dans cette grande affaire.

L'arrivée des laquais portant la livrée de la maison du Maine écourta cet échange aigre-doux. Chacun d'eux tenait à deux mains des flambeaux d'argent à cinq branches dont la lueur était rendue parfaitement inutile tant les hautes travées du pavillon déversaient leur flot de lumière sur le pavé de la petite cour d'honneur. Lorsqu'ils pénétrèrent dans l'édifice, accompagnés de cette escorte galonnée sous toutes les coutures, les deux hommes fatigués d'un long voyage furent éblouis, l'espace de quelques instants, par le feu des lustres et des girandoles qui embrasaient la maison princière depuis l'antichambre jusqu'au grand salon. C'est au centre de cette pièce imposante qu'ils trouvèrent la duchesse du Maine, juchée sur un tabouret conçu pour lui permettre de toucher le clavier d'un clavecin dont la caisse richement ornée d'entrelacs et de lambrequins voyait s'ébattre tous les animaux de la grande ménagerie de Sceaux, peints au naturel. Un éléphant, un dromadaire et un rhinocéros particulièrement attentifs assistaient sagement à un concert donné par des singes en l'honneur du roi des animaux.

Le prince de Cellamare, ambassadeur du roi Philippe V, n'eut pas le temps de s'arrêter aux détails de cette petite fantaisie. Vêtu du grand habit de cour taillé dans un drap d'argent délicatement brodé d'écarlate, il était mis avec beaucoup de goût comme pour rencontrer le roi de France. La princesse, sautant de son tabouret plus qu'elle n'en descendit, ne manqua pas d'être sensible à cette élégance d'étiquette et salua l'ambassadeur comme s'il avait été Sa Majesté Très-

Catholique en personne. Elle-même était comme à son habitude outrageusement fardée de céruse et de rouge, sa petite taille prise dans un corps de robe de grand apparat aux manches desquelles pendaient les fameuses perles des princes de Condé. Cette nuit-là, elle recevait en presque reine l'envoyé de son neveu de la main gauche, le roi d'Espagne.

Deux fauteuils à hauts dossiers tout de bois doré et garnis de lampas écarlates venaient d'être apportés devant la cheminée faisant face à l'immense porte-fenêtre, prolongée d'un balcon suspendu au-dessus de la Seine d'où, le jour, on jouissait de la plus belle vue qui soit sur les bûchers de l'île Louviers et le port Saint-Bernard. Le marquis de Pompadour, quant à lui, resta debout comme l'exige l'étiquette en présence d'un souverain ou de son représentant et demeura aussi muet que les valets durant tout l'entretien qui suivit.

Après les compliments d'usage, la duchesse du Maine conduisit habilement la conversation sur le terrain de la grande diplomatie et des rumeurs qui couraient dans Paris à propos de l'ambassade secrète de l'abbé Dubois à Londres. La princesse fit mine de ne pas croire un seul instant que le Régent puisse ainsi pousser son cousin le roi d'Espagne vers une alliance contre nature avec des puissances protestantes dont l'une n'était qu'une république et l'autre un royaume tombé aux mains d'un usurpateur. Le prince de Cellamare répondit que lui-même ne prêtait évidemment pas la moindre foi à un projet qui allait contre l'esprit de famille et la soumission à l'Église, ce qui était, au demeurant, une seule et même chose. À quoi il ajouta aussitôt que, dans le cas où cette chimère devenue vérité devrait être présentée à son maître, ce dernier la repousserait avec horreur, car les droits du sang étaient inaliénables par nature : personne, sauf Dieu qui peut tout, n'étant en mesure de distribuer des couronnes. C'est seulement à la fin de son propos que l'ambassadeur se rendit compte de sa bévue : il s'adressait ainsi à la femme d'un prince légitimé qui devait ses prétentions non pas à la volonté du Tout-Puissant mais à celle du roi Louis XIV, qui pour avoir été divinisé toute sa vie par les courtisans et les flatteurs n'en était pas moins un simple pécheur. Pourtant les sourcils de la princesse si facilement expressifs ne marquèrent pas la moindre inflexion et se tinrent cois, car elle ne voyait pas la moindre offense à des propos qui ne s'adressaient, selon elle, qu'au régent de France et au roi d'Angleterre. Heureuse au contraire de cette entrée en matière, elle soutint avec le sérieux et l'aplomb d'une femme savante habituée à discourir sur Descartes que la seule alliance possible devait unir les royaumes de France et d'Espagne au duc de Savoie, maître de la Sicile. C'était tout à la fois un pacte de famille, le roi d'Espagne étant l'oncle du roi de France et le petit-fils de Victor-Amédée de Savoie, et une alliance stratégique qui verrouillait la Méditerranée au nez et à la barbe de la flotte anglaise désormais maîtresse de l'île de Gibraltar.

L'ambassadeur, prince napolitain et grand d'Espagne, restait bouche bée devant cette femme haute comme trois pommes qui redessinait sous ses yeux la carte de l'Europe quand elle aurait dû passer son temps à faire des nœuds, comme la mode le lui commandait, ou des prières comme la religion l'exigeait. Il s'étonnait aussi de l'absence du duc du Maine dont c'étaient finalement des intérêts qu'il était question, mais n'osa évidemment pas y faire la moindre allusion. Aussi se contentait-il d'écouter et de hocher la tête en signe d'assentiment chaque fois que les élucubrations de son interlocutrice paraissaient servir les desseins du cardinal Alberoni, Premier ministre de Sa Majesté espagnole.

Heureuse de l'attention que l'ambassadeur lui accordait, la petite Altesse Sérénissime poussait son avantage, tournait et retournait les arguments, promettait le soutien du parti des légitimés et de la noblesse de France, profondément attachée au sang de ses rois. Elle marqua alors un long silence comme pour signifier la gravité de ses propos, puis galvanisée par sa propre audace elle s'aventura bien au-delà des bornes qu'elle s'était elle-même fixées, en ajoutant que, dans le cas où le jeune Louis XV serait rappelé par Dieu, la signature de la quadruple alliance que fomentait ce diable d'abbé Dubois enfermait Philippe V dans une nasse qui lui interdirait définitivement la route de la France, dès lors qu'il s'agissait en réalité de garantir une fois encore, par ce nouveau traité, les clauses dynastiques du traité d'Utrecht.

L'ambassadeur, que toute cette aventure avait commencé par amuser, écoutait désormais la princesse avec une attention assez inhabituelle chez ce grand seigneur fastueux et nonchalant. Les choses allaient trop vite et trop loin, selon lui, pour que le duc et la duchesse du Maine ne soient pas les détenteurs d'informations dont lui-même était peut-être ignorant, et suffisamment assurés de leurs forces pour que la princesse avance ainsi à découvert au milieu de leurs domestiques et en présence d'un tiers. Tout cela devait être rapporté sans attendre et dans les moindres détails au cardinal Alberoni, qui en ferait son miel. Plus matois qu'il ne le laissait paraître, le prince de Cellamare prit un air pénétré, faisant d'abord mine de peser tous ces arguments avec la seule balance de la raison d'État, il réclamait quelques éclaircissements, comme si devant un tel déploiement de clairvoyance politique et de sagacité féminine son âme de vieux soldat restait éblouie, presque aveuglée.

Ludovise triomphait. Celle dont on chantait l'esprit depuis près de vingt ans à coups de sonnets et de madrigaux prit l'hommage qui lui était rendu par l'envoyé du roi d'Espagne pour argent comptant ; elle se voyait déjà porter la cuirasse et le casque d'opéra de la Grande Mademoiselle. Alors, n'y tenant plus, elle sonna la pauvre Delaunay qui, comme à son habitude, attendait les ordres, et exigea sèchement sa belle écritoire. La femme de chambre s'exécuta séance tenante. Prenant la petite clé cachée au fond de sa poche, la duchesse fit jouer le mécanisme qui libérait le tiroir secret et en sortit un mémoire magnifiquement calligraphié qu'elle remit à l'ambassadeur d'un geste théâtral en lui expliquant que tout ce qu'il contenait était de sa façon et qu'elle avait fait l'effort de le composer elle-même sans l'aide de personne, et uniquement grâce à une lecture attentive des gazettes.

Cellamare reçut le précieux manuscrit avec autant de soin que s'il se fût agi de l'ampoule contenant le sang liquéfié de San Gennaro et demanda l'autorisation, immédiatement accordée, de le parcourir.

Le Napolitain lisait et n'en croyait pas ses yeux. Dans sa folie, la princesse avait consigné par écrit tous les arguments susceptibles de détourner le roi Philippe V de la quadruple alliance. C'était plus qu'il n'en demandait, car il détenait de quoi faire sauter de joie le cardinal Alberoni, qui cherchait par tout moyen à briser la tentative d'encerclement dont l'Espagne était la cible. Il pensa même défaillir lorsque la princesse l'engagea à conserver son mémoire pour le transmettre à ses maîtres comme preuve de sa bonne volonté et de sa soumission aux vœux de Leurs Majestés Très-Catholiques.

Sans se faire prier à nouveau, il plia le document en deux avant de le glisser dans la large manche de son habit brodé puis de prendre congé avec la grâce d'un homme qui a connu toutes les cours d'Europe. Il fut raccompagné, dans son curieux équipage, par le marquis de Pompadour, lequel n'avait pas ouvert la bouche de la soirée pour n'y avoir jamais été invité une seule fois par la duchesse du Maine.

Le voyage de retour, dans une nuit profonde, promettait d'être long, morne et silencieux, mais lorsque au moment de quitter la rue du Petit-Musc pour s'engager dans la rue Saint-Antoine une éclaircie de lune découpa soudain dans le ciel de Paris les tours sinistres de la Bastille, le marquis rabattit, comme par réflexe, la capuche de son vieux domino de soie, et le prince de Cellamare pensa qu'il avait dans la manche de son habit de quoi faire tomber bien des têtes, à commencer par celle de son triste vis-à-vis.

8.

Des nouvelles du seigneur de la Lune

Lorsqu'une femme aux allures de fille d'opéra dont l'accoutrement paraissait convenir davantage aux jardins du Palais-Royal et à ses commerces licencieux qu'aux parterres du château de Sceaux demanda à la voir, Rose Delaunay comprit immédiatement qu'elle lui tombait de la Lune... Après avoir eu toutes les peines du monde à se débarrasser du caquetage invraisemblable de cette commère et de la forte odeur de musc qui la désignait à la concupiscence de tous les valets, la femme de chambre s'enferma à double tour dans le petit logement que l'intendant Brillon venait enfin de lui attribuer. La pièce entresolée jouissait d'une cheminée certes fumante mais bien utile quand, avec l'hiver, le froid s'engouffrait dans le château ouvert aux quatre vents.

À peine décacheté, le lourd paquet livré libéra plusieurs pages d'une écriture ridiculement espacée et couvertes d'inutilités. C'était là le signe convenu, il fallut alors se baisser pour approcher le papier du foyer où se consumait une mauvaise bûche et voir se dessiner puis brunir les lignes écrites à l'encre secrète. Rose parcourut le tout avec attention ; mais c'est son visage effaré qui apparut sur le miroir du trumeau lorsqu'elle se releva, en prenant péniblement appui sur la tablette de la modeste cheminée de pierre qu'un faux marbre peint à la hâte ne suffisait pas à anoblir.

Dans les transes, elle attendit les quatre heures de l'après-midi et le réveil de la princesse pour pouvoir, enfin, lui remettre le courrier du baron de Walef. Ses cheveux pommadés encore pris dans son bonnet de nuit, la paresseuse altesse, qui luttait contre les bâillements au début de sa lecture pensa tomber du haut mal lorsqu'elle fut parvenue au bout de ce tissu d'extravagances. Non content d'avoir emprunté le chemin de Rome pour se rendre à Madrid, pensant certainement que c'était le plus court, cet aventurier fantasque s'était permis, sans y avoir été autorisé, d'aller présenter ses curieuses lettres de créance au représentant de l'empereur auprès du pape. Il fallait avoir l'esprit bien faible pour dévoiler ainsi les batteries du parti qui, en France, combattait de toutes ses forces le projet de la quadruple alliance au représentant de celui qui avait tout intérêt à y souscrire. C'était livrer le roi d'Espagne à son pire ennemi, et il y avait fort à parier que le Régent était déjà au courant de cette démarche folle. Or ce n'était pas tout : le baron de Walef racontait avec force détails qu'une fois arrivé en Espagne il avait été reçu par le cardinal Alberoni, dont il transmettait la bénédiction à la princesse. Il en avait alors profité pour lui présenter ses propres projets en vue de garantir la paix de l'Europe et les intérêts des Bourbons. Suivait, consigné sur cinq bonnes pages *in quarto*, un galimatias diplomatique sans rime ni raison où il était question, dans le cas où le jeune Louis XV viendrait à passer de vie à trépas, de découper les royaumes de France et d'Espagne en belles tranches pour les partager ensuite équitablement entre les grandes puissances de façon à s'assurer que l'Angleterre et les Provinces-Unies, ainsi repues, se tiendraient bien tranquilles.

La princesse jetait à terre chaque page froissée après l'avoir lue, laissant Rose Delaunay se précipiter pour les ramasser et les fourrer nerveusement dans les poches de sa robe. La consternation et la frayeur marquaient le visage des deux femmes, qui n'étaient pourtant pas au bout de leurs surprises. Après avoir exposé avec le sérieux d'un procureur l'ensemble de ses projets insensés, le baron de Walef demandait à la princesse de lui faire parvenir un blanc-seing l'autorisant à négocier de puissance à puissance avec le cardinal Alberoni un traité conforme à ses visées et de nature à faire définitivement obstacle au projet de quadruple alliance.

À peine le dernier feuillet lentement échoué sur le parquet cloisonné de la chambre, résonnèrent de hauts cris. La petite duchesse du Maine entra soudain dans une de ces crises nerveuses qui faisaient trembler les vitres des fenêtres et battre le cœur de ses servantes. Ses yeux se révulsaient, son pouls devenait cataleptique, ses membres se raidissaient et des hurlements à briser le cristal retentissaient si loin que même les animaux de la ménagerie cherchaient à prendre la fuite. Rose Delaunay se précipita sur le coffret de palissandre qui renfermait les flacons à sels, se saisit du premier qui lui tomba sous la main, en fit sauter le bouchon d'argent et courut le mettre sous le nez de sa maîtresse pour la faire revenir à elle. La domesticité avait entièrement déserté l'appartement princier, dans lequel ne restaient plus que les deux femmes.

Les nerfs ayant lâché, il convenait désormais de recouvrer son calme pour affronter une situation particulièrement périlleuse : un émissaire extravagant se promenait à travers l'Europe en se présentant comme l'ambassadeur du duc et de la duchesse du Maine, tous les deux nés au pied du trône de France et auxquels toutes les chancelleries prêtaient des ambitions démesurées ; c'était aussi fou que dangereux. Rose Delaunay se voyait comme une paysanne marchant à pleins sabots sur la fine couche de glace d'un étang gelé et croyait déjà entendre les craquements sinistres annonciateurs du désastre qui inévitablement la plongerait dans les eaux noires du Styx. Il devenait urgent de réagir et de parer le coup. La duchesse, remontant progressivement de sa profonde léthargie, acquiesçait mais en silence aux propos de sa femme de chambre pendant que cette dernière tentait de redonner forme humaine à un visage déformé par l'angoisse.

Lorsque enfin Louise-Bénédicte retrouva l'usage de la parole, il fut décidé de mettre en garde le baron de Walef en lui adressant un courrier comminatoire. Les reproches pleuvaient, l'ancien ambassadeur occulte se voyait traité d'insensé et d'homme bien extraordinaire pour avoir outrepassé sa mission. Il lui était ordonné, en des termes qui n'admettaient pas réplique, de se tenir tranquille et surtout de s'abstenir de décider de l'avenir de l'Europe, de ses frontières comme de ses dynasties. Prise sous la dictée, la lettre fut bientôt patiemment retranscrite à l'encre invisible, mais ces démarches se révélaient insuffisantes pour apaiser l'inquiétude des deux femmes. Désormais, tout chez le baron de Walef qu'elles écoutaient autrefois comme l'oracle de Delphes les effrayait. Sa présence en Espagne, où il pouvait continuer à se faire passer pour ce qu'il n'était plus, représentait un terrible danger, mais son retour en France et le risque de le voir monnayer ses secrets – et notamment les lettres compromettantes en sa possession – leur paraissaient un danger encore plus grand. Alors la duchesse se cognait aux fenêtres de sa chambre comme son perroquet aux barreaux dorés de sa cage, répétant inlassablement :

« Que faire ? Mais que faire pour contrer cet extravagant ? »

Quand soudain elle imagina en appeler à son nouvel ami l'ambassadeur d'Espagne. Le prince de Cellamare était bien trop galant homme pour laisser une femme de sa condition en proie à l'impudence et aux imprudences d'un simple aventurier. Rose Delaunay sentit que cette fois la glace se brisait nettement sous ses pas, mais il était trop tard pour contrer cette dernière folie ; et elle prit sous la dictée une autre lettre dans laquelle sa maîtresse suppliait le représentant du roi d'Espagne de convaincre le cardinal Alberoni de ne pas prêter foi aux chimères colportées par un certain baron de Walef. À quoi elle ajoutait que ce dernier étant personnage à ne point mécontenter, elle priait instamment Son Éminence Éminentissime de lui donner quelque emploi en Espagne qui pût le satisfaire, et surtout le convaincre d'y poursuivre son séjour voire le reste de son existence.

Tout en écrivant, Rose Delaunay se tourmentait intérieurement, car ce faisant la princesse continuait à tresser de ses petites mains pommadées la corde qui leur ferait un jour donner l'estrapade à toutes les deux, mais avec le risque que le bourreau fasse faire à l'humble servante des sauts plus douloureux qu'à la petite-fille du Grand Condé.

Ludovise tira le cordon, appela son premier valet de chambre et exigea de voir sur-le-champ le marquis de Pompadour, qui avait le malheur de séjourner à Sceaux. Elle lui remit la lettre et le fit partir séance tenante vers Paris dans une voiture de louage.

Plus morte que vive, Rose Delaunay eut néanmoins la force de dire à sa maîtresse que ces courriers les feraient un jour jeter en prison toutes les deux, mais la princesse lui répondit par un grand éclat de rire auquel elle ajouta que la seule chose à craindre, c'était la couardise de son mari, qui faisait la sourdc oreille et ne lui était pas d'une plus grande aide qu'un chapon à une poule.

9.

Conseil de régence

Paris, palais des Tuileries, dimanche 17 juillet 1718

C'est la tête farcie et l'esprit congestionné par la colère bien davantage que par les vapeurs du vin de Champagne que le Régent venait de paraître au lever du petit roi. Il n'en laissait rien deviner, car Philippe d'Orléans maîtrisait à merveille cet art de la dissimulation qui permet de gazer la bêtise des princes ou de protéger leur intelligence, selon les qualités dont la Providence les a dotés. Il s'apprêtait à mettre cul par-dessus tête la politique étrangère de Louis XIV mais, au moment de traverser la grande antichambre et de passer devant le portrait du feu roi couronné par la Victoire qui trônait depuis un demi-siècle face à l'immense cheminée, il ne put s'empêcher de baisser le regard et de serrer les dents. Personne dans l'assistance, très nombreuse au grand lever, ne remarqua cette brève contraction de la mâchoire, car sur son passage les hommes pliaient l'échine avec une souplesse de cour et les femmes profitaient de leur grande révérence pour dévoiler par feinte inadvertance des appas qui ne demandaient qu'à être admirés. D'habitude et malgré sa vue basse, le Régent aimait à profiter de cet étalage de chairs palpitantes qu'affolait désormais la perspective d'entrer à bon compte dans le système de M. Law.

Ce matin-là, l'heure était trop grave pour qu'il titille les femmes même du seul regard. Les nouvelles étaient mauvaises. Malgré la mise en garde très sèche que le marquis d'Argenson avait adressée, quinze jours plus tôt, au président de Mesmes et aux quarante conseillers du Parlement venus en grande pompe aux Tuileries faire leurs remontrances au roi sur sa politique monétaire, ces satanés robins persistaient dans leur esprit de désobéissance et travaillaient même, chose insensée, à une réplique. On murmurait dans les cafés que le parlement de Paris projetait de s'unir aux parlements de province et aux autres cours souveraines dans le seul but de se dresser contre l'autorité du gouvernement. Si Philippe se « foutait pas mal du Parlement » – c'est le mot qu'il avait lancé à la tête de son président, grand échalas onctueux juché sur les sommets de sa suffisance –, il craignait bien davantage l'esprit public. De simples sujets se saisissaient désormais des affaires de l'État pour en discuter tout à leur guise au lieu de conserver le silence respectueux qui convient à tout ce qui touche à l'État. De petits messieurs sortis de rien dégoisaient jusque dans ses propres jardins du Palais-Royal sur la politique étrangère du royaume. Comme si de simples bourgeois à peine évadés de leurs boutiques ou de leurs ateliers pouvaient prétendre embrasser de si vastes sujets qui n'intéressaient que les princes, les rois et leurs chancelleries. Certains poussaient même l'effronterie jusqu'à coucher sur le papier ce qu'ils appelaient des « pensées » et qui n'était en réalité que des impertinences. Par ailleurs, il savait désormais de source sûre, car Dubois avait posté des mouches derrière chaque tapisserie, que la cour de Sceaux et sa reine insensée soufflaient en permanence sur ces braises parlementaires, quitte à les rallumer elles-mêmes lorsqu'elles leur paraissaient trop froides à coups de bouts-rimés et de chansons à boire plus orduriers les uns que les autres.

Pour autant, là n'était pas le plus grave. Stanhope avait tenu à faire le voyage jusqu'à Paris pour l'informer en personne que l'Espagne se préparait à lancer une armada vers l'Italie. La Sardaigne volée l'année précédente au duc de Savoie ne suffisait plus à la reine d'Espagne, l'impérieuse Élisabeth Farnèse rêvait maintenant de reprendre pied au royaume de Naples et peut-être même de mettre dans la corbeille de ses enfants nés ou à naître les duchés de Parme et de Toscane. Cette nouvelle foucade encouragée par le cardinal Alberoni attentait à la paix de l'Europe et rendait plus que jamais nécessaire le traité de la Quadruple-Alliance. Isolé, le cerbère espagnol serait bien obligé de lâcher sa proie italienne, et Philippe, conscient qu'une guerre européenne ruinerait tous ses efforts de redressement du royaume, voulait désormais, après avoir trop longtemps tergiversé, signer préventivement ce traité. Les lettres de Dubois se faisaient de plus en plus pressantes. Stanhope avait su se montrer particulièrement convaincant grâce à la précision des renseignements collectés par ses espions. En France, un complot ourdi par l'ambassadeur du roi d'Espagne et quelques grands seigneurs qui n'étaient point nommés menaçait directement son autorité et peut-être même sa vie. Des pièces aussi inquiétantes pour le Régent que compromettantes pour leurs auteurs le jour où ils seraient démasqués venaient de tomber opportunément entre les mains du cabinet de St James et ne laissaient aucun doute sur l'existence de cette cabale pernicieuse.

Le duc d'Orléans était donc bien décidé à imposer ses vues diplomatiques au Conseil de régence avant la fin du jour. Une fois cette victoire remportée, et son amitié avec le roi d'Angleterre ainsi scellée, il s'occuperait de ces conjurés prêts à trahir la France pour se construire des châteaux en Espagne.

Passé dans la chambre du roi, Philippe s'avança jusqu'au balustre qui séparait l'alcôve du reste de la pièce, et dont le portillon lui fut immédiatement ouvert par le premier valet de chambre pour lui permettre d'aller saluer son royal petit-neveu. Comme à son habitude, il échangea avec lui des propos badins, lui demandant des nouvelles de son jeune ami Iroquois et de ses chiens. L'enfant était d'humeur joyeuse et s'amusait à faire tomber les chaussures que deux valets de garde-robe s'ingéniaient à lui enfiler. Il fallut l'intervention discrète de M. de Fréjus, son précepteur, pour qu'il cesse ce petit jeu et reprenne aussitôt la mine fermée et boudeuse qui lui tenait lieu, en public, de face-à-main. Alors que le premier gentilhomme de la chambre s'apprêtait à lui tendre la chemise afin qu'il la présente au roi, le Régent, au lieu de s'en saisir, se pencha et chuchota quelques mots à l'oreille de l'enfant qui désigna alors le duc du Maine pour cet office. Un murmure de cour salua ce geste magnanime, mais en réalité c'était un coup de talon donné au pied bot de cet infirme auquel le Régent faisait mine de concéder les honneurs d'un prince du sang dont il avait pourtant le rang par la volonté de Louis XIV. Le prince s'avança de sa démarche claudicante jusqu'au balustre, sur lequel il fut obligé de prendre appui pour atteindre le parquet d'estrade délicatement clouté d'un tapis de la Savonnerie. Cette faiblesse et cette humiliation n'échappèrent à personne, pas même aux figures grotesques qui peuplaient les lambris dorés de cette pièce toute détrempée dans le vieux style. Seul le duc de Bourbon, qui n'y voyait que d'un œil et aveuglait l'autre de sa haine, fulminait que l'honneur de la chemise ne lui ait pas été réservé, alors qu'il lui revenait de droit après le Régent. Il était trop bête pour comprendre que son auguste cousin venait de servir sous ses yeux le pauvre bâtard comme une biche en forêt de Chantilly après l'hallali.

Pendant que l'on terminait d'habiller le roi, Philippe d'Orléans cherchait à discerner dans la salle les membres de son Conseil, mais sa mauvaise vue jointe au soleil du matin qui l'éblouissait déjà à travers les hautes croisées de la chambre ne lui facilitaient pas la tâche.

Au sortir de la messe, alors que le jeune Louis XV s'amusait à regarder les jardins des Tuileries depuis la terrasse qui longe la chapelle à l'ouest et répondait par de petits signes de la main aux révérences de promeneurs, des valets portant la livrée du duc d'Orléans s'approchaient discrètement de quelques courtisans dont le cordon du Saint-Esprit barrait ostensiblement la poitrine. Ils leur adressaient quelques mots à voix basse avant de s'incliner respectueusement et de s'en aller renouveler ce manège auprès d'autres grands seigneurs. Ces derniers attendirent que Sa Majesté eût terminé de prendre l'air et rejoint ses petits appartements pour se diriger d'un pas vers le cabinet du Conseil, où le Régent les reçut d'abord en aparté l'un après l'autre dans l'ordre fixé par l'étiquette. Ils en ressortaient avec posé sur le visage cet air pénétré des hommes gardiens de lourds secrets d'État, avant d'aller faire les cent pas dans la galerie des Ambassadeurs vidée de ses badauds par les gardes suisses. Les conciliabules ne duraient guère, mais parfois quelques éclats de voix traversaient les portes. Dans la galerie peinte à l'imitation du Carrache, personne ne se parlait, et le duc de Bourbon qui n'avait jamais regardé une œuvre d'art de toute son existence faisait mine d'admirer les chefs-d'œuvre des collections de son œil valide.

Bientôt les portes du cabinet s'ouvrirent dans un fracas de cour, et le premier gentilhomme de la chambre appela par leurs titres et leurs noms ceux qui étaient invités à venir prendre place autour de la table du Conseil. Chacun ayant gagné son tabouret, le Régent entra aussitôt en matière en récitant le petit propos que chacun connaissait déjà sur les nécessités de la Quadruple-Alliance. Ensuite, et non sans malice, il pria le maréchal d'Huxelles, président du Conseil des affaires étrangères, de lire les termes du traité. Ce voluptueux qui préférait la robustesse de ses laquais à la tendresse des femmes, dont il ne voulut jamais épouser aucune, rappelait trop par la particularité de ses goûts son propre père au Régent pour lui être sympathique. Par ses idées, par ses manières et ses fidélités plus encore que par ses plaisirs, le maréchal appartenait à la vieille cour, dont il demeurait le représentant intraitable dans la machinerie des cabales qui s'affrontaient depuis l'agonie du Grand Roi. Le Régent l'avait longtemps ménagé pour cette seule raison, mais son attachement indéfectible au roi d'Espagne en faisait désormais un obstacle dont Dubois ne cessait de contrecarrer l'influence et de miner le pouvoir par le lent travail de sape dont il était coutumier. Il ne restait donc plus, ce jour-là, qu'à allumer la mèche pour faire sauter le vieux maréchal comme un baril de poudre de riz.

La lecture fut longue et fastidieuse : Huxelles trébuchait sur les phrases écrites par son pire ennemi, avalait les mots comme autant de couleuvres, se perdait dans les méandres d'une pensée diplomatique qui n'était pas la sienne. Le Régent manifestait, quant à lui, son impatience, regardant par la fenêtre tout en sifflotant *mezza voce* un air d'opéra dont il tapotait la mesure sur le bord de la table. Enfin le calvaire prit fin, et le vieux soldat aux lèvres peintes qui la veille encore jurait qu'il se ferait couper la main plutôt que de signer un traité qui réduisait en cendres la politique du feu roi déclara, à la stupéfaction générale, qu'il trouvait le nouveau traité bon et utile pour la France.

Non content de cette nette approbation, le maréchal déjà outrageusement parfumé ajouta quelques coups d'encensoir à l'intention du Régent, lequel, par sa sagesse, assurait ainsi plusieurs années de paix au royaume. La veille, ce même Régent lui avait fait savoir qu'en cas d'opposition au traité il se verrait immédiatement destitué de la présidence du Conseil des affaires étrangères et, *ipso facto*, privé de la pension afférente ; et il recevrait en prime une lettre de cachet l'invitant à se retirer sur ses terres. La menace avait été réitérée d'un ton sans réplique lors du face à face auquel Huxelles s'était vu convier le matin même après la messe. Il en va ainsi, parfois, de certains soldats couverts d'honneurs et de gloire sur les champs de bataille, et qui montrent plus de courage sous la mitraille que dans les antichambres. La parole fut ensuite donnée au marquis de La Vrillière, qui s'en remit aussitôt à la sagesse du prince sans se prononcer davantage. Une réponse aussi laconique pour un homme qui rapportait les affaires au Conseil mieux que bien des magistrats surprit l'assistance, où l'on commençait à comprendre que le tour était joué. Torcy qui visait déjà la succession d'Huxelles entama, au contraire, un long et pesant panégyrique de la nouvelle alliance et les membres du Conseil se rangèrent derrière lui, les uns après les autres.

La partie semblait gagnée lorsque vint le tour du maréchal de Villeroy. Sans vraiment marquer son opposition, le vieux complaisant de la Maintenon demandait une suspension des négociations, car il refusait d'imaginer que la France puisse un jour retourner ses armes contre l'Espagne. À sa suite, le comte de Toulouse annonça qu'il voterait contre. C'était préparer l'offensive de son frère aîné, car le duc du Maine prit aussitôt la parole et s'exprima en mots très durs contre un retournement d'alliances qui était mauvais pour l'État, mauvais pour le roi et contraire aux intérêts mêmes de Son Altesse Royale le duc d'Orléans. Il rappela de façon sensée que d'autres alliances avaient été envisagées, notamment avec le tsar et les puissances du Nord, qui auraient signé tout ce que l'on aurait voulu pour l'honneur de devenir les amis de la

France. Les termes étaient choisis, les arguments pesés et le ton très affirmé, ce qui était rare chez cet homme au naturel charmant et doux.

La cabale de la vieille cour relevait soudain la tête. Les doigts du Régent ne pianotaient plus sur le clavier d'un clavecin imaginaire, ils se taisaient. De toute évidence, cette harangue avait été préparée de longue main par les beaux esprits de Sceaux dans la cuisine à madrigaux de la duchesse du Maine. Le visage de Philippe d'Orléans s'empourprait d'apoplexie, mais en petit-fils de France il continuait à maîtriser son expression, comptait mentalement les voix positives qui venaient de se déclarer et supputait celles qui devaient encore s'exprimer.

Le duc de Bourbon, furieux de n'avoir pas été mis dans la confidence de ce petit coup de théâtre diplomatique, parla enfin, mais ce fut pour cracher sa colère sur le parquet précieusement marqueté. Cet homme anormalement laid devenait franchement hideux lorsque la contrariété s'invitait comme une sorte d'inconvenance dans sa vie. Il cambra sa haute taille au moment de parler, et ce fut pour dénoncer de sa voix rocailleuse l'ignorance dans laquelle avait été laissé le Conseil de régence à propos de négociations qui jetaient le pays, ses ports et ses frontières dans les bras de ses ennemis d'hier. Curieusement, alors que toutes les perruques assises autour de la table ployaient sous la violence d'une fureur princière jamais très éloignée de la folie chez un Condé, le visage du Régent retrouvait toute sa placidité et, si ses doigts demeuraient sages pour ne pas importuner davantage son bruyant cousin, il agrémentait mentalement son discours de quelques notes de musique dans l'idée d'en tirer un jour un bel air d'opéra. Le duc d'Orléans savait en effet pertinemment que la haine du duc de Bourbon pour le duc du Maine était portée à un tel degré d'incandescence que jamais il ne se rangerait à son avis, sur cette question du traité d'alliance comme sur aucune autre. Il venait de remporter cette manche dans son éternel combat contre son vieil ennemi car, après avoir fait trembler les vitres des hautes croisées de la salle du Conseil et répété trois fois chacune de ses affirmations avec la même indignation, Monsieur le Duc refusa finalement de donner son avis et monta aussitôt sur son Aventin pour s'y claquemurer dans un silence souverain.

« Tout est fini, Dieu merci… » pensa le Régent pendant que les membres du Conseil se retiraient dans un ordre d'étiquette sous le regard du premier huissier du cabinet, mais lorsqu'il se retrouva seul avec le duc de Saint-Simon qu'il avait retenu par la manche sous prétexte de l'entretenir en particulier, il jeta comme à son habitude sa lourde perruque sur la table, passa la main dans ses cheveux naturels, et approchant son interlocuteur de gilet à gilet lui déclara avec un air de gourmandise qui en disait assez long :

« M. du Maine s'est enfin démasqué… »

III

Mettre le feu aux mines

10.

Leurs Majestés Très-Catholiques

Espagne, palais de l'Escorial, fin juillet 1718

Plus personne ne s'étonnait à la cour d'Espagne des grognements de plaisir qui provenaient de la chambre du roi. Sa Majesté Très-Catholique montait à l'assaut de la reine pour la cinquième fois de la nuit. L'aube commençait à peine à poindre lorsque les soupirs laissèrent place à une sorte de hululement ininterrompu. Les valets intérieurs, réveillés par ce bruit inhabituel, s'interrogeaient du regard sans oser se lever, mais les ducs de Liria et d'Arcos toujours postés dans l'antichambre ne montrant aucun signe d'inquiétude, ils se contentèrent de tapoter leur litière de service pour se rendormir avant d'être appelés à changer le lit.

Parmi bien d'autres lubies, leur maître s'était persuadé que les excès de la chair mettaient tous les matins le feu à ses draps pour lui rappeler quel long séjour au purgatoire l'attendait. Le père Daubenton, son confesseur, contraint de dormir dans la chambre des deux époux pour leur donner l'absolution au saut du lit, avait beau répéter que Dieu bénissait une union si féconde, son pénitent restait convaincu de la réalité de ses visions. Importuné par la réponse du jésuite, le roi hurlait maintenant à la mort comme un chien à l'heure de l'angélus. La reine, lasse de discuter avec un fou et pressée d'aller entendre la messe à la chapelle où elle était sûre que son époux ne viendrait pas lui imposer le devoir conjugal, confirmait avec une parfaite mauvaise foi ces visions infernales, laissant le confesseur confondu. Élisabeth Farnèse n'avait alors qu'une seule idée en tête : déserter au plus vite sa chambre qu'investissaient maintenant les domestiques, chargés de remplacer le linge tout maculé de semence royale par des draps tissés dans un couvent où le diable, le roi en était convaincu, n'avait jamais pu pénétrer même par la cheminée.

Un quart d'heure plus tôt, Son Éminence le cardinal Alberoni s'était présentée aux portes des appartements royaux. Il affichait la mine préoccupée des jours où le destin vous est contraire, mais il savait le moment propice : le roi n'entendait jamais aussi bien les mauvaises nouvelles qu'après avoir entièrement vidé le carquois. Un valet à la solde du tout-puissant Premier ministre l'ayant prévenu que le couple venait de courir une cinquième poste, il s'était aussitôt précipité, car il détenait, grâce à un courrier du prince de Cellamare, des informations qui ne laissaient plus aucun doute sur la gravité de la situation pour l'Espagne. Ces mauvaises nouvelles contrariaient d'autant plus le cardinal que sa propre obstination à refuser les dernières ouvertures de l'Angleterre n'était pas pour rien dans ce retournement de la situation diplomatique.

Après avoir donné sa bénédiction cardinalice à Leurs Majestés Très-Catholiques, Alberoni alla droit au but car les ardeurs du roi pouvaient se réveiller d'un moment à l'autre, l'obligeant à battre en retraite par décence pour la pourpre – alors que le pauvre Daubenton, lui, resterait attaché au pied de la couche royale dans l'attente d'un acte de contrition *post coïtum*.

Le roi écoutait son Premier ministre en disant son chapelet d'une main pendant qu'il continuait à caresser les cuisses de sa femme de l'autre. Sa bouche se tenait toujours ouverte car la terrible hérédité Habsbourg l'affligeait depuis l'enfance d'une lippe dont le poids l'emportait sur l'éducation. Il fixait son interlocuteur d'un regard rond, perdu entre les promesses du paradis et la peur de l'enfer. Alberoni parlait avec une gravité teintée d'indignation de façon à être compris de cet esprit lent. Le cardinal ménageait ses effets pour annoncer que le Régent de France, trahissant tous les liens du sang et les commandements de la religion, venait de faire adopter par son Conseil une alliance contre nature avec les puissances protestantes du Nord et l'empereur Charles VI, son pire ennemi.

Cette nouvelle ahurissante aurait dû provoquer chez le roi une de ces crises d'amour-propre dans lesquelles il puisait, depuis le début de son règne, des ressources insoupçonnées dès que son pouvoir et ses droits divins étaient remis en cause, mais il n'en fut rien. Contre toute attente, le monarque restait comme indifférent, et la lippe héritée de sa grand-mère Marie-Thérèse s'agitait sous le seul murmure des oraisons. Déconcerté et craignant que le feu charnel ne reprenne sur des braises nocturnes mal éteintes, Alberoni se décida à enfoncer le clou en ajoutant que d'après ses espions, tant à Londres qu'à Paris ou à Vienne, ce nouveau traité contenait une clause secrète autorisant les quatre puissances à déclarer la guerre à l'Espagne dans le cas où elle refuserait de rejoindre une alliance conclue pour assurer la paix universelle. Alberoni, sûr de son effet, guettait la flamme de la colère qu'il croyait pouvoir allumer dans le regard de son maître ; mais le roi, loin de s'emporter, restait couché et prostré, marmonnant à l'infini des Pater et des Ave. Agacé, le cardinal ordonna alors au *camarero mayor del rey* d'ouvrir les volets de la chambre toujours plongée dans une obscurité fétide. Les valets s'exécutèrent, libérant ainsi le soleil mais, au moment précis où l'on tira les rideaux du grand lit d'apparat, un cri inhumain déchira l'air vicié par les odeurs d'encens et de fornication. L'écho de cette plainte animale roula à travers les interminables corridors du palais de l'Escorial, obligeant chacun à se signer sur son passage pour effrayer le diable. Saint Laurent sur son gril n'avait certainement pas hurlé avec autant de conviction que le roi ne venait de le faire en se précipitant de son lit pour courir pieds nus aux fenêtres, et rabattre les volets avec une violence inouïe. Le cardinal et le confesseur restèrent un instant pétrifiés, mais la reine, avec davantage de présence d'esprit, courut vers son époux qui se roulait déjà par terre et se tordait de douleur en implorant la clémence divine, car, gueulait-il, les rayons du soleil le brûlaient comme un tison ardent consumant ses organes les uns après les autres. Le roi, agité de mouvements convulsifs et l'écume aux lèvres, semblait souffrir de male mort. La reine, toujours maîtresse d'elle-même, exigea que l'on donne à boire à son époux, mais à peine la première gorgée avalée il jeta la timbale d'or à l'autre bout de la pièce, vitupérant contre ceux qui essayaient de lui faire boire du plomb fondu… Les médecins accourus et toujours désemparés devant les maladies imaginaires de leur patient proposèrent de le saigner pour évacuer les humeurs malignes qui lui montaient au cerveau, mais son agitation était telle qu'aucun d'eux ne voulut s'aventurer à manier la lancette, au risque de blesser profondément le roi d'Espagne.

Revenu de sa surprise, le cardinal se ressaisit enfin et ordonna en italien, d'un ton à être obéi sans réplique :

« *Il castrato ! Il castrato subito !* »

Celui qui n'était plus tout à fait un homme, grand escogriffe bedonnant et goitreux, fardé à l'excès, le visage couvert de mouches grosses comme des pustules pesteuses et encadré d'une imposante perruque cendrée parsemée, ici ou là, de petits nœuds diamantés, fit son entrée dans un silence où la réprobation le disputait à l'admiration. Le pied droit chaussé de satin grenat posé en avant, la paume des mains tournée vers le plafond, il guettait des yeux l'assentiment du cardinal-ministre qui acquiesça d'un bref mouvement de tête. Alors le chant s'éleva, porté par une voix puissante et fragile à la fois, d'une pureté à faire pâlir d'envie tous les anges du ciel. Les roulades, d'abord timides, presque imperceptibles, enflèrent soudain jusqu'à déferler comme la vague du plaisir, chaude, saccadée et presque douloureuse lorsqu'elle parvint, enfin, à son paroxysme. La musique de Porpora éclaboussait désormais les murs couverts de scènes religieuses d'une sensualité délicieuse et équivoque, obligeant le père Daubenton, révulsé par la barbarie de la castration, à se protéger de cet étalage d'artifices napolitains en récitant son chapelet.

Dès les premières notes, le roi s'était immobilisé ; ses pupilles dilatées se rétractaient lentement et ses lèvres retrouvaient un semblant de calme. Au moment où la grande aria de la reine Bérénice vrillait les cœurs jusqu'à l'extase, le souverain parut se réveiller d'un long sommeil cataleptique, regarda de part et d'autre comme un homme qui revient à lui et cherche à savoir où il est. La reine, suivie des valets et des gentilshommes présents, se précipita pour lui venir en aide et l'asseoir sur son fauteuil.

D'une voix presque assurée, Philippe V exigea alors d'être rasé et coiffé, ce qu'il refusait énergiquement depuis des semaines. Les barbiers et les perruquiers, soulagés de retrouver l'usage de leur charge, accoururent et se mirent à l'ouvrage. Ensuite le roi demanda à être habillé de vêtements neufs, et au moment où ses valets lui enfilaient sa paire de bas il fit appeler son Premier ministre, qu'il pria de lui rappeler les affaires urgentes dont il était venu lui parler au réveil mais dont il n'avait pas conservé le souvenir. Le cardinal Alberoni ne se le fit pas répéter deux fois, et profita de cette éclaircie miraculeuse au milieu des vapeurs malignes qui embrumaient généralement l'esprit du roi pour lui apprendre la signature de la Quadruple-Alliance. Le souverain désormais très concentré voulut voir lui-même la lettre du prince de Cellamare qui annonçait cette catastrophe. Il la parcourut lentement puis la lut à plusieurs reprises avant de la rendre au cardinal accompagnée de ces seuls mots :

« Eh bien, monsieur le cardinal, il est temps de mettre le feu aux mines ! »

Alberoni s'inclina. Il jubilait intérieurement, car le roi venait de lui donner publiquement un blanc-seing dont en réalité il n'avait nul besoin : ses instructions au prince de Cellamare étaient déjà parties. Lui seul régnait sur l'Espagne et commandait aux destinées de toute l'Europe. Lui, l'humble fils de jardinier qui devait son destin à sa façon d'accommoder les macaronis et de flatter les sodomites, tenait le sort du monde et l'avenir des royaumes entre ses mains.

Sa Majesté le roi d'Espagne se leva ensuite, donna son bras à la reine et partit entendre la sainte messe. Le cardinal les suivait et promit intérieurement un trousseau complet de fil d'or et d'argent à la Vierge des Sept Douleurs.

11.

Retour à l'Arsenal

Paris, sur la rive droite de la Seine, 25 juillet 1718

Cette fois, le rendez-vous avait été fixé rue Saint-Antoine pour ne pas éveiller les soupçons, mais la mentonnière de M. de Laval continuait à effrayer les rares fidèles venus entendre complies chez les Jésuites et qui, passant devant la lourde voiture conduite par ce cocher à la mine patibulaire, pressaient le pas pour rejoindre la place Royale. Le trajet jusqu'à l'Arsenal fut donc beaucoup plus court : la nuit était à peine tombée depuis une heure lorsque la voiture du marquis de Pompadour se présentait déjà à l'entrée de la rue du Petit-Musc puis franchissait le porche monumental dont les colonnes imitant le fût de canon parlaient au cœur de ces vieux soldats. Enfin la voiture s'arrêta, Laval descendit de la banquette du cocher, ouvrit la porte et salua familièrement l'ambassadeur d'Espagne.

Contrairement à la dernière entrevue, le marquis de Pompadour avait pris la précaution de présenter le comte de Laval au prince de Cellamare. Ils étaient désormais tous les trois en pays de connaissance et furent introduits dans le salon de la duchesse du Maine. Elle travaillait à son écritoire – non pas celle qui lui venait du feu roi mais un ensemble en bois de Sainte-Lucie qu'elle affectionnait particulièrement et qui était plus facilement transportable. Les portes-fenêtres étaient grandes ouvertes sur une très belle nuit d'été, et la princesse avait même renvoyé sa musique de façon à se laisser bercer par les doux clapots du fleuve. Pour Son Altesse Sérénissime, la journée commençait à peine ; aussi venait-elle de quitter son négligé du grand lever et de revêtir une robe battante de taffetas cramoisi, laquelle n'était guère plus habillée mais qui lui donnait un petit air de jeunesse tout en rappelant, non sans une certaine espièglerie, la tenue préférée de sa belle-mère, la marquise de Montespan, lorsqu'elle était enceinte. C'était d'ailleurs la seule galanterie qu'elle concédait à son bâtard de mari.

La princesse accueillit l'ambassadeur du roi d'Espagne flanqué de ses deux accompagnateurs avec la hauteur d'une presque reine. Elle ne se priva pas de lui faire reproche de sa lenteur à intervenir, alors même que dès leur première entrevue elle l'avait mis en garde contre le projet de quadruple alliance que ce diable de Dubois fourbissait à Londres depuis des mois, pendant que le Régent amusait le maréchal d'Huxelles et les derniers survivants de la vieille cour par des hésitations feintes et des crises de conscience politique dont le seul but était de les enfumer.

Cellamare, déjà tancé par une lettre du cardinal Alberoni, s'étonna de la concomitance de ces deux rappels à l'ordre et craignit que la princesse ne soit parvenue à creuser un souterrain secret jusqu'à Madrid. Il s'empressa de la rassurer en lui déclarant que le roi, son maître, était plus résolu que jamais à ne point signer le traité que l'on voulait désormais lui imposer par la menace. À quoi, plus courtisan qu'il n'y paraissait à première vue, il ajouta que Sa Majesté Très-Catholique avait fort goûté le mémoire de la princesse, dont Elle avait retenu les conseils au point de tout tenter pour se rapprocher de la France avant que le Régent ne confirme ses funestes intentions à l'égard de l'Angleterre et de l'empereur.

Flattée jusqu'à l'étourdissement, la petite duchesse du Maine invita enfin l'ambassadeur à s'asseoir. Les deux autres conjurés restaient en retrait, convaincus que l'histoire du royaume de France était en train de s'écrire sous leurs yeux ébahis. Prenant le ton docte mais souriant qui était toujours le sien lorsqu'elle dissertait sur Descartes ou corrigeait publiquement la trajectoire des planètes, la princesse remercia son hôte pour ces excellentes nouvelles avant de lui demander tout à trac quelles étaient désormais les intentions de son neveu le roi d'Espagne.

Le prince de Cellamare, auquel Rose Delaunay venait de servir un chocolat brûlant dans une jolie tasse en porcelaine de Saxe, ne se fit pas prier pour révéler le contenu d'une lettre de son maître qu'il venait à peine de recevoir :

« Sa Majesté m'a ordonné de dire à tous les Français qu'il regardait toujours l'honneur de la France comme le sien propre et qu'il verserait jusqu'à la dernière goutte de son sang pour le soutenir. »

La duchesse du Maine qui n'en demandait pas tant buvait ces paroles tout en avalant, elle aussi, une tasse de chocolat dont la mousse lui dessinait d'étonnantes moustaches. Si le roi d'Espagne était prêt à mourir pour l'honneur de la France, alors il ne manquerait pas de lever une armée pour reprendre le trône de ses ancêtres dans le cas où il viendrait à vaquer ; c'était l'assurance d'une véritable guerre civile si jamais le petit Louis XV trépassait. Une guerre qui lui offrirait le rôle politique de sa vie. Une guerre qu'elle était sûre de gagner, car les vrais Français suivraient à n'en pas douter les deux enfants du roi Louis XIV : l'ancien duc d'Anjou devenu roi d'Espagne par le mauvais sort, et le duc du Maine, son propre mari. Battu, le Régent n'aurait d'autre recours que de se soumettre ou de partir s'exiler chez ses amis les Anglais. Si elle n'avait pas tenu sa tasse d'une main et la sous-tasse de l'autre, Louise-Bénédicte aurait applaudi comme à l'Opéra.

Encouragé, Cellamare continua :

« Le roi, mon maître, tient l'intérêt de sa patrie aussi blessé que le sien propre dans le traité que l'on veut l'engager à signer… »

Sans chercher à savoir plus avant de quelle patrie il était ici question – Philippe V étant né français, il ne pouvait pas être devenu entièrement espagnol ! –, l'esprit de la princesse s'aventura bien au-delà de ce qu'elle avait fait lors de leur première entrevue, en suggérant à l'ambassadeur d'engager le roi son maître à s'adresser directement au peuple en répandant dans tout le pays quelques écrits par lesquels il rappellerait ses droits de fils de la branche aînée tout en engageant le Régent à respecter ses devoirs.

Le prince de Cellamare trouvait l'idée excellente mais se disait trop étranger pour se lancer ainsi dans la rédaction d'une adresse aux Français et, toujours galant homme, il assura à la duchesse du Maine qu'il n'oserait jamais écrire une seule ligne dans la langue de Racine sachant qu'elle en serait la première lectrice. C'était déposer aux pieds de la petite-fille du Grand Condé des hommages qui lui donnaient bien plus de plaisir encore que les drapeaux moissonnés par son illustre aïeul sur tous les champs de bataille du siècle dernier. Le feu lui montait aux joues, et ce n'était pas sous l'effet du chocolat qui bouillonnait dans l'énorme verseuse en argent posée sur un élégant réchaud à alcool du même métal précieux. Elle s'enivrait déjà des compliments rimés que tous les membres de l'Académie française jetteraient sous les roues de son char de triomphe lors du carrousel que le roi d'Espagne, devenu roi de France, ne manquerait pas de donner dès le lendemain de sa victoire sur Philippe d'Orléans et tous les usurpateurs du monde. De ces brassées d'alexandrins, elle ferait alors composer des cantates à sa gloire par le fidèle Jean-Joseph Mouret qui lui avait dédié son *Ariane*, une tragédie en musique que la cabale du Palais-Royal avait fait odieusement tomber. Le Régent ne tolérait que le succès de ses propres musiciens.

Soudain, la voix désagréable du marquis de Pompadour arracha Louise-Bénédicte à ses douces rêveries. Il se proposait d'en appeler aux États généraux pour trancher sur le renversement des alliances et départager le conflit qui opposait désormais le Parlement au Régent à propos de M. Law et de ses mirifiques projets de finances. Le mot fit l'effet du génie de la lampe dansant au milieu des lambris délicats du petit ermitage de l'Arsenal. Les États généraux n'avaient jamais été réunis en France depuis plus d'un siècle, et il fallait remonter aux temps de la reine Marie de Médicis pour voir l'État royal si faible qu'il s'en soit trouvé réduit à solliciter l'avis et le soutien des représentants du royaume. En appeler aux États généraux, c'était opposer l'autorité de la France rassemblée à la fragile légitimité du Régent.

L'idée séduisit immédiatement la princesse conspiratrice car, une fois les États réunis, il ne serait pas difficile de convaincre les députés de la noblesse autant que ceux du clergé de changer la forme de la régence et – qui sait – de la faire attribuer à son mari, le duc du Maine, ou à sa propre sœur la duchesse d'Orléans. Le frère et la sœur, nés tous les deux du même adultère entre le feu roi et la Montespan, s'aimaient d'un amour tendre. Le duc et la duchesse d'Orléans formaient eux un très mauvais ménage, car le Régent et sa mère la princesse Palatine n'avaient jamais digéré la terrible mésalliance à laquelle le despotisme de Louis XIV les avait contraints. La duchesse du Maine savait aussi bien cela que tout Paris, mais ce que Paris ne savait pas, c'est que le frère et la sœur évoquaient parfois – dans le plus grand secret – la possibilité de faire glisser la régence du mari vers sa femme. Or, malgré sa paresse et ses terribles maux de tête, la duchesse d'Orléans s'imaginait assez bien tenir le timon de l'État depuis le confortable lit de repos qu'elle ne quittait jamais.

Le prince de Cellamare comprit à l'éclat presque maléfique pris par le regard de la duchesse du Maine qu'elle venait de mordre à l'appât. Il serait bientôt en mesure de faire parvenir au cardinal Alberoni un véritable projet de complot politique capable de renverser le Régent et de lui substituer un prince ou une princesse plus conforme aux intérêts de la cour de Madrid. Tout au moins sur le papier, car au fond de lui-même le vieux diplomate italien rompu aux subtilités des chancelleries ne croyait pas aux chances réelles de voir le coup réussir ; mais il tenait là un moyen d'abreuver son maître du lait de chimères dont il se montrait d'autant plus friand qu'il accumulait les avanies diplomatiques.

Le marquis de Pompadour fut donc vivement encouragé à prendre la plume et à trouver les mots que l'on pourrait proposer à la signature du roi d'Espagne dans une lettre qu'il adresserait directement au petit roi de France et à son Parlement. Une telle entrée du dernier petit-fils vivant de Louis XIV sur la scène française ne manquerait pas de gagner au parti espagnol bien des alliés et d'affaiblir un Régent menacé par de multiples foyers d'opposition.

Ce soir-là, on crut que l'on touchait au but et, alors que le carrosse des conjurés s'engageait dans une nuit profonde, la duchesse du Maine exigea que l'on réveille ses musiciens pour qu'ils viennent bercer les songes éveillés d'une nuit sans sommeil. Les folies de l'ambition restaient encore le meilleur remède à ses crises de névralgie, auxquelles ses médecins ne comprendraient jamais rien.

12.

La conjuration des grammairiens

Paris, palais des Tuileries, appartement de la duchesse du Maine, quelques jours plus tard et au petit matin

Lorsque la reine de Sceaux convoquait ceux qu'elle appelait ses ministres à l'heure où en temps normal elle s'endormait, c'est que la chose était d'importance. Son état d'extrême agitation frappa d'ailleurs Malézieu et Polignac dès qu'ils eurent été introduits auprès d'elle par le premier gentilhomme. La princesse parcourait la chambre d'apparat en tous sens, lisant et relisant un mémoire manuscrit qu'elle serrait de ses mains de poupée jusqu'à le froisser. Parfois une exclamation fusait, puis c'étaient de grands silences consternés où elle paraissait plongée dans une réflexion profonde avant de se ressaisir pour dicter à Rose Delaunay quelques phrases saisies au vol de ses pensées, et de demander aussitôt à sa précieuse femme de chambre de lui en faire la lecture à haute voix. Elle se déclarait pourtant insatisfaite, reprenait ses sautillements à travers la chambre et laissait échapper de longs soupirs de découragement. Au bout de quelques minutes de ce manège, elle fit mine de s'apercevoir de la présence des deux hommes et, s'adressant au prince de l'Église tout empêtré de sa pourpre dans un moment si délicat, elle lui confessa tous ses malheurs.

Les deux plus fidèles courtisans de la reine de Sceaux restèrent saisis lorsqu'ils comprirent que la duchesse entretenait une relation suivie avec l'ambassadeur du roi d'Espagne, depuis de nombreuses semaines, ce dont elle s'était bien gardée de leur parler. Leur étonnement se mua en effarement quand elle leur avoua que, non contente de ces manigances, elle entretenait désormais une sorte de correspondance diplomatique suivie avec Alberoni, ennemi déclaré du Régent et coadjudateur servile de toutes les ambitions de la reine Élisabeth Farnèse. Ils tentèrent l'un et l'autre de la ramener à la raison, la conjurant d'abandonner un commerce politique qui dépassait, et de loin, les faibles lumières d'une simple femme, fût-elle la petite-fille du Grand Condé, et qui risquait de la perdre aux yeux du monde, de son mari et, plus grave encore, de la justice du roi ! Faire écrire et publier sous le manteau des libelles en vue de défendre les intérêts des princes légitimés ou des poèmes pour chansonner la paillardise du Régent était une chose, comploter contre l'État en était une autre. Les deux hommes avancèrent ainsi les arguments les plus sensés tout en reculant imperceptiblement vers la porte, par laquelle ils cherchaient à fuir d'instinct l'abîme que la princesse venait d'ouvrir sous leurs pas.

Rose Delaunay, toujours modestement installée à sa table à écrire, buvait à longs traits toute cette sagesse masculine qu'elle n'osait approuver de la voix mais soutenait néanmoins courageusement de quelques hochements de tête, bien certaine malheureusement que cette philosophie, pour une fois, ne convaincrait pas sa maîtresse. Elle ne se trompait pas.

La princesse fixait ses deux interlocuteurs avec une hauteur qui ne présageait rien de bon. Une fois qu'ils eurent terminé leurs prudentes tirades, elle laissa s'installer un silence de plomb. On entendait seulement bourdonner une grosse mouche toute désorientée par les immenses trumeaux de glace qui ornaient les murs de la chambre et qui venait bêtement se heurter aux carreaux de la croisée, confondant le ciel et le verre.

La réponse de la duchesse à la couardise de ces deux hommes qui lui devaient tout fut cinglante et assenée sans la moindre pitié. Elle ne les avait pas appelés pour être traitée en petite fille, ce qu'elle n'était plus depuis longtemps, mais parce qu'elle avait besoin de leur science pour corriger des lettres à soumettre à la signature du roi d'Espagne et que le marquis de Pompadour lui avait remises la veille. Ce brave soldat maniait mieux le glaive que la plume, son style était désastreux, sa syntaxe approximative, son vocabulaire d'une rare indigence, et ses idées s'entrechoquaient sur le papier avec la grossièreté d'un troupeau de bœufs conduit au marché. Jamais elle ne laisserait le cardinal Alberoni et le roi d'Espagne poser les yeux sur une prose aussi ridicule. À Sceaux, elle tenait depuis bientôt vingt ans le bureau d'esprit le plus célèbre de toute l'Europe, au point que sa maison et sa famille étaient même données en exemple par le tsar de toutes les Russies. Du vieux Fontenelle au jeune Voltaire, chacun venait chercher auprès d'elle ces grades qu'aucune université ne décerne jamais car ils sanctionnent le raffinement de la pensée, la pureté d'un style ou le charme de la conversation, que seules peuvent délivrer les mains d'une femme de goût. Il était hors de question de se déconsidérer en laissant croire à son neveu le roi d'Espagne et au cardinal Alberoni, fût-il le fils d'un pauvre jardinier, que la *dictatrice* perpétuelle de l'ordre de la Mouche à Miel cautionnait de telles fautes de grammaire. Il convenait donc de tout reprendre de A jusqu'à Z, de mettre les principales idées développées par Pompadour et Laval dans un ordre strictement cartésien et surtout de veiller à ce que tout fût dit avec l'élégance française du seul style qui sied à un petit-fils de Louis XIV : celui de l'Académie.

Malézieu et Polignac se récrièrent. Ils ne pouvaient pas mettre la main à une telle correspondance sans poser le pied sur la première marche de l'échafaud ! La voix de Louise-Bénédicte se fit impérieuse et les mots insultants. Une princesse de sang royal ne demandait pas de l'aide à des valets, fussent-ils couverts de pourpre et de lauriers : elle ordonnait et tenait à être obéie sur-le-champ. L'ambassadeur d'Espagne attendait ces documents de façon à les faire parvenir à la cour de Madrid dès les premiers jours du mois d'août, et elle comptait bien les lui adresser dans les prochaines heures. À Malézieu, elle assena avec la plus grande dureté qu'il était au service de sa maison et que les pensions que son mari lui versait n'étaient en réalité rien d'autre que des gages. Il suffisait d'un mot pour lui retirer sa charge de chancelier de la principauté de Dombes et le renvoyer à sa condition de simple précepteur. Elle poussa la méchanceté jusqu'à lui rappeler l'obscurité de sa naissance et l'honneur qu'elle lui faisait de le recevoir à sa table alors que sa place était aux cuisines. Il n'existait que par son seul regard ; qu'elle le détourne et il disparaîtrait à l'instant du monde.

Le ton montait, la voix se faisait plus aiguë et l'œil noircissait. Après avoir tiré cette première salve, la princesse détailla pour le malheureux latiniste ce que son élection à l'Académie française leur avait coûté, à elle et à son mari : quelques efforts et beaucoup d'argent. Ces propos incendiaires ne s'adressaient bien évidemment qu'à M. de Malézieu, pourtant l'impérieuse Ludovise prenait bien soin de fixer effrontément le cardinal. Il était impossible, même à une princesse du sang, de rudoyer la pourpre romaine, mais les yeux d'une ancienne maîtresse pouvaient tout dire, même le pire, à un vieil amant. Si la petite duchesse avait eu sa cravache à la main, elle les aurait fouettés jusqu'au sang comme des manants égarés pour leur malheur sur la route d'une chasse à courre.

Face au vent furieux qui se levait et menaçait de les emporter tous les deux, le cartésien et le cardinal capitulèrent honteusement et se mirent aussitôt à l'ouvrage, en se persuadant qu'ils ne faisaient qu'appliquer là les consignes du duc du Maine : le malheureux mari ayant acquis la conviction dès les premières années d'une union inégale que la raison de sa femme ne tenait qu'à un fil, il avait expressément ordonné de ne la contrarier jamais. Chacun se souvenait aussi que le père de la princesse sur la fin de sa vie, se prenant pour un chien, aimait à aboyer au passage du roi. Malézieu et Polignac passèrent alors une bonne partie de leur matinée à mettre en forme les dangereuses élucubrations politiques que le prince de Cellamare avait su habilement souffler au marquis de Pompadour pendant leurs nombreuses traversées de Paris la nuit.

Au vue de cette reddition, la prudente Rose Delaunay se félicita de n'avoir pas ouvert la bouche tout au long du pathétique conciliabule. Très vite la fatuité des beaux esprits de la cour de Sceaux l'emporta sur la prudence, et chacun fit assaut de style autant que d'érudition. On cherchait des tournures, des formules et des élégances que l'on finissait par trouver au milieu des encouragements et des applaudissements princiers, car l'impérieuse Circé retrouvait à leur égard les douceurs de Thétis pour Apollon. On croyait faire des bouts-rimés et l'on trahissait tranquillement la France.

Une fois la lettre au roi et celle qui devait être adressée au Parlement achevées, le cardinal pressé de se sortir de ce guêpier et d'aller assister à la messe de Sa Majesté abandonna la compagnie en recommandant que les originaux sur lesquels ils venaient de travailler fussent brûlés sur-le-champ. Malézieu exigea de convoquer le comte de Laval, pour lequel il éprouvait un profond mépris, afin qu'il établisse lui-même et sous ses propres yeux une copie des deux courriers avant qu'ils soient portés au prince de Cellamare. L'encre des copies n'était pas encore sèche qu'il s'empara ensuite des originaux et les fourra dans son justaucorps pour ne laisser traîner aucune pièce portant trace de son écriture. L'académicien connaissait trop bien le mot du terrible Laubardemont au cardinal de Richelieu qui lui demandait une tête : « Qu'on me donne six lignes écrites de la main du plus honnête homme de France, et j'y trouverai de quoi le faire pendre… »

Restée seule avec Laval et Rose Delaunay, la duchesse s'attela enfin à la rédaction du manifeste destiné à être distribué dans tout le royaume pour soulever la France au nom du roi d'Espagne, car malgré de nouvelles menaces et imprécations ni Malézieu ni Polignac n'avaient accepté de mettre la main à un écrit qui offrait le passeport le plus certain pour finir écartelé en place de Grève. Il ne s'agissait ni plus ni moins de retirer la régence des mains du duc d'Orléans. Pour faire bonne mesure, Laval imagina même donner davantage de crédit à ce brûlot, en l'affublant de la signature postiche du jeune Louis XV. C'était là un moyen habile – au moins le croyait-on dans le petit cénacle de la duchesse du Maine – que de laisser entendre aux Français que la destitution annoncée du Régent relevait d'un accord politique entre le roi de France et son oncle le roi d'Espagne, une sorte de pacte des Bourbons de la branche aînée scellé contre les Orléans et l'alliance avec l'Angleterre et les Pays-Bas.

Il fallut plusieurs jours, ou plutôt plusieurs nuits, pour parachever cette révolution de papier, en établir une copie, la joindre aux deux lettres déjà rédigées et faire porter le tout à l'ambassade d'Espagne.

13.

Mais où sont les régiments de la duchesse du Maine ?

Le bel abbé de Portocarrero avait le plaisir pour seule ambition, et elle le dévorait d'un feu que rien ne parvenait jamais à éteindre. Il alimentait cette fournaise avec la rage d'un inquisiteur de son pays, mais à cette différence qu'il ne tuait personne sinon de cette petite mort dont on ressuscite malheureusement trop vite. Les femmes restaient son gibier de prédilection, mais il ne dédaignait pas les hommes pourvu qu'ils soient d'aussi bonne race que ses chevaux, deux magnifiques alezans ramenés de Madrid et qu'il montait alternativement pour parcourir le cours de la Reine à la grande joie des putains et des badauds. La croupe devait être lisse et le jarret puissant, et lorsque l'un ou l'autre venait à se cabrer sous l'étreinte de ses étriers il savait prendre le mors aux dents. Moins regardant sur la qualité et le pedigree de ses pouliches, il n'hésitait jamais à saisir l'occasion par les cheveux. Bourgeoises, dévotes, femmes bien nées, pensionnaires de la Fillon, filles à gages et à parties, paysannes perverties, tout lui était bon pourvu que son ventre palpite. Il était d'ailleurs fier de cette nature insatiable, alors que le priapisme du roi d'Espagne devenu quasi légendaire mettait cette mode au cœur de la nation la plus dévote au monde.

Aussi, plutôt que de porter le petit habit et le rabat de ses condisciples parisiens, l'abbé arborait-il la grande tenue à l'espagnole, celle-là même avec laquelle le roi Louis XIV avait fait portraiturer le duc d'Anjou, devenu Philippe V par la grâce du testament de Charles II : justaucorps noir, haut collet de batiste et bas montant sur la cuisse. Seule sa condition ecclésiastique lui interdisait de porter au côté une immense épée de Tolède, mais il se dédommageait de ce terrible désagrément pour un gentilhomme de sa naissance en baisant plus souvent qu'il ne disait la messe.

Cette excentricité de costume et cette liberté de mœurs faisaient de chacune de ses apparitions dans les allées du jardin des Tuileries un événement dont les nouvellistes à la main ne manquaient jamais de rendre compte ; mais ce qui plaisait par-dessus tout aux Parisiennes, c'était ce poil roux et ce regard bleu dont le nouveau secrétaire de l'ambassadeur du roi d'Espagne tirait une immense fierté. Ces attributs si rares dans la péninsule ibérique étaient le signe d'une glorieuse ascendance wisigothique qui attestait la pureté de son sang sans en passer par les preuves autrefois exigées par le terrible décret de Tolède. À Paris, où ces règles médiévales n'évoquaient rien pour personne, la rumeur flatteuse sur l'endurance au plaisir de l'abbé de Portocarrero suffisait à lui ouvrir toutes les portes.

C'est à peine si ce grand séducteur jeta un œil à l'abbé Brigault qui attendait déjà dans l'antichambre de l'ambassadeur lorsqu'il y fit son entrée. Les deux hommes, certes, portaient la tonsure, mais un océan de mépris les séparait. Que pouvait avoir de commun le neveu d'un cardinal vice-roi avec un obscur abbé relevant du diocèse de Lyon, fort dans le bas étage et conspirateur de métier autant que d'occasion ? Aux yeux d'un Portocarrero, rien. Aussi les deux hommes n'eurent-ils pas à s'éviter, car ils ne se voyaient tout simplement pas. L'ambassadeur de Sa Majesté Très-Catholique sortait à peine des mains de ses barbiers, il avait le teint frais mais l'œil inquiet et dégustait à petites lampées son chocolat dans une tasse en porcelaine de Chine pour se réconforter. Les instructions bellicistes du cardinal Alberoni lui donnaient bien des aigreurs d'estomac. C'est la raison pour laquelle il souhaitait s'entretenir avec les deux abbés avant son grand lever, car il s'apprêtait à jouer une petite comédie qui puisse tout à la fois réjouir la cour de Sceaux et alerter celle de Madrid.

Son Excellence commença par indiquer le fauteuil qui se trouvait en face de lui à Portocarrero et sa table de travail habituelle à Brigault. Une fois chacun à sa place, le prince se leva pour se diriger vers un somptueux cabinet du vieux style tout incrusté de cabochons d'agate, de silhouettes d'ivoire et d'entrelacs d'argent dont la présence massive obscurcissait la pièce. À l'aide d'une clé toujours pendue à son cou, il ouvrit avec précaution la porte ouvragée du tabernacle central, révélant un joli théâtre à fond d'ébène marqueté d'écaille dont les loges en trompe l'œil étaient soutenues par de fines cariatides de bronze doré. L'ambassadeur tira délicatement sur l'une d'elles afin d'actionner un petit mécanisme, et le rideau de scène de ce théâtre minuscule se releva aussitôt, révélant le tiroir secret. À l'intérieur de celui-ci, Cellamare prit un paquet soigneusement ficelé et le posa sur la table de l'abbé Brigault. Il contenait toute la littérature politique composée avec tant de soin par les conspirateurs de Sceaux. On y trouvait plusieurs pièces manuscrites dont une requête des Français (*sic*) au roi d'Espagne le suppliant d'intervenir auprès de son neveu le roi Louis XV pour convoquer les États généraux, une lettre à la signature de Philippe V relayant cette même demande, non seulement au roi de France mais aussi au Parlement, et enfin le projet de manifeste appelé à créer un mouvement d'opinion en faveur de la convocation.

L'abbé Brigault ouvrit le paquet après en avoir défait les liens, parcourut les différents documents qu'il contenait avant de se récrier. Si le style de cette prose était irréprochable, on ne pouvait malheureusement pas en dire autant de sa calligraphie. Il paraissait impensable de mettre sous les yeux du cardinal Alberoni ces feuillets noircis à la hâte, et à plus forte raison de soumettre de tels torchons à la signature du roi d'Espagne. Lui-même ne se sentait d'ailleurs pas la main suffisamment sûre pour s'en charger. Il est vrai que l'homme préférait les méandres de l'intrigue au travail qu'elle réclamait parfois.

Après avoir feuilleté négligemment cette liasse explosive mais bâclée, l'ambassadeur ne put qu'acquiescer et demander à l'abbé Brigault de trouver un copiste suffisamment habile et rapide pour retranscrire l'ensemble d'une main plus déliée et expédier enfin le tout à Madrid. Heureux d'être déchargé de cette tâche ingrate et conscient de l'urgence, Brigault demanda à prendre congé.

Portocarrero n'avait pas prononcé un mot de toute la scène, ni adressé le moindre regard à l'individu crasseux à peine sorti de la pièce. Le prince de Cellamare rapprocha son fauteuil de celui de son secrétaire d'ambassade. Ils étaient tous deux des serviteurs de l'Espagne et de naissance équivalente. Dans leur famille, on restait couvert devant le roi. Ils pouvaient donc se parler en toute confiance hors la présence de ce faquin d'abbé français prêt à vendre ses maîtres pour une mitre de carton peint.

La situation n'était pas celle que les conjurés ligués autour de la duchesse du Maine aimaient à leur peindre. Le coup d'État qu'ils projetaient n'avait aucune chance de réussir sans une aide militaire de l'Espagne. Or l'armée était presque entièrement mobilisée par les opérations en Sardaigne et en Sicile. Les quelques officiers français que le prince de Cellamare recevait courtoisement à la demande du marquis de Pompadour n'étaient pour la plupart que des aventuriers laissés sans cause ni subsides par le retour de la paix. Ces derniers espéraient trouver un peu de gloire et de quoi rembourser leurs dettes de jeu de l'autre côté des Pyrénées, mais ils n'avaient que leur épée et leurs cicatrices à offrir en partage, leurs régiments ayant tous été plus ou moins réformés. Seul le duc de Richelieu proposait de livrer les places dont il assurait la défense aux frontières de l'Espagne, pour le plaisir de se venger du Régent dont il aimait baiser les filles et qui avait eu l'audace de le menacer de la Bastille. Le problème, c'est que le jeune duc était si panier percé, si fou et si volage qu'il ne paraissait pas raisonnable d'accorder la moindre confiance à ses offres mirifiques.

Quant aux provinces, malgré les efforts du comte de Laval pour soulever le Poitou, elles restaient bien sages, habituées à vivre depuis plus d'un demi-siècle sous la férule de leurs intendants prêts à écraser dans l'œuf le moindre début d'insurrection. À sa connaissance, seul un certain Boisdavy, pauvre vassal du comte de Laval un peu dérangé et convaincu que les légitimés partageaient les intérêts de la noblesse, s'était manifesté par une lettre dans laquelle il en appelait au devoir de révolte. Il restait bien la Bretagne, qui grondait sous le poids des impôts et rêvait toujours aux libertés du temps de la duchesse Anne, mais pouvait-on faire confiance à des hobereaux qui buvaient une sorte de pisse de cheval à l'odeur de pomme et parlaient une langue invraisemblable ? Certes, ces gens étaient très pieux, mais que valaient leurs processions et leurs pardons face aux dragons du roi ? Il fallait en convenir : la conjuration de la duchesse du Maine comptait en nombre de vieux généraux, de jeunes officiers et surtout des rimailleurs de profession, mais pas un seul bon régiment.

Le prince de Cellamare ponctuait de soupirs chacune de ces réflexions puis se servait une nouvelle tasse de chocolat, non sans en avoir proposé une à son interlocuteur qui la refusait avec le détachement d'un étalon auquel les aphrodisiaques sont inutiles. L'ambassadeur vieillissant envia cette assurance, car il était régulièrement informé des prouesses parisiennes du jeune homme. Il n'en continua pas moins de dévider l'écheveau de son pessimisme politique. Ôter la régence au duc Philippe d'Orléans était une chose, mais à qui les États généraux accepteraient-ils de la confier ensuite ? Le roi d'Espagne était trop loin, et il ne consentirait à franchir les Pyrénées à la tête de son armée que pour ceindre la couronne de France – pas pour y exercer la régence. Ces paroles avaient été prononcées à voix si basse qu'elles en étaient presque inaudibles. Les princes du sang, qu'il s'agisse du duc de Bourbon ou, plus taré encore, du prince de Conti, étaient trop méprisés pour espérer le soutien des parlements. Enfin, l'opinion n'aimait pas les légitimés, toujours regardés par le peuple comme de simples enfants bâtards trop vite montés en graine. L'ensemble formait un écheveau politique inextricable et surtout parfaitement contraire aux espérances du cardinal Alberoni.

En prenant ainsi à témoin le jeune Portocarrero, le prince de Cellamare savait ce qu'il faisait. Le bel abbé n'était pas arrivé par hasard : il était les yeux et les oreilles de Madrid. Lui révéler toute la difficulté de l'affaire, c'était se mettre à couvert. Il ne restait qu'à impliquer le jeune homme en lui donnant l'impression qu'il participait à des réflexions déjà bien avancées. Dès lors que la conjuration était encore dans les langes et que l'armée espagnole voguait non vers les côtes françaises mais vers la Sicile, il convenait de temporiser et, comme l'ambassadeur le suggéra, de continuer l'air de rien à chauffer les braises qui couvaient sous la cendre en amusant la duchesse et ses compagnons de jeu, plutôt que de mettre le feu à des pétards mouillés.

L'abbé de Portocarrero écoutait toutes ces finesses politiques d'une oreille distraite, car il avait un rendez-vous galant auquel il ne pouvait se soustraire sauf à se perdre de réputation ; or, pour un Espagnol à Paris, rien n'était plus précieux que ces bruissements d'alcôve dont la renommée résonnait ensuite jusque dans les confessionnaux. Le dernier mot restait ainsi à la sainte Église, ce qui était, après tout, l'essentiel. Aussi le jeune et brillant diplomate acquiesça-t-il à tout et, pour gagner du temps, il se proposa même de prendre sous la dictée du prince le courrier diplomatique que ce dernier faisait encore semblant de méditer. L'ambassadeur était aux anges mais s'effraya lorsque le jeune homme prétendit, l'air de rien, qu'il existait peut-être des moyens plus rapides et plus expéditifs pour se débarrasser du Régent qu'une conjuration de chieurs de vers conduite par une naine folle. En parfait homme de cour et grand lecteur du jésuite Baltasar Gracián, Cellamare ne laissa rien paraître du soupçon qui le gagna soudain : son jeune secrétaire d'ambassade était peut-être muni d'ordres supérieurs dont lui-même ignorait tout. Le cardinal Alberoni aimait conduire plusieurs diplomaties parallèles, parfois contradictoires entre elles, mais dont il était le seul à pouvoir dénouer les fils entremêlés. Ce diable d'Italien était capable de mentir de bonne foi au pape en personne tout en négociant avec le Grand Turc !

Le prince considérait cette possibilité avec philosophie : seul un idiot prétentieux pouvait prendre ombrage de ce manque de confiance de ses maîtres et surtout le manifester, alors que si de telles instructions secrètes existaient vraiment il fallait en remercier Dieu – car nul ne peut être tenu pour responsable de ce qu'il ignore.

14.

Promenons-nous dans les bois…

Monseigneur le Régent avait eu ce soir-là toutes les peines du monde à monter en carrosse tant il était pris de vin de Champagne, mais il aimait rendre visite à sa fille au château de la Muette, où il arrivait au point du jour dans le seul but de voir s'éteindre les lanternes des fêtes perpétuelles qu'elle y donnait.

Dans la cour d'honneur du château de Saint-Cloud, on avait donc fait appel à de solides portefaix pour venir en aide aux laquais qui soutenaient déjà leur maître titubant de façon à le hisser sur la banquette de la voiture sans porter atteinte à la dignité de sa personne, ni mettre le désordre à sa perruque ou à son habit. La délicatesse de ses domestiques n'empêchait pourtant pas le prince de pester et de jurer au point de faire hennir les chevaux de peur, à moins que ce ne fût de réprobation. À l'un, il réclamait sa canne qu'il tenait pourtant bien en main, à l'autre son chapeau qu'un jeune page aux yeux narquois et au nez droit portait derrière lui comme le saint sacrement. Par précaution, le capitaine des gardes s'était même emparé de l'épée du Régent, au pommeau orné d'un énorme diamant qui transformait chaque éclat de lune en gerbes de feu, ne lui laissant autour de la taille que le baudrier vide. Le prince, bien que complètement saoul, n'était pas dupe de cette substitution et le faisait savoir par de nouvelles bordées d'expressions ordurières.

Enfin le premier valet de chambre qui venait de veiller en personne à ce délicat transbordement ferma la portière du carrosse, dont les six chevaux firent aussitôt étinceler leurs fers argentés sur les gros pavés de grès. Depuis sa chambre où elle ne dormait déjà plus, Madame s'était levée de sa table à écrire pour assister à ce spectacle navrant qui lui mettait toujours un peu de deuil à l'âme, même si elle ne se sentait pas le droit de reprocher à son fils de boire comme un Allemand et préférait, à tout prendre, qu'il ait hérité ce vice des princes palatins plutôt que le goût italien de son malheureux mari. Sur ce sujet, il est vrai que Philippe lui avait donné dès son plus jeune âge toutes les raisons d'être rassurée. Jusqu'à ces petits bâtards dont on couvrirait demain la tonsure d'une mitre, ce qui – pensa-t-elle – était déjà bien assez pour ces engeances. Il n'y avait que la vieille ripopée, la veuve Scarron, l'ordure du feu roi, la salope vomie des enfers par le diable en personne pour imaginer mettre une couronne sur le crâne de bâtards. À la seule pensée de ce sacrilège qui mettrait le monde cul par-dessus tête, la vieille dame se signa par trois fois.

Retournée à ses plumes et à son encrier, la duchesse douairière entendit, le cœur serré, s'éloigner vers le bois de Boulogne les claquements de fouet et le cri des palefreniers sautant d'une monture à l'autre pour rassurer les bêtes qu'effrayait le grand galop de nuit. Elle n'ignorait pas que le Régent allait cuver son vin chez la duchesse de Berry dont il aimait à animer les orgies. Ce n'était pas de gaieté de cœur, mais elle devait bien admettre que sa petite-fille était une archiputain, et que ce vice-là ne venait pas d'elle mais bien de la Montespan. Mauvais sang ne pouvait pas mentir davantage que le bon, surtout lorsqu'ils avaient été soigneusement mélangés dans le seul but de les abaisser et de les lier les uns aux autres comme ces malheureux galériens que l'on voit à Marseille. Les vicissitudes de sa famille venaient de cet odieux brassage du sang de Saint Louis avec le plus vilain péché du monde.

Dans la voiture, le Régent dormait déjà comme un sonneur de cloches, et ses ronflements encaissaient sans peine les cahots du chemin. Sa perruque glissait dangereusement à chacun des virages de la descente de Saint-Cloud. Le capitaine des gardes, resté seul avec lui, était contraint de la lui replacer sur la tête, non sans difficulté car il maîtrisait mal l'art du merlan. À la troisième tentative, comme la perruque refusait de tenir sur le crâne auguste, le capitaine des gardes exaspéré déposa à côté de lui la belle armature de cheveux blonds. Il n'aimait pas ces escapades nocturnes au cours desquelles il était le seul à assurer la protection du prince. Certes, les cochers, les deux laquais de banquette et les postillons étaient équipés de pistolets d'arçon, et lui-même avait fait cacher des armes chargées dans les larges poches des portières, mais il était indigne de voir le régent de France courir les allées du bois de Boulogne comme un vulgaire cadet de Gascogne en quête d'une bonne fortune.

Au fond du bois, à l'heure où le Régent traversait la Seine au pont de Saint-Cloud, un homme pissait à longs jets sur le socle de pierre de la croix du rond-point dit « de Mortemart ». Tout témoin un tant soit peu observateur aurait facilement remarqué que cet étrange pèlerin faisait durer le plaisir du soulagement un peu trop longtemps pour n'être là qu'en simple maraudeur. L'homme à large carrure surveillait tour à tour la route de Monseigneur et les allées qui convergeaient vers le carrefour où il se trouvait, car au débouché de chacune d'elles plusieurs hommes prêts à monter en selle attendaient sans parler, tenant à la main la bride de leurs montures. De faux hululements de chouette troublaient de temps à autre le silence du bois. Une fois qu'il eut vérifié la présence de tous ses complices, La Jonquière quitta son poste d'observation pour aller se cacher à son tour dans une des contre-allées. La coupe militaire de son habit ne laissait aucun doute sur son état, et sa démarche trahissait immédiatement l'ancien mestre de camp de cavalerie.

À peine avait-il quitté son poste d'observation que les cliquetis d'un équipage au petit trot venant de la porte de Boulogne se firent entendre. La route était faiblement éclairée par la lueur tremblante de deux lanternes et aucune escorte n'apparaissait, conformément à ce qui était annoncé. Le coup de main allait être si facile que l'ancien militaire regretta presque d'avoir engagé autant de fonds pour recruter des hommes en trop grand nombre.

Soudain, la voiture s'immobilisa à moins d'un quart de lieue du rond-point. Cette halte n'était pas inscrite au programme et La Jonquière, en bon soldat, détestait les imprévus ; aussi d'un simple geste de la main intima-t-il à ses hommes, déjà en selle, l'ordre de rester à leur place. L'officier réformé retenait son souffle, mais lorsqu'il vit une femme, vêtue comme une reine d'opéra, descendre de la berline et faire quelques pas pour aller cracher sur le bord de la route, il se retint d'éclater de rire. Cette halte poisseuse allait servir son projet au-delà de toute espérance. Le Régent assommé par le plaisir ne serait pas en état, ni même en tenue, d'opposer la moindre résistance.

Aussi, sans attendre que la jeune Médée ait achevé d'immoler les enfants de Jason en s'essuyant la bouche, La Jonquière donna, cette fois, le signal de l'assaut. En quelques instants, une vingtaine de cavaliers armés jusqu'aux dents, le visage masqué, fondirent sur l'attelage resté à l'arrêt et l'encerclèrent. Le cocher sauta à bas de son fauteuil en moins de temps qu'il n'en faut pour le dire et tomba à genoux avant même d'en avoir reçu l'ordre. Il demandait grâce, et elle lui fut accordée sur-le-champ d'un coup de crosse sur la nuque. La reine du bordel déjà outragée préféra jouer aussitôt une mort de théâtre en perdant connaissance plutôt que de risquer sa vie en appelant à l'aide. Quant aux chevaux de cet équipage de louage, heureux de ne rien faire, ils échangeaient d'aimables mouvements d'oreilles avec leurs condisciples, espérant qu'ils allaient pouvoir bientôt les rejoindre à l'écurie.

Deux spadassins s'étaient jetés à l'intérieur de la voiture, dont les mouvements de caisse laissaient entendre que le voyageur leur opposait une vaine résistance. Mais quelques minutes plus tard, un homme, les mains liées derrière le dos et la culotte sur les bas, en sortit. Il hurlait des mots que personne ne comprenait et dont tout le monde se moquait. Désormais, il était leur prisonnier, et un prisonnier dont le roi d'Espagne donnerait le poids en or à ceux qui le lui livreraient. La Jonquière, qui ne manquait pas de lettres, se réjouissait de tirer bientôt de ce prince-là presque autant d'or que Pizarre en avait obtenu de l'Inca Atahualpa. À cette différence près que lui venait de trouver les mines de Potosí au cœur du bois de Boulogne et pas au Pérou. L'homme continuait pourtant à se débattre et à vociférer ; l'officier sans pension et sans emploi, convaincu de tenir enfin sa revanche sur les déboires d'une carrière militaire interrompue par la paix, fit alors quelques pas vers lui pour le rappeler à davantage de dignité, mais quel ne fut pas son désappointement lorsqu'il découvrit, en face de lui, un de ces vieux libertins qui font la fortune des mères maquerelles. Maigre et sec, il ne ressemblait en rien au régent Philippe d'Orléans. Il y avait eu méprise : la petite troupe s'était trompée d'équipage, et La Jonquière ne riait plus du tout. Il avait été certainement trahi par ses informateurs ; peut-être même était-ce là un piège monté de toutes pièces par quelque agent double à la solde de l'abbé Dubois.

Il ne lui en fallut pas davantage pour retrouver ses esprits, remonter en selle, siffler la retraite de sa troupe de brigands et déguerpir à bride abattue avant d'être pris de vitesse par les hommes du Régent qui allaient arriver, à n'en pas douter, d'un moment à l'autre. Heureusement, La Jonquière savait pouvoir compter sur le passeport pour les Pays-Bas cousu dans son manteau. Ses complices, auxquels il donna l'ordre de se disperser, n'étaient pas si chanceux. Néanmoins, par un reste de gentilhommerie, le ravisseur maladroit prit soin de présenter ses excuses à son prisonnier au moment de le libérer de ses liens et de lui rendre son habit. L'homme d'un certain âge ne demanda d'ailleurs pas son reste, et après avoir rudoyé son cocher encore tout étourdi il repartit sans regarder derrière lui, car il n'est pas de mauvaise compagnie qui ne se quitte…

Un quart d'heure plus tard, le carrosse du Régent empruntait la même route au grand galop sans se douter de la comédie qui venait de s'y jouer, et atteignait avec l'aube le château de la Muette où sa fille épuisée de plaisir par ses laquais se rhabillait à la hâte pour l'y recevoir, et admirer avec lui le lever de soleil au-dessus de Paris.

Au fond des bois, une fille d'opéra oubliée par son amant d'une nuit, après avoir joué Médée dans sa fureur et échappé au pire, n'avait plus d'autre choix que de rentrer à pied en sifflotant le grand air de la Didon abandonnée pour se donner du courage.

IV

Veillée d’armes

15.

Vent de fronde

Route de Calais à Paris, mardi 16 août 1718, au petit matin

L'élégante berline de voyage brûlait les étapes. À chaque relais de poste, la vitre se baissait lentement grâce à un ingénieux mécanisme de poulies dissimulé dans la portière, et une main gantée en sortait pour tendre d'autorité un laissez-passer au premier postillon qui se présentait. La signature du Régent et l'ordre de mobiliser tous les chevaux du roi pour faciliter les déplacements du secrétaire d'État faisaient merveille. Le maître de poste sanglé dans son gilet écarlate accourait prendre directement les ordres du puissant voyageur auquel il offrait de venir se rafraîchir chez lui. La proposition était toujours refusée par l'abbé Dubois, qui ne voulait pas perdre un instant et préférait profiter de l'immobilité de la voiture, le temps que l'on change les chevaux, pour rédiger les dépêches les plus urgentes sans être incommodé par les cahots de la route.

Autour de la berline tout s'agitait : le maître de poste houspillait les palefreniers, criant haut et fort que Son Excellence n'avait pas de temps à perdre car monseigneur le Régent n'aimait pas à attendre. Ne sachant comment se donner de l'importance, il s'emparait du fouet des mains du cocher pour presser les bêtes fourbues, aller lui-même chercher les chevaux à l'écurie non sans faire mine de choisir les plus vaillants. Cette comédie de palefreniers se jouait sous l'œil goguenard des valets habitués aux petits manèges de l'ancien maquignon. Le maître de poste poussait même le zèle jusqu'à ouvrir lui-même les sacs d'avoine pour en humer la qualité. Les ordres fusaient de toute part, le maréchal-ferrant était sommé de vérifier les fers des nouvelles montures avant de jeter un coup d'œil à la solidité des essieux pendant que la caisse de la voiture se retrouvait lavée à grande eau, autant pour décrasser son magnifique vernis de la poussière des routes que pour rafraîchir l'habitacle chauffé à blanc par le soleil du mois d'août.

Une fois le brillant équipage reparti sur le grand chemin, Dubois refermait son écritoire portative et plongeait dans des pensées toujours tournées vers la seule réalisation de ses ambitions. Quant à prier le ciel, cela l'aurait fait rire si seulement il y avait pensé, mais l'avenir de sa politique et donc le sien restaient le principal objet de ses préoccupations. Lui n'avait hérité de rien à la naissance, ni terres ni pensions, pas même un nom : il était le fils de ses propres œuvres, et la Fortune – la Providence était un fabliau pour les faibles d'esprit – l'avait toujours servi. Ou, plus exactement, il l'avait violée chaque fois qu'elle avait eu le malheur de passer à sa portée pour la féconder de son acharnement, de sa ruse et de son intelligence. Une intelligence très supérieure à celle de ses adversaires et même de son ancien élève, bien qu'il ait appris à se méfier de cet esprit dormant capable de lui réserver des surprises. Le Régent maniait redoutablement la duplicité des princes, et venait encore de le prouver en lui donnant du fil à retordre dans la conduite de ses négociations anglaises, mais ce matin-là il triomphait et pouvait souffler enfin.

La Quadruple-Alliance était son grand œuvre ; il quittait Londres avec une magnifique berline – cadeau princier de son ami Stanhope –, la confiance du roi d'Angleterre, la reconnaissance de son gouvernement et la promesse du chapeau de cardinal. L'idée que les États protestants se ligueraient bientôt pour convaincre le pape de le couvrir de pourpre, quitte à inonder la Ville éternelle de pots-de-vin pour lui acheter ce satané chapeau, le réjouissait au plus haut point. L'Esprit saint acceptait toutes sortes de monnaies, et c'était réconfortant. Il y voyait la toute-puissance de la politique et de l'argent sur la religion et ses principes, ce qui était de nature à rassurer cet esprit cynique. Il fallait tout oser, tout tenter, tout changer, et surtout ne rien respecter sauf le pouvoir tant que la force et les événements s'évertuaient à rester de son côté. Que le pied des puissants vienne à glisser, et il suffisait de les piétiner avec autant d'ardeur qu'on en avait mis à les courtiser. Autrefois, il avait servi secrètement le feu roi afin de faciliter le mariage du jeune Philippe d'Orléans, son pupille, avec sa fille bâtarde la seconde Mlle de Blois, et cela dans le seul but d'obtenir sa première abbaye et les énormes revenus dont elle jouissait. Il avait été payé de ses peines au prix de l'humiliation de Monsieur, frère du roi, et de Madame sa femme, mais il s'en moquait bien. Ce tour pendable lui assurait des rentes viagères sur le bon Dieu, qui était après tout une valeur sûre.

Aujourd'hui, il s'apprêtait à ferrer le duc du Maine, le fils adoré du Grand Roi, pour s'en servir de marchepied jusqu'au cardinalat ; car les Anglais et les Hollandais lui demandaient sa tête en échange de cette élévation suprême. Louis XIV n'était plus là pour veiller sur son petit bossu, qui s'était donné le ridicule d'opiner contre le projet d'alliance avec l'Angleterre en plein Conseil de régence un mois plus tôt. Cette demi-intelligence, cette moitié de soldat, cet avorton de mari trop longtemps bercé sur la poitrine sèche de la Maintenon ne le savait pas encore, mais ce jour-là il s'était perdu et peut-être même condamné à mort, peine déjà infligée trois ans plus tôt à la politique de l'ancien règne et aux survivants de l'ancienne cour. Au lendemain du trépas du Grand Roi, le château de Versailles avait été immédiatement abandonné par la cour pour être nettoyé et purifié. Il s'agissait maintenant de finir le travail.

En 1715, la France n'avait pas seulement changé de règne, elle avait changé d'époque. Le tempérament du siècle n'était plus à la guerre, à la gloire et à la ruine, mais à la paix, aux plaisirs et à la prospérité. Malheur à ceux qui ne l'avaient pas encore compris car leur tombe était déjà creusée, et Dubois comptait bien les y pousser les uns après les autres jusqu'à ce que la place soit bien nette. Désormais, tous ceux qui se mettraient imprudemment en travers de son chemin seraient écrasés, comme le chien de ferme dont la dépouille gémissante venait d'être traînée toute une lieue sous les roues de sa voiture lancée au grand galop. Tant pis pour eux et tant pis pour le chien, pensait l'abbé…

Depuis des mois, pour ne pas dire des années, chacun de ses adversaires au Conseil était étroitement surveillé par une armée de mouches. L'argent qui coulait à flots grâce à la magie du système de Law permettait d'acheter les femmes, les maîtresses, les amants, les enfants et même les parents lorsqu'ils étaient encore de ce monde. Quant à la cour de Sceaux et à ses folies, elle faisait l'objet d'un soin tout particulier. Dubois savait que la petite duchesse s'agitait, voyait des chiromanciennes et toutes sortes d'aventuriers aussitôt retournés en agents doubles par l'effet des billets de la banque de Law. Ainsi de ce brave abbé de Vérac qui lui rédigeait des rapports réguliers sur les agissements de la duchesse du Maine. C'était prodigieux, pensa-t-il dans un rire intérieur, comme l'ombre de la Bastille et l'éclat de l'or, même sous la forme de papier-monnaie, se révélaient capables de rompre comme par enchantement les serments de fidélité et d'éventer les secrets. Aussi lui était-il revenu que depuis le printemps cette naine de sang royal recevait régulièrement le prince de Cellamare lors de médianoches si peu discrets que le gouvernement anglais l'en avait directement informé. Ainsi, dans la France de la Régence, l'ambassadeur du roi d'Angleterre espionnait l'ambassadeur du roi d'Espagne pour la plus grande gloire de l'abbé Dubois ! Dieu qu'il aimait ce monde où tout était à vendre.

Le chien avait enfin fini de hurler, et son cadavre écartelé gisait maintenant quelque part au milieu de la route. Savourant le retour du silence ou plus exactement des grincements réguliers de l'équipage, Dubois appréciait la souplesse des suspensions anglaises de sa nouvelle berline, très supérieure à ce que les carrossiers parisiens pouvaient offrir de mieux. Ce grand luxe non seulement épargnait sa vessie malade mais lui donnait l'occasion de classer ses papiers et de lire son courrier à tête presque reposée. Charles Spencer, successeur de lord Stanhope à la chancellerie de l'Échiquier, ne l'avait pas laissé quitter Londres sans lui remettre une dernière brassée de notes et d'informations secrètes moissonnées à Paris par les espions anglais. Les allées et venues d'un certain Buvat, copiste de Sa Majesté, entre la Bibliothèque du roi et l'ambassade d'Espagne attiraient depuis quelques semaines l'attention des informateurs à la solde de l'Angleterre postés à proximité de l'hôtel du prince de Cellamare. Tant de négligence aurait presque chagriné l'abbé si elle ne guidait pas inexorablement le petit troupeau enrubanné de ses ennemis vers l'abattoir. À la prochaine halte, Dubois se promit donc d'écrire personnellement à l'abbé de Targny, premier commis de la Bibliothèque du roi, pour l'informer des soupçons qui planaient sur son copiste et lui recommander de ne surtout pas l'effrayer. Tous ces mouvements présageaient une accélération et peut-être même une ligue des complots qui se tramaient contre le Régent ; ils pouvaient donc être la source d'informations précieuses. L'abbé aimait à tenir tous les fils en une seule main, et il ne doutait pas que ce Petit Poucet aux doigts noircis laisserait derrière lui suffisamment d'indices pour le conduire jusqu'à Sceaux et peut-être même jusqu'à Madrid ; il suffisait pour cela de le faire chanter et surveiller.

Pourtant, au moment de retrouver Paris après de longs mois d'absence, les travaux d'écriture d'un modeste copiste n'étaient pas encore le principal souci du négociateur de la Quadruple-Alliance : des chieurs d'encre d'une tout autre nature le préoccupaient davantage, et leur agitation était même la cause de son départ précipité de Londres.

Ces messieurs du parlement de Paris auxquels jamais le Régent n'aurait dû permettre de faire entendre leur caquet de plaideurs se croyaient revenus au temps de Philippe le Hardi. Les voilà qui se prenaient encore une fois pour les pères de la Nation et cherchaient à se mêler des affaires de l'État. Comme si ces laquais à robes pourpres pouvaient prétendre à autre chose qu'à rendre la justice au nom du roi ! Ceux qui avaient dicté à Louis XIV ses dernières volontés étaient responsables d'un grand crime contre la Couronne car, en obligeant le Régent à négocier avec tous ces bonnets carrés pour pouvoir entrer dans ses droits, ils lui avaient fait ouvrir une boîte de Pandore dont sortaient chaque jour de nouvelles remontrances d'une impudence qui confinait désormais au crime de lèse-majesté. Fallait-il que le vieux roi ait été bien diminué ou fermement tenu en lisières par la bigote de Saint-Cyr pour ne pas avoir compris qu'en affaiblissant son neveu il affaiblissait l'État et rendait à ces graves magistrats dont il s'était toujours méfié un pouvoir qu'il n'aurait jamais toléré sous son propre règne. L'égoïsme proverbial des princes venant à la rencontre de celui d'un mourant terrifié par le Jugement dernier et autres momeries du même genre s'était transformé en fléau.

Cette fois l'alerte était chaude, car six jours plus tôt le parlement de Paris, aiguillonné par ces bons bourgeois du bureau de l'Hôtel de Ville craignant pour leurs rentes, était venu mettre son nez dans les affaires de M. Law, lesquelles tournaient pourtant à merveille. La France, comme cette nigaude de Danaé, n'avait plus qu'à écarter les cuisses pour profiter de cette nouvelle manne jupitérienne. Or les bonnets carrés qui ne comprenaient rien au système, pas plus qu'ils n'entendaient la grande politique, prenaient des mines de dévots devant cette avalanche de papier-monnaie et, comble de la bêtise, refusaient de se laisser corrompre par ces belles images récemment imprimées et riches de tout l'or du Mississippi. Non contents de dénoncer les nouvelles émissions de titres, ces messieurs prétendaient maintenant interdire à tout étranger, fût-il naturalisé, de s'immiscer, directement ou indirectement, dans le maniement des deniers royaux, d'y « participer en leur nom ou sous des noms interposés » – c'étaient là les termes exacts utilisés par ces jurisconsultes oublieux de l'obéissance due à leur maître. L'édit était encore tenu secret, mais chacun savait dans les couloirs du Palais de justice qu'il serait bientôt lu à haute voix par les huissiers du Parlement en présence des gens du roi, ainsi réduits au silence, et du public, ce qui le rendrait immédiatement exécutoire. Sans le nommer, les parlementaires désignaient John Law, et le bruit de l'arrestation du malheureux Écossais se propageait déjà. Tous ces robins se montaient la tête à force de lire les Mémoires du cardinal de Retz et de Mme de Motteville. Chacun se voyait revenu à l'époque de la minorité du roi Louis XIV : l'un se prenait pour le conseiller Broussel, l'autre pour le président Molé, et tous rêvaient de cette union des chambres de justice qui donnerait à la magistrature française la puissance politique qu'elle ruminait depuis toujours. Il était temps que, par un de ces coups de majesté dont l'État en France avait le secret, le Régent abatte la massue d'Hercule sur la tête de ces perruques bavardes et les laisse étourdies pour un bon demi-siècle.

Dubois préparait de longue main le tour de vis monarchique rendu nécessaire par cet esprit d'indépendance qui poussait sur le pavé du Palais de justice comme la mauvaise herbe dans les jardins du roi à Versailles, mais il ne pensait pas voir l'occasion se présenter aussi vite. Or il semblait bien que ses ennemis se soient donné le mot pour se précipiter dans ses rets. Il avait tenu son retour à Paris secret. Lorsque, à Sceaux ou sur l'île de la Cité, on apprendrait sa présence au Palais-Royal, l'effet de surprise serait tel que les esprits aveuglés par la nouvelle ne verraient pas le piège qu'il était en train de leur tendre.

Paris, château des Tuileries

Alors que la berline anglaise de l'abbé Dubois brûlait les pavés du grand chemin, le comte de Toulouse, frère cadet du duc du Maine, se morfondait au Conseil de régence. Les rumeurs les plus folles couraient Paris. Quand certains prédisaient l'arrestation de John Law et le renversement du Régent au profit de la duchesse d'Orléans sa propre femme, du duc de Bourbon son cousin ou encore du duc du Maine, d'autres annonçaient l'exil des parlements, l'arrestation simultanée des bâtards et du maréchal de Villeroy. Certains, animés d'une joie mauvaise, prétendaient même savoir de source certaine que la Maintenon serait bientôt arrachée à son petit royaume de Saint-Cyr pour être jetée dans la cellule humide d'un couvent où cette frileuse finirait bien par crever.

Le comte de Toulouse, qui aimait la vie, la tranquillité et ne prétendait à rien d'autre que d'en jouir paisiblement tout en remerciant Dieu de ses bienfaits, se rongeait littéralement les sangs à l'idée de tout perdre par la faute des ambitions de son frère, de la folie de sa belle-sœur et du cabotinage des robes longues du Parlement. Aussi, plutôt que de trembler tous les matins à l'idée de voir la cour de son magnifique hôtel de la rue de La Vrillière envahie par une brigade de mousquetaires venus l'arrêter, préférait-il prendre les devants et se soumettre, car autant il savait faire montre de courage sur les mers au moment de l'abordage, autant il en manquait singulièrement lorsqu'il s'agissait d'affronter une bordée d'antichambre. Il était donc résolu à profiter de cette séance du Conseil pour avoir avec Philippe d'Orléans une conversation de prince à prince.

Lorsque le maréchal d'Estrées eut enfin quitté le cabinet de travail du Régent, le comte de Toulouse s'avança timidement vers son cousin germain de la main gauche et lui demanda très respectueusement l'autorisation de l'interroger. Philippe d'Orléans, qui s'était aussitôt mis à l'aise en jetant, dans un nuage de poudre, sa lourde perruque blanche sur le dossier d'une chaise, se passait un mouchoir sur le front et dans les cheveux tant il ruisselait de la chaleur de cette journée d'été. Il fit apporter un fauteuil pour le comte, qu'il invita à s'asseoir et à parler librement. Philippe fixait son interlocuteur de ce regard adouci par la myopie et de cet air débonnaire auquel tout le monde, notamment les filles d'opéra, se laissait prendre.

« Êtes-vous, monseigneur, content de moi et de ma conduite ? » demanda alors timidement le comte de Toulouse.

À quoi le Régent répondit avec affabilité qu'il était parfaitement satisfait de sa conduite, digne en tout point de ses charges et de son rang.

Toulouse parut soulagé, mais ce n'était en réalité qu'une entrée en matière : le plus important restait à venir. Aussi ajouta-t-il :

« Puisqu'il en est ainsi et que Son Altesse Royale n'a rien à me reprocher, je m'autorise à lui faire une autre demande au sujet de mon frère, car le duc du Maine est dans la plus grande inquiétude d'être arrêté. Le bruit s'en répand dans Paris et le maréchal de Villeroy craint lui aussi pour sa liberté... »

À cette nouvelle question, le Régent répondit par un éclat de rire si bruyant qu'il couvrit la sonnerie du grand cartel de bronze et d'écaille chargé de marquer les heures du travail souverain, mais son interlocuteur ne sembla pas vouloir s'en contenter et le pressa, toujours avec respect et soumission, de le rassurer tout à fait.

Aussi le Régent se fit-il plus explicite, de façon à interrompre une conversation qui l'assommait déjà.

« Sachez, monsieur, que je n'ai jamais songé à faire arrêter votre frère.

— Son Altesse Royale me permettrait-elle, alors, d'aller l'en assurer sur-le-champ ?

— Oui », répondit simplement le Régent, tout en s'épongeant à nouveau le front et en se défaisant, cette fois, de la veste de son habit de cour dont la soie se trouvait gâtée par de fâcheuses auréoles.

Enhardi par ces assurances et la familiarité du prince, le comte de Toulouse poussa alors un peu plus loin sa pointe en demandant cette fois à son cousin d'où pouvait bien venir ce bruit courant la ville, et si, sans avoir l'intention de faire arrêter son frère comme il le lui avait dit, il en était néanmoins mécontent.

Philippe, convaincu d'avoir esquivé jusque-là une discussion pénible, se ferma et, sans même avoir à enfiler à nouveau sa perruque, reprit aussitôt le masque du pouvoir absolu, celui-là même que le feu roi avait porté toute sa vie et jusque sur son lit de mort. Sa réponse prit alors le tranchant d'une hache aiguisée pour une exécution :

« Pour le bruit, j'en ignore la cause, mais pour ce qui est d'être content de votre frère, je ne peux pas l'être... »

La haine donnait désormais à la voix du Régent des aigus à s'y faire mal, mais le comte de Toulouse, non sans retrouver son courage de marin, se permit d'insister là où tout autre aurait battu en retraite, convaincu de trouver en arrivant chez lui une lettre de cachet bien en vue sur la console de son antichambre. Aimant son frère et parfaitement conscient que sa déchéance entraînerait la sienne, il voulut connaître les raisons de cette disgrâce en essayant de dissiper ce qui n'était, peut-être, qu'un simple malentendu de famille. Le Régent interrompit ces longues justifications en posant une question terrible :

« Et que pensez-vous, monsieur, d'un prince qui voudrait remuer le Parlement contre moi et l'autorité du roi ?

— Mais ce serait très criminel... » s'exclama le comte, qui s'enquit aussitôt de savoir si de tels agissements pouvaient être mis sur le compte de son frère.

Franchement agacé par cette défense opiniâtre d'un homme qu'il méprisait autant qu'il le détestait, le Régent, dont le teint devenait cramoisi sans que la chaleur de la pièce y prenne désormais la moindre part, décida, cette fois, d'abattre brutalement son jeu :

« Sachez, monsieur, que je ne peux douter des agissements de monsieur le duc du Maine votre frère, car j'en détiens les preuves très sûres. »

Sans laisser le pauvre comte de Toulouse se relever de cette révélation, il ajouta d'un ton devenu glacial en plein mois d'août :

« Que vous semblerait, monsieur, d'un commerce avec l'Espagne et le cardinal Alberoni ? »

Cette fois, c'est le comte de Toulouse qui se sentit parcouru de véritables frissons, comme si on venait de le plonger tout entier dans les eaux glacées du Styx. Un moment il crut même voir se dresser derrière la figure aimable du Régent l'ombre rouge du cardinal de Richelieu... L'accusation était aussi directe qu'elle paraissait étayée, il était donc temps de se sortir du guêpier dans lequel son pauvre frère s'était certainement fourré. En bon chasseur, il pensa aussitôt que, lorsque le renard est pris dans une mâchoire d'acier, il préfère dévorer sa propre patte plutôt que de se laisser capturer, et c'est ce qu'il fit en répondant au

Régent, même si cette réponse posait la première poutre de l'échafaud d'un frère adoré :

« Ce serait encore pis ! Je ne regarderais pas cela différemment d'un crime d'État ! »

Le Régent, adouci et rassuré sur la fragilité du lien politique qui unissait en réalité le comte de Toulouse à son frère, lui laissa à nouveau entendre, sans bien évidemment les dévoiler, qu'il détenait les preuves irréfutables de ce qu'il venait d'avancer.

Le comte de Toulouse signa sa complète reddition en déclarant :

« Monseigneur le sait et je lui ai donné mon serment, je considère Son Altesse Royale et l'État comme une seule et même chose, à ce titre je lui réponds à nouveau de moi et de la parole donnée. »

À quoi il ne manqua pas d'ajouter que, pour ce qui était de son frère le duc du Maine, il ne pouvait en répondre… Le Régent, ayant retrouvé sa bonhomie, assura le comte de son amitié autant que de sa protection et poussa la prévenance jusqu'à le raccompagner lui-même à la porte de son antichambre. C'était beaucoup d'égards pour le cadet des batardeaux, mais bien peu de chose pour prix de la trahison de Caïn.

Paris, Palais-Royal, jeudi 18 août 1718

Après dîner et selon une habitude ancienne, le Régent et le duc de Saint-Simon arpentaient, ensemble, la belle galerie d'Énée, nouvel orgueil du Palais-Royal. Il s'agissait, comme à chaque fois que les deux amis se retrouvaient, d'un échange à bâtons rompus sur les affaires de l'État, la question des rangs et les bruits de la ville. Plus personne n'ignorait désormais ce que l'édit du Parlement contenait de poison pour la régence de Philippe d'Orléans, sa politique audacieuse et ceux qui la servaient. Afin de faire bonne mesure, une lettre dans laquelle la noblesse bretonne appelait, elle aussi, à l'union des parlements en vue de défendre ses libertés et privilèges inondait la capitale depuis quelques jours, alimentant, sans qu'il en soit besoin, la fébrilité des esprits. On assurait même que cette peste de duchesse du Maine avait reçu des émissaires bretons dans le jardin des Tuileries, sous les propres fenêtres du roi. Le Régent était désormais convaincu qu'il lui fallait mettre ce petit monde au pas et surtout prendre de vitesse la cabale de Sceaux, dont les agissements joints à l'agitation générale constituaient désormais un véritable danger pour l'autorité de l'État et pour sa propre vie. La tentative d'enlèvement dont il avait été la cible au bois de Boulogne lui était connue. Certes, il avait pris le parti d'en rire et il savait que la police secrète de Dubois cherchait à identifier, par tous moyens, les auteurs autant que les commanditaires de ce coup audacieux. La main scélérate du cardinal Alberoni y avait sans aucun doute trempé, mais l'on ne savait toujours pas comment elle avait pu s'approcher si près du but sans éveiller le moindre soupçon.

Dans cette partie de cartes où tout pouvait se gagner mais aussi se perdre, Philippe d'Orléans voulait savoir sur qui compter, et notamment au sein de son propre Conseil. La plate soumission du comte de Toulouse était un premier gage de réussite, mais il craignait toujours les foucades de son vieil ami Saint-Simon, dont il connaissait le caractère un peu court et la passion inflammable lorsqu'il était question de rangs, d'honneurs et de prérogatives, à commencer par celles des ducs et pairs. Il aimait sincèrement ce compagnon de jeunesse et des mauvais jours, le seul sur lequel il avait pu compter au moment terrible de sa disgrâce, lorsque les rumeurs distillées par la Maintenon et la petite cabale de Meudon cherchaient à le perdre aux yeux du roi et du monde. Il n'oubliait pas les bruits atroces auxquels il devait, encore aujourd'hui, d'être regardé comme l'empoisonneur de la famille royale. Les précautions affectées et séniles dont le maréchal de Villeroy entourait le jeune Louis XV lui étaient une vrille dans le cœur et alimentaient l'indignation des Parisiens. Saint-Simon ne le lâcherait pas davantage aujourd'hui, alors qu'il s'apprêtait à frapper un grand coup, qu'il ne l'avait abandonné hier lorsqu'on le fuyait à la cour comme un pestiféré. Pourtant il hésitait à aborder avec lui le vaste sujet du pouvoir, car cela revenait, il le savait, à ouvrir la bonde aux reproches de cet ami fidèle parmi les fidèles mais d'une intelligence trop supérieure pour un duc et pair. Or Philippe, comme tous les princes, n'aimait pas s'entendre dire des vérités, et encore moins recevoir des leçons.

Pendant que le Régent s'échinait, malgré sa mauvaise vue, à caresser du regard les nudités de l'Olympe dont Coypel avait peuplé ses plafonds, le duc de Saint-Simon parfaitement insensible à cet étalage de chairs peintes admirait l'ordonnance rigoureuse des jardins. Les deux compères venaient de parcourir, une première fois, toute la distance qui va du grand cabinet à l'immense cheminée de marbre d'Antin sans s'être encore adressé un seul mot.

Jouant sur les règles strictes de l'étiquette, alors même qu'ils étaient seuls dans l'immense galerie où pas même un valet n'aurait pris le risque de s'aventurer en leur présence, Saint-Simon se refusait à rompre la glace en adressant la parole au prince sans y avoir été invité dans les formes. Le Régent, qui se moquait des règles quelles qu'elles fussent tout en les maîtrisant à la perfection, savait qu'il lui revenait, comme à l'Opéra, de lancer les premières notes de l'ouverture. Alors il parla avec amertume et de l'inquiétude dans la voix des entreprises du Parlement contre son autorité.

Saint-Simon, que la seule évocation de ces robins écarlates suffisait à lancer dans d'interminables diatribes, restait froid et silencieux, donnant même à son attitude et à ses regards une négligence affectée très éloignée de son maintien habituel, et mettait à la torture son vieil ami qui avait perdu l'habitude d'être aussi froidement reçu. Le pouvoir ayant, en effet, cette vertu, presque magique, de toujours réduire au silence les contradicteurs et leurs contradictions, le prince finissait par oublier que l'on pouvait parfois s'opposer à ses volontés et, plus insolite encore, penser différemment de lui.

Surmontant son exaspération, Philippe d'Orléans s'adressa à nouveau à son ami d'un air résigné, et tout en se dandinant lui lança comme dans un soupir :

« Je vois bien, monsieur le duc, que vous ne voulez pas me répondre sur le Parlement. »

Saint-Simon, comme giflé par l'une des nymphes égrillardes qui le narguaient depuis leurs nuées de théâtre, interrompit brutalement sa marche cadencée à travers l'immense galerie, se piqua sur ses talons rouges qu'il avait fort hauts, fit un demi-tour sur lui-même avec la grâce de l'excellent danseur qu'il était resté. Il répondit au prince, non sans courage, que depuis bien longtemps il ne se mêlait plus du Parlement, car il avait eu maintes fois l'occasion de s'en entretenir avec lui, avant et même au début de sa régence, et que n'ayant jamais été entendu ni peut-être même écouté il préférait se fermer la bouche sur cette question et sur bien d'autres. Il confiait désormais à sa plume ses réflexions sur cette magistrature du diable toujours occupée à brouiller l'ordre des rangs et à mettre l'État cul par-dessus tête.

Invité à parler plus avant par le silence gardé du prince, le petit duc lâcha soudain la bride aux chevaux de sa colère qui passèrent, en un instant, du simple trot au grand galop. Ce fut alors une course éperdue, un parcours à en perdre haleine, une cavalcade de reproches, de remontrances et de griefs longtemps ressassés, toujours recuits et jamais servis. Saint-Simon brossait maintenant un tableau effrayant de la situation politique dans laquelle le Régent se trouvait enfermé par la faute de sa mollesse, de sa faiblesse et de son éternelle tendance à tout laisser faire, à tout laisser filer au gré de sa timidité autant que de sa paresse. Hier un simple froncement de sourcils eût suffi à réprimer et à contenir les ambitions folles du Parlement, mais aujourd'hui, à force de renoncements, de reculades et d'atermoiements, ces messieurs se croyaient revêtus de la toge sénatoriale, de force à faire ou à défaire un régent et peut-être même, demain, qui sait, un roi de France.

Rien n'arrêtait plus désormais le petit duc, qui de sa voix nasillarde prophétisait dans une véritable transe politique l'avenir de celui qui ne resterait plus très longtemps le maître de l'État. Demain on lui ôterait la régence, et comme un attentat contre la souveraineté en entraîne toujours un autre, il aurait peut-être même à rendre compte devant ces bonnets carrés de l'usage qu'il avait fait de cette autorité. Lui, Philippe d'Orléans, régent de France, petit-fils du roi Louis XIII, neveu de Louis XIV, héritier de Saint Louis et de tant de rois, serait invité à venir s'asseoir sur la chaise d'angoisse et à se justifier de sa politique devant tous ces bourgeois orgueilleux dont les charges avaient été payées au denier comptant avec les fruits sordides de l'épargne et de l'usure. Demain, l'autorité de la monarchie dont il était le dépositaire serait soupesée dans la balance de cuivre de tous ces fils de marchands de grains et de draps qui, hier encore, négociaient le blé des manants ou vendaient leurs étoffes à l'aune rue Saint-Denis. Si ces maîtres Jacques revenaient d'entre les morts, ils seraient bien étonnés et surtout bien honteux de voir aujourd'hui leur progéniture se mêler des affaires de l'État et porter leurs regards hier encore baissés de servilité sur la personne d'un petit-fils de France.

Le Régent cravaché par la violence de la charge resta tout étourdi, puis, comme un enfant grondé, il demanda d'une voix à peine audible ce qu'il devait faire pour remettre entre les mains du jeune roi, au jour de sa majorité, un pouvoir aussi absolu que celui qui lui avait été confié à la mort du feu roi.

Retrouvant la calme indifférence des premiers instants de leur conversation, après avoir disséqué la situation politique avec l'insensibilité du chirurgien qui découpe un cadavre, Saint-Simon présenta le seul traitement capable, selon lui, de sauver le Régent et l'État. Il fallait agir vite et avec violence, car attendre devenait jour après jour pire que le mal, tant l'esprit de fronde gangrenait déjà les parties les plus nobles et même les plus saines du royaume. Philippe d'Orléans, la perruque maintenant relevée sur l'arrière du crâne et les deux pouces glissés dans les poches de son gilet de coton piqué et brodé, hochait la tête mais n'en disait pas davantage, de peur de dévoiler la totalité de son jeu. Il aimait à imiter les benêts, car cela finissait toujours par lui donner l'avantage sur ses interlocuteurs. Prenant ce silence pour une nouvelle hésitation et surtout une autre marque de cette faiblesse qui les précipiterait tous dans le brasier de la guerre civile, Saint-Simon lança les derniers feux de son génie psychologique en ajoutant que, pour réussir un si grand coup et laisser enfin la magistrature raide morte et tout étendue sur son propre parquet, il fallait une détermination sans faille. Or, de cela, il croyait Son Altesse Royale bien incapable tant il l'avait vue suivre les conseils d'hommes plus intéressés à leur obscur et tortueux cheminement qu'à sa propre gloire, à sa sauvegarde et à la gravité de l'État.

Plantant ses petits yeux vifs dans le regard embrumé par la myopie et les excès de son vieil ami le Régent, le duc l'invita à descendre en lui-même pour y sonder sa propre détermination, car rien ne serait plus dangereux que de commencer pour ne pas terminer. Effrayer ces robes rouges sans les obliger à s'agenouiller sous la menace d'un pistolet armé, de l'enfermement ou de l'exil, reviendrait à laisser divaguer à travers Paris des loups rendus furieux par leurs blessures d'orgueil. Il fallait mettre l'animal aux abois et le servir d'un bon coup de dague dans la carotide comme on fait aux bêtes sauvages. Quant au duc du Maine, ce chattemite gorgé depuis sa plus tendre enfance de l'ambition d'une vieille fée qui avait autrefois jeté sa coiffe par dessus les ruelles et jouait maintenant à la dévote, on pouvait compter sur lui pour se faire un plaisir de caresser toutes ces musaraignes de prétoire dans le sens de l'hermine. Alors, prenant appui sur le prestige du roi d'Espagne et peut-être même ses armées, il viendrait lui arracher la régence et la transporterait au château de Sceaux où elle serait exercée par son démon de femme. La France tombée en quenouille, en fait sinon en titre, en serait alors réduite à servir de théâtre aux folies et aux extravagances de cette Circé. Ils n'auraient plus tous les deux qu'à prier Dieu et à préparer leurs paquets pour aller s'enfermer à Vincennes ou à la Bastille.

Le Régent avala à longs traits cette potion amère et mit fin à l'entretien sans rien répondre, mais il savait désormais que la haine du duc pour le Parlement et les bâtards restait intacte. L'ami de toujours serait à ses côtés dans l'affrontement qui se préparait.

Ce que Saint-Simon ne savait pas, c'est que quelques heures plus tôt le prince avait reçu dans le plus grand secret l'abbé Dubois qui, au saut de sa berline de voyage et sans prendre la peine de se faire frotter ni de plonger dans un bain, s'était précipité aux pieds de son maître. John Law lui avait succédé, tout affolé par la rumeur de son arrestation imminente, puis ce fut le tour du garde des Sceaux convaincu que la haine du Parlement lui ferait un mauvais sort et enfin du duc de Bourbon qui avait placé beaucoup trop d'argent dans le « système » pour tolérer que de vulgaires gens de robe se mêlassent de pendre haut et court, sous son nez princier, la poule aux œufs d'or. Tous les quatre, poussant devant eux le duc de Bourbon comme une sorte de bélier pour enfoncer ses dernières hésitations, avaient en réalité déjà emporté la décision. Il agirait d'une main qui ne tremblerait pas, mais pour cela il avait besoin de l'agilité d'esprit de son vieil ami Saint-Simon qui savait mieux les lois, les traditions, les rituels et les jurisprudences que bien des maîtres des requêtes de son Conseil. C'était la seule raison pour laquelle il avait patiemment écouté pendant près de deux heures d'horloge les récriminations du petit homme qui parlait comme un livre, fulminait comme un furieux et vous perçait du regard comme un aigle.

Paris, hôtel de Saint-Simon chez les Jacobins de la rue Saint-Dominique, faubourg Saint-Germain, vendredi 19 août 1718

Cette matinée du vendredi 19 août manqua de faire tourner la tête du sieur Croza, suisse de monsieur le duc de Saint-Simon. Ce furent d'abord de grands coups du heurtoir de bronze sur la lourde porte cochère donnant sur la rue Saint-Dominique. L'heure n'était plus aux visites à la duchesse ou à la duchesse douairière, qui demeurait chez ses enfants, et monsieur le duc était encore à son cabinet de travail où il n'aimait à recevoir personne après dîner. Les coups devenant rageurs, il fallut bien aller aux nouvelles. Le suisse ouvrit d'abord la petite porte piétonne découpée dans le grand vantail de gauche et se trouva nez à nez avec un équipage somptueux. Six chevaux frémissants tiraient un carrosse doré jusqu'aux essieux et conduit par un cocher dont la livrée était plus galonnée d'argent que saint Sulpice un jour de procession. Un homme encore dissimulé dans un grand domino de soirée exigeait d'être reçu séance tenante par monsieur le duc de Saint-Simon. Croza impressionné par le feu de l'énorme diamant qui brillait au doigt de John Law s'exécuta, mais à peine le carrosse avait-il manœuvré que deux autres voitures se présentaient déjà comme un fait exprès. La première arborait sur ses portières les armes du duc de La Force, bien connues du suisse, habitué à n'ouvrir la porte de son maître qu'aux carrosses titrés ; la seconde affectait l'austérité cossue d'un conseiller d'État. C'était Fagon, la terreur des financiers et fils du fameux Fagon, dernier médecin du feu roi.

Dès qu'il sut leur présence, Saint-Simon fit introduire les trois hommes dans son grand cabinet ouvert sur le petit jardin de l'hôtel, et dont les tapisseries offertes par Louis XIII à son père faisaient tout à la fois l'orgueil et l'ornement. Le pauvre John Law montrait, malgré la somptuosité de son habit, des signes de grande fébrilité. L'aventurier perdait toute contenance au point de s'effondrer en larmes lorsqu'il fut question de l'arrêt du Parlement, et du risque qu'il courait d'être saisi de corps et peut-être même exécuté d'un moment à l'autre. Tout en cherchant à le rassurer, Saint-Simon pensait en son for intérieur que ces hommes nouveaux, sortis de nulle part, sans famille ni alliances, pouvaient avoir bien du génie dans les affaires de finances mais manquaient singulièrement de courage dans l'épreuve. Il expliqua posément au richissime Écossais que le sauf-conduit signé de la main du Régent le matin même et dont Law s'était muni ne lui serait pas du moindre secours si le Parlement tentait l'épreuve de force. Ce n'était là, comme ses billets de banque, que du vulgaire papier. Il fallait donc trouver autre chose.

Le duc de La Force et Fagon en convenaient mais n'avançaient aucune solution, ce qui eut pour effet de redoubler les larmes de l'Écossais, lequel, plus mort que vif, ne savait que devenir ni à quel saint se vouer. Son arrestation le condamnait à une exécution certaine, chacun en convenait doctement comme s'il n'eût pas été présent dans la pièce, mais là n'était pas le plus grave – selon eux –, car le pire en toute cette affaire restait le terrible dilemme auquel serait alors confronté le Régent. Soit il entrait en négociation avec le Parlement pour faire relâcher son conseiller, et il perdait la face ; soit il faisait enfoncer les portes du Palais de justice pour le délivrer. Sentencieux, Fagon, homme de droit et donc de réalité, ajouta que lancer un régiment contre la Conciergerie serait peine perdue si c'était pour découvrir au lieu de Law vivant son cadavre pendu à une corde. À ces mots le malheureux, récemment converti au catholicisme, cherchait à se souvenir de ses prières pour conjurer sa fin prochaine.

Saint-Simon suggéra alors à John Law, qui croyait pouvoir se cacher dans les locaux de sa propre banque, d'aller plutôt trouver refuge au Palais-Royal, car, pensait tout haut le petit duc, outre que le Parlement n'oserait jamais violer la demeure du prince, la présence du proscrit mettrait en permanence sous les yeux du Régent la gravité de sa situation politique. C'était là un moyen précieux pour aiguillonner ce velléitaire toujours prêt à négocier avec ses ennemis plutôt qu'à les affronter.

Fagon et le duc de La Force approuvèrent cette solution, qui eut pour effet immédiat de rendre John Law à la vie et de permettre aux quatre hommes d'entrer enfin dans le grand sujet.

Les discussions furent longues et animées, mais ce précipité d'intelligence politique et d'habileté juridique parvint en quelques heures à construire un véritable plan de bataille dont le seul but était de rétablir l'autorité royale dans toute sa plénitude. Il fallait prendre le Parlement à son propre piège, celui du droit et de la loi, pour le garrotter solidement avant que l'hydre à sept têtes ne soit devenue assez puissante pour se jeter sur le jeune roi et le dévorer comme le dragon de l'Apocalypse l'enfant de Dieu. Ces messieurs voulaient un coup d'État, le duc du Maine et sa femme le préparaient de longue main avec des complicités inavouables : il fallait désormais prendre tout ce monde de vitesse et frapper fort. Au complot de l'étranger et à cette conspiration rampante, on allait opposer un coup de majesté.

Saint-Simon proposa alors à ses hôtes de passer dans la chambre, où se trouvait tout ce qui était nécessaire pour composer le mémoire qu'ils projetaient d'écrire à l'intention du Régent. Le jour commençant à décliner, les valets apportèrent de lourds flambeaux d'argent et allumèrent toutes les chandelles posées aux bras de lumière. Pendant que le duc de La Force et John Law s'installaient commodément dans de larges fauteuils, Fagon fut invité à s'asseoir à la table à écrire et à tailler ses plumes. La calligraphie d'un conseiller d'État étant incomparable, il lui revenait naturellement de prendre toutes les notes de séance. Ainsi, pendant près de deux heures, Saint-Simon, une main derrière le dos, l'autre tenant une longue pipe hollandaise sur laquelle il tirait de petites bouffées, ne cessa, tout en faisant les cent pas, de dicter le résultat de leurs réflexions communes. Lorsqu'un mot lui manquait, qu'une expression lui résistait ou que la passion l'étreignait au point de lui faire perdre le fil de sa pensée, il fixait avec vénération le grand portrait de Louis XIII suspendu dans l'entrefenêtre et rappelait, à haute voix, que sous son règne on tranchait, d'un bon coup de hache, le cou des mécontents, des conspirateurs et des nobles révoltés, puis il reprenait sa marche à travers la vaste pièce. La dictée dura jusqu'à neuf heures du soir ; il fut convenu ensuite de faire porter le mémoire à l'abbé Dubois et au garde des Sceaux.

16.

Les grandes manœuvres

Paris, Palais-Royal, samedi 20 août 1718

Réveillée brutalement de ses rêves par les mêmes rumeurs d'arrestation qui, quelques jours plus tôt, obligeaient son beau-frère le comte de Toulouse à sonder le Régent sur ses intentions, la petite duchesse du Maine s'était levée ce jour-là à une heure presque normale, avait fait atteler ses chevaux, quitté le palais des Tuileries avec le tumulte qu'elle savait mettre en toute chose, parlant haut, criant fort pour que chacun comprenne à la cour qu'elle ne craignait pas plus le Régent que ses régiments de gardes-françaises ou ce diable de Dubois dont on annonçait le retour à Paris.

Son mari avait eu beau la conjurer de se tenir tranquille en sa chambre, ce fut peine perdue : un regard suffit à le faire taire et rentrer sous terre. Ordre fut lancé au cocher de filer comme le vent jusqu'au Palais-Royal, de ne jamais céder la route et au besoin de forcer le passage, car une princesse du sang ne mangeait la poussière de personne, et chacun devait se ranger devant sa livrée et les armes de Bourbon-Condé. C'est ainsi que les passants de la rue Saint-Nicaise puis de la rue Saint-Honoré eurent à peine le temps de remonter sur le haut du pavé pour éviter d'être renversés par un équipage princier lancé au grand galop, dont les garçons d'attelage sautant d'un cheval l'autre hurlaient « Place ! Place ! Place ! », joignant parfois un bon coup de pied à la parole.

Dans la cour Royale, réservée aux voitures ayant les honneurs du Louvre, la princesse attendit que le premier gentilhomme du duc d'Orléans vienne l'accueillir à la portière et la mène jusqu'au cabinet du Régent à travers les grands appartements. Chacun s'écartait sur le passage de cette furie haute comme une enfant de huit ans, maquillée aussi violemment qu'une porcelaine de Saxe et vêtue, par pure provocation, d'une robe de visite taillée dans une de ces toiles peintes des Indes dont la vente était normalement proscrite. Les lois, les arrêts, les décrets, tout cela était bon pour les gens du commun mais certainement pas pour la petite-fille du Grand Condé.

Le Régent, toujours galant homme, se leva à l'annonce de l'arrivée de la princesse, s'avança de quelques pas jusqu'à la porte du cabinet que l'on ouvrit à deux battants et répondit par une aimable inclinaison de tête à la révérence de sa belle-sœur. Une fois prononcés les propos d'usage, chacun prit place de part et d'autre de la haute croisée qui donnait sur la rue de Richelieu, dans des fauteuils à bras dont la fraîche garniture d'été fut la bienvenue tant la chaleur était à crever. Par prévenance, on avait glissé, sous le siège de bois doré, un petit tabouret de pied qui permit à la duchesse de s'y hisser sans trop de difficultés. Malgré les grosses gouttes de sueur qui lui coulaient le long des joues, le Régent conservait par décence son énorme perruque de cheveux blond cendré. Il proposa à sa belle-sœur de la neige au sirop accompagnée d'orgeat et de limonade. À la suite de quoi il demanda avec cette grâce qu'il savait mettre dans les moindres choses ce qui lui valait le plaisir et l'honneur d'une visite impromptue.

Comme une actrice figée dans son grand costume de scène attend le lever du rideau pour s'avancer vers le parterre et déclamer son monologue, la princesse laissa d'abord ses petites mains s'agripper aux crosses dorées du fauteuil dont elle s'était fait un trône de théâtre puis regarda de part et d'autre, saluant de la tête un public imaginaire tout en prenant une profonde inspiration de façon à se donner un peu de gorge, qu'elle avait désespérément plate. Ce manège, loin d'amuser le Régent, lui parut de mauvais augure : tout cela annonçait une scène, et il avait déjà suffisamment à faire en la matière avec sa femme pour ne pas appréhender celles de cette princesse au petit pois qui travaillait jour et nuit à sa perte.

Avec ce parler de cour inimitable, la duchesse du Maine entama une longue plainte. Elle se savait l'objet de toutes les insinuations. On lui prêtait des intentions malignes et des paroles odieuses alors même qu'elle et son mari étaient les sujets les plus obéissants et les plus affectionnés de Sa Majesté. On l'accusait de cabaler quand elle ne faisait que s'entourer à Sceaux d'une douce compagnie de beaux esprits et d'âmes bien nées. On la soupçonnait même d'agissements souterrains et de se servir de moyens très bas pour atteindre son beau-frère, alors qu'elle n'aimait rien tant que la quiétude de sa maison, la lecture de Descartes et les sciences astronomiques. Certains poussaient même l'ignominie jusqu'à prétendre qu'elle entretenait des liens étroits avec des puissances étrangères au détriment de la sûreté de l'État ; or elle était prête à se faire tuer pour le roi et pour la France. Enfin, et c'était là ce qui lui tisonnait l'âme, elle savait que, malgré les liens de famille indissolubles, Son Altesse Royale la tenait pour une ennemie résolue et irréconciliable. Ne suffisait-il pas au Régent d'avoir fait déchoir son mari et ses propres enfants de leurs droits à succéder au trône qu'il lui fallait maintenant les accuser, bassement et par maints détours odieux, de haute trahison ?

Tout cela fut récité d'un seul trait, avec des roulements d'yeux, des larmes et de grands effets de voix comme seules les actrices du Théâtre-Français savent en moduler. Ludovise se croyait désormais non plus dans le cabinet du Régent mais sur la scène du petit théâtre de Sceaux en train de déclamer les vers d'*Athalie* sous le regard ébahi de son piètre époux, et tout cela sonnait à la fois fort et faux.

Philippe d'Orléans, après avoir laissé – d'assez mauvaise grâce il est vrai – sa terrible belle-sœur déclamer sa tirade, l'interrompit avec une brutalité très inhabituelle chez cet homme dont la galanterie n'était jamais prise en défaut, sauf en certaines situations où la grossièreté peut être plus sincère qu'un compliment :

« N'avez-vous pas proclamé dans votre propre maison, madame, que vous ne seriez jamais en repos avant de m'avoir fait passer le goût du pain ?

— Oh ! répliqua très négligemment la duchesse. On dit dans la colère bien des choses que l'on n'exécutera jamais... »

Le Régent fulminait intérieurement et accomplissait des prouesses pour se maîtriser tant l'effronterie de cette gorgone de la taille d'un magot chinois et peinte comme une pièce de faïence le poussait à bout, quand tout à coup, n'y tenant plus, il se dégagea de son fauteuil, marcha de son pas lourd jusqu'à l'immense bureau plat caparaçonné de figures en or moulu trônant au milieu de la pièce. D'un geste sec, il ouvrit le grand tiroir de gauche, s'empara d'une liasse d'imprimés et revint les brandir sous le nez de son interlocutrice. C'étaient là les pamphlets et les libelles dont il était abreuvé depuis des années. Tous courageusement imprimés dans la clandestinité à Rotterdam, à La Haye ou à Amsterdam. Tous honteux. Tous injustes. Tous orduriers. Il ajoutait qu'il savait que ce tombereau d'insultes était l'œuvre des beaux esprits et des âmes bien nées dont elle s'entourait et que ces gens de lettres méritaient la Bastille, comme cet impertinent Voltaire, rimailleur d'obscénités, qui venait à peine d'en sortir et pourrait tout aussi bien y retourner. Les noms du cardinal de Polignac et de Malézieu furent même jetés dans le torrent de la conversation, lourds de menaces et preuve de l'espionnage éhonté auquel le lieutenant général de police se livrait dans l'entourage du duc et de la duchesse du Maine.

Loin de perdre toute contenance, la duchesse regardait avec mépris ces feuilles volantes dont le Régent se faisait maintenant un éventail tant la chaleur devenait suffocante. Cette comédienne, qui avait donné la réplique aux plus grands acteurs de son temps, affecta successivement l'étonnement, la peine puis la dignité offensée avant de s'engager dans une défense opiniâtre de son plus proche entourage :

« Comment pouvez-vous croire, monseigneur, que la petite-fille du Grand Condé, votre propre belle-sœur, puisse s'abaisser à faire des libelles comme ces écrivassières qui cherchent à se hisser au-dessus de leur condition ? »

Et sans laisser le Régent reprendre ses esprits, elle continua avec cette volubilité qu'il lui connaissait :

« Le cardinal de Polignac est engagé dans des affaires trop importantes pour s'occuper de pareilles bagatelles, et M. de Malézieu bien trop philosophe pour songer à autre chose qu'aux sciences. Quant à moi, je vous le répète, je ne m'occupe qu'à élever mes enfants dans cette dignité de princes et princesses du sang, dignité dont vous les avez injustement privés... »

La duplicité de son ennemie mortelle laissait Philippe d'Orléans pantois. Il croyait tout savoir de l'âme humaine, mais il devait convenir que le mensonge et la haine, comme l'Enfer de Dante, comptaient plusieurs cercles, et que certains lui étaient encore inconnus malgré la fréquentation assidue de bien des turpitudes. Il manqua d'éclater et de jeter à la tête de cette poupée du sang dont les yeux noisette le fixaient avec une ingénuité de comédie les preuves accumulées de ses agissements et de ses trahisons, mais il se retint d'abattre son jeu sans avoir encore toutes les cartes en main. Éveiller l'ennemi, c'était le mettre en alerte, et pour l'heure il convenait de gagner du temps. Alors il prit le parti de rire, de faire le galant et de traiter de ces sombres affaires d'État comme d'un jeu de société, il assura la princesse de son amitié, la remercia d'être venue jusqu'à lui avec ce courage et cette qualité d'esprit qu'il lui connaissait depuis toujours. Philippe l'invita même à l'accompagner chez la duchesse d'Orléans qui devait espérer sa visite. Il la conduisit jusqu'à ses appartements afin que nul n'ignore sa présence, avant de se retirer non sans avoir pris des nouvelles de sa propre épouse, toujours incommodée de migraines mais qui fit le meilleur accueil à la femme de son frère tant chéri.

Louise-Bénédicte quitta le Palais-Royal, contente de ses effets et de son ambassade, persuadée d'avoir endormi toute méfiance. Bientôt John Law serait saisi au corps, le Parlement se déclarerait seul compétent en matière de finances et se prononcerait en faveur d'une convocation des États généraux. Alors Philippe d'Orléans se verrait privé de sa régence et, conformément aux volontés du feu roi, celle-ci serait exercée par un Conseil dont son mari le duc du Maine aurait la présidence avec le titre de lieutenant général du royaume. Il dénoncerait le traité de la Quadruple-Alliance et inviterait aussitôt les troupes du roi d'Espagne – plus de quarante mille hommes, lui assurait le prince de Cellamare – à entrer en France pour prévenir les troubles éventuels que l'Angleterre pourrait fomenter, et le Parlement donnerait aux soldats espagnols le nom de *libérateurs de la patrie*. Elle avait elle-même forgé ce joli mot à l'imitation de l'antique en accord avec le premier président de Mesmes, dont elle faisait à peu près ce qu'elle voulait. Sur le chemin du retour, elle se voyait une nouvelle Cléopâtre tenant le destin de Rome et du monde entre ses mains, qu'elle avait la faiblesse de trouver fort jolies.

Pour leur paix intérieure à tous les deux, la petite princesse ne croisa jamais, ce jour-là, le carrosse de son ennemi mortel dans la cour d'honneur. Le billet reçu le matin était sans équivoque. Signé de la main du Régent, il mandait le duc de Saint-Simon au Palais-Royal toute affaire cessante. À quatre heures de l'après-midi, l'ami des bons et des mauvais jours montait de son pas sautillant les marches de l'escalier d'honneur, traversait l'enfilade des vieux appartements et se faisait introduire dans le grand cabinet, où il eut la surprise de se retrouver en désagréable compagnie : deux roués habitués des petits soupers et des parties de plaisir du Régent étaient là, affalés dans les fauteuils de parade, leurs perruques pendant lamentablement aux espagnolettes des fenêtres entrouvertes. Une chaleur accablante portait Paris à ébullition, mais n'autorisait en rien un relâchement indigne du palais où résidait le maître de l'État. Décidément l'époque était au désordre et à la plus grande licence.

Le duc de Saint-Simon les salua d'un simple mouvement de tête avant de s'abîmer dans la lecture d'une gazette sortie des larges poches de son habit. Il n'eut pas longtemps à se donner une telle contenance, car il fut aussitôt introduit par l'huissier de la chambre dans la grande galerie d'Énée mais ce fut pour subir une nouvelle déconvenue : le Régent n'était pas seul. Il étudiait des cartes de la frontière des Pyrénées en compagnie d'Asfeld et de Villeroy. Il fallut supporter l'invraisemblable cabotinage militaire du maréchal, qui allait jusqu'à le prendre à témoin pour jurer de sa loyauté et de sa fidélité, tout en rappelant, très mal à propos, les précautions tatillonnes dans lesquelles il enfermait le petit roi. Enfin, la compagnie finit par quitter la galerie sans y être retenue.

Une fois le Régent seul avec Saint-Simon, il lui fit signe de se taire en mettant le doigt sur la bouche, puis, l'attrapant par la manchette comme il en avait toujours l'habitude, il l'entraîna à nouveau vers le grand cabinet, cette fois heureusement désert. Ouvrant une porte dérobée dissimulée dans les somptueuses boiseries, il le poussa sans ménagement dans l'ombre de ses arrière-cabinets. Saint-Simon fut pris d'un haut-le-cœur car c'était là, chacun le savait, que son vieil ami sacrifiait au culte de Bacchus et de Priape en compagnie de ses roués, des putains de la cour et des catins de la ville, dans des orgies où s'entremêlaient femmes du monde et demi-castors. Les murs de ces petits appartements, uniquement conçus pour le plaisir, étaient couverts de peintures licencieuses, les parquets jonchés de tapis épais et chaque pièce meublée de canapés profonds dont l'usage ne faisait aucun doute. Saint-Simon pénétrait dans ce théâtre de débauche en marchant comme un chat sur des braises.

Après qu'il eut soigneusement fermé toutes les portes derrière lui, Philippe d'Orléans enleva sa perruque, s'assit sur une chauffeuse et brossa le portrait lucide de sa situation politique. Il arrivait à la grande crise de sa régence : harcelé de tous côtés, il devait contre-attaquer sans attendre, comme il avait su le faire pendant la guerre d'Espagne. Aussi souscrivait-il à toutes les propositions contenues dans le mémoire qui lui était parvenu la veille au soir par l'intermédiaire de Dubois. La chose avait été mûrement réfléchie, mais elle était maintenant décidée. Il convoquerait très rapidement un lit de justice et, comme Saint-Simon le lui conseillait avec tant d'habileté, il ne réunirait pas le Parlement au Palais de justice comme le voulait la tradition, mais aux Tuileries. C'était le seul moyen de garder le secret jusqu'au jour dit et de ne pas exposer la majesté royale aux mouvements d'humeur d'une populace parisienne toujours prompte à lever des barricades et à insulter ses maîtres.

À ces mots, Saint-Simon transporté d'orgueil autant que de joie s'apprêtait à donner de nouvelles précisions que le Régent ne songeait même pas à lui demander, lorsqu'on gratta à la porte du petit cabinet. La tête de l'abbé Dubois apparut dans l'embrasure, preuve pour Saint-Simon que ce bon prêtre – mais en avait-il seulement reçu le sacrement ? – n'avait nul besoin d'un cicérone pour s'orienter dans ce mauvais lieu. L'intrus tenait, selon ses dires, à informer son ancien élève que les sombres menées du premier président du parlement de Paris étaient découvertes et prouvées. Le Régent ne le retint pas et poursuivit son dialogue en ajoutant qu'il tenait désormais pour absolument certain le ralliement du duc de Bourbon à leur cause car, outre sa haine à l'égard du duc et de la duchesse du Maine, ce prince désintéressé et amoureux du bien public acceptait en échange de son soutien une nouvelle pension annuelle de cent cinquante mille livres en tant que chef du Conseil de régence – titre qui lui serait accordé à la suite du lit de justice. Saint-Simon resta sans voix devant l'énormité d'une somme qui venait s'ajouter aux gains faramineux que le duc de Bourbon amassait déjà depuis quelques mois par la grâce du système de Law, mais sa surprise fut complète lorsqu'il apprit de la bouche du Régent que, non content de vendre son appui contre argent sonnant et trébuchant, ce prince exigeait désormais la charge de l'éducation du jeune roi restée aux mains du duc du Maine.

Loin de le réjouir, cette ultime offensive contre l'ennemi de toute une vie accabla Saint-Simon, lequel marqua aussitôt son désaccord avec une violence qui désarçonna le Régent : décidément son vieil ami était aussi irascible qu'imprévisible. Aussi l'interrompit-il avec humeur :

« Eh ! Pourquoi n'est-ce pas votre avis ? »

C'était offrir là au duc de Saint-Simon l'occasion de l'une de ces harangues au cours desquelles il n'aimait rien tant que d'exposer le déroulement implacable de ses raisons jusqu'à épuisement de ses interlocuteurs, et il sauta dessus :

« Parce que c'est entreprendre trop de choses à la fois. Quelle est maintenant votre affaire urgente avant tout autre, et qui ne souffre pas de délai ? »

Et sans attendre la réponse du Régent, il s'en chargea lui-même :

« C'est l'affaire du Parlement : voilà le grand point ! Il faut vous en contenter ! En frappant dessus un grand coup, et en sachant le soutenir après, vous regagnez en un instant toute votre autorité, après quoi vous aurez tout le temps de penser au duc du Maine. Ne le confondez point avec le Parlement, ne l'identifiez point avec lui : par leur disgrâce commune, vous les joignez d'intérêt. Alors le duc du Maine sera et se professera le martyr du Parlement ! »

Le Régent restait silencieux et songeur. L'occasion était trop belle pour le petit duc de prendre son ami à témoin des erreurs du passé, des conseils qu'il n'avait jamais suivis et de cette faiblesse dont il avait fait montre à l'égard des bâtards, autant que du Parlement, au moment de l'ouverture du testament de Louis XIV.

« Vous n'avez pas voulu abattre le duc du Maine lorsque vous le pouviez et le deviez, lorsque le public et le Parlement s'y attendaient et le désiraient ouvertement, et vous voulez maintenant lui ôter sa charge à contretemps ? »

Plus rien ne pouvait endiguer le flot de paroles : malgré la tension qui régnait dans ces réduits réservés d'habitude au plaisir, l'orateur accumulait les raisons et les raisonnements destinés à pousser le Régent dans ses tout derniers retranchements. Enfin, comme un vieux Romain sacrifiant ses propres intérêts sur l'autel sacré de la patrie, le duc, pour emporter la partie, déposa ses haines personnelles et son désir de vengeance aux pieds du prince dans l'espoir de le convaincre de sa complète abnégation :

« Pensez encore, monseigneur, que quand je m'oppose à l'abaissement de M. du Maine, je combats mon intérêt le plus cher, mais le bien de l'État et le vôtre me sont plus chers que mon rang et ma vengeance personnelle, aussi je vous conjure d'y bien faire vos réflexions. »

Philippe d'Orléans, visiblement ému par ce plaidoyer, prit alors son ami entre ses bras et le serra contre lui. Il se rangeait à sa clairvoyance et épargnerait donc le duc du Maine, mais en revanche il ferait chasser le premier président dont la trahison lui était désormais connue. Pourtant et contre toute attente, car Saint-Simon détestait peut-être encore davantage le président de Mesmes que le duc du Maine, le Régent se vit opposer une nouvelle résistance : Saint-Simon trouvait de très mauvaise politique, là encore, de frapper la compagnie à sa tête au moment où elle allait devoir la courber. Il convenait au contraire de flatter tous ces rabats de dentelle en accablant de caresses ce président scélérat pour laisser croire aux autres qu'il avait lui-même trempé par intérêt dans la préparation du lit de justice. C'était le perdre définitivement de réputation aux yeux de ses compères et annihiler sa capacité de nuire. Il serait bien temps, ensuite, d'abattre les deux complices et de les précipiter du haut de la roche Tarpéienne pour les replonger dans cette obscurité de naissance, de rang et d'honneurs dont rien, jamais, n'aurait dû les faire surgir.

Le Régent fit mine de se ranger à ces longs raisonnements dans l'espoir d'y mettre enfin un terme, mais surtout il confia à son vibrionnant interlocuteur qu'il venait de trancher en faveur d'une convocation immédiate du lit de justice, alors que de son côté Dubois, pris de craintes, proposait d'attendre encore quelques mois et de repousser cet affrontement à la Saint-Martin. Sur ce point essentiel, c'était s'accorder définitivement à l'avis de Saint-Simon contre celui de l'abbé. Le petit duc exultait : cette victoire en annonçait bien d'autres. Enfin, son ami des temps d'orage, ce prince aux défauts sans nombre mais à l'intelligence vive consentait non seulement à l'écouter – cela il l'avait toujours fait –, mais à suivre ses conseils. Lorsque le Régent, d'un ton de confiance, lui proposa de se charger de toute la mécanique de cette journée cruciale en lui expliquant que lui seul connaissait suffisamment le cérémonial de l'État pour en éviter les chausse-trapes, ce fut comme si les vingt-quatre violons du roi et les douze hautbois de la Grande Écurie s'étaient mis à jouer ensemble dans la tête du duc. Il se chantait à lui-même un *Te deum* !

À la suite de quoi les deux hommes quittèrent les petits appartements pour regagner le grand cabinet de travail où ils étaient déjà attendus par le marquis de La Vrillière, le garde des Sceaux et l'abbé Dubois. Le Régent, qui tenait toujours sa perruque à la main tant la chaleur lui était décidément insupportable, prit place devant l'immense bureau plat récemment livré par son ébéniste favori – meuble somptueux dont Saint-Simon déplorait la richesse autant que la modernité, car toutes ces sphinges aguichantes et ces espagnolettes d'or moulu, ajoutant de la richesse aux bois déjà précieux, sentaient bien davantage le financier que le prince. Intérieurement il soupirait, car c'était bien la caractéristique des temps nouveaux que de tout mêler ensemble sans raison ni distinction. Chacun prit place, mais le Régent réserva sa droite au duc de Saint-Simon dont les yeux brillèrent alors autant d'esprit que de contentement. On expédia la rédaction de l'arrêt du Conseil de régence et les lettres patentes qui cassaient toutes les décisions prises par le Parlement depuis le début de la crise. Dubois faisait la mauvaise tête sans que personne n'eût le temps d'éclaircir les raisons de cette bouderie, car l'huissier du cabinet vint annoncer la présence du duc de Bourbon qui attendait dans l'autre cabinet du bout de la galerie. Le Régent se leva aussitôt et prit la peine, en cette occasion, de remettre sa perruque pour aller l'accueillir. L'union de ces deux princes du sang annonçait une grande révolution dans l'État dont Saint-Simon se réjouit bruyamment en les rejoignant, lorsque le Régent lui rappela la mission dont il était désormais chargé : huiler la mécanique.

Le petit duc prit sa canne et son chapeau et fila aussi vite que le lui permettaient ses courtes jambes à travers les grands appartements du Palais-Royal ; il aurait volé si la chose eût été possible à un simple mortel. C'est à peine s'il prit le temps d'échanger quelques mots avec Dubois puis de rassurer John Law, terré d'angoisse dans l'appartement où il se cachait depuis sa dernière visite chez lui. Sur les conseils avisés du duc de Bourbon qu'il avait prodigieusement enrichi, le financier venait de faire passer dans les cantons suisses une grande partie de son or et de ses pierreries, mais à quoi pourraient bien servir de telles précautions lorsqu'il n'aurait plus la tête sur les deux épaules ?

Rudoyant ses gens qui se prélassaient au soleil d'août, Saint-Simon fit claquer ses ordres comme des coups de fouet. Il fallait courir, courir comme le vent jusqu'à la place Vendôme.

17.

Saint-Simon en mouche du coche

Paris, place Vendôme, hôtel du Garde-Meuble

Arrivé à la porte de l'hôtel, Saint-Simon fit demander M. de Fontanieu, contrôleur général du Garde-Meuble, qu'il connaissait très bien pour avoir aidé au mariage de sa fille malgré l'obscurité des origines de cette famille de petits manieurs d'argent. L'homme et sa femme lui étaient totalement dévoués depuis, mais le portier lui indiqua que le maître des lieux venait de partir à l'instant au Marais où il avait quelque affaire en cours. Pour le duc de Saint-Simon, il était inconcevable d'aller montrer son carrosse et ses armoiries dans ce quartier tombé, devenu le nid d'une noblesse de robe qu'il exécrait par-dessus tout. Par ailleurs il n'avait pas de temps à perdre ; il fit comprendre qu'il ne s'était pas déplacé en personne pour courir après M. de Fontanieu. Le portier tout tremblant devant cette impatience ducale introduisit le visiteur chez la maîtresse de maison, heureusement présente, et promit de partir avec quelques valets d'écurie à la recherche de son maître, qui ne devait pas être bien loin.

En parfait gentilhomme, Saint-Simon fut charmant et soutint la conversation de la dame, dont il connaissait les anciennes bontés pour l'évêque de Fréjus, l'entretenant de mille petites futilités de cour alors qu'il avait la tête pleine de ce grand coup de dés que le Régent s'apprêtait à jouer. Lorsque le mari, rattrapé par les basques de son habit, fut enfin de retour chez lui, il éprouva même toutes les peines du monde à faire comprendre à cette complaisante commère qu'il devait s'entretenir en particulier avec le duc. Lorsqu'ils furent enfin parvenus dans les appartements de Fontanieu, Saint-Simon attendit le départ du dernier valet et ferma lui-même les portes derrière eux, avant de bondir sur son hôte médusé en lui disant :

« Je ne suis pas venu, comme le croit Mme de Fontanieu, pour vous parler d'une affaire de famille mais d'une autre, toute différente, qui réclame toute votre industrie et surtout un secret à toute épreuve. »

Le bonhomme, plus habitué à vérifier les mémoires des fournisseurs, les comptes des marchands merciers et les liasses de son administration qu'à entrer dans les méandres des cabales et des intrigues de cour, en resta bouche bée. Saint-Simon, heureux de son effet, ajouta aussitôt :

« Monseigneur le Régent m'a chargé de vous sonder, mais avant que de vous révéler l'objet de l'affaire, Son Altesse Royale voulait savoir si elle pouvait compter entièrement sur vous. »

À ces mots Fontanieu, devenu plus blanc que neige, se mit à trembler de tout son être. Épouvanté à l'idée que le duc cherchait peut-être à l'entraîner dans de noirs complots ou, pire encore, dans quelque crime politique, il balbutia qu'il était à Son Altesse Royale tant que son devoir le lui permettait… Saint-Simon comprit là combien les rumeurs terribles répandues à plein venin par la vipère de Sceaux pénétraient désormais dans l'esprit des plus braves gens. Il sourit longuement en regardant fixement son interlocuteur. C'était bien à un coup d'État qu'il allait lui demander de mettre la main, mais à un coup d'État légal : tant que le roi était encore dans sa minorité, l'État, c'était le Régent, et devant l'État en France chacun était invité à plier le genou. Enfin il libéra le bonhomme de ses suées en lui révélant que l'on avait simplement besoin de lui pour préparer le décor solennel d'un lit de justice. L'intendant du Garde-Meuble se reprit alors à respirer tout haut comme si on lui eût ôté une pierre de taille de dessus l'estomac et promit tout ce que l'on voulut tant il était à la joie d'en être quitte à si bon marché. Il jura bien évidemment sur ses grands dieux de conserver sur cette commission le secret le plus absolu mais, n'ayant jamais vu un lit de justice de toute sa vie, il ne savait pas comment il convenait de l'établir.

Il n'en fallut pas davantage pour que le duc de Saint-Simon demande une plume, de l'encre et du papier, débarrasse le bureau de tout ce qui l'encombrait et se mette à l'œuvre. Pendant plus d'une heure, le conseiller du prince dessina sous le regard attentif de Fontanieu le plan de la cérémonie, indiquant la place précise de chacun des célébrants de cette grand-messe de la souveraineté royale où par le seul mystère de la transsubstantiation politique le corps du roi se transformait en source unique de toute justice. Soudain, exaspéré par l'air d'incompréhension que lui renvoyait parfois le regard de son interlocuteur, le petit duc finit par se lever brutalement de son siège et se mit à déplacer lui-même tous les meubles de la pièce pour composer une sorte de plan-relief du cérémonial. C'était comme si la passion politique dotait ce petit homme d'une force herculéenne.

De son fauteuil il fit le trône du jeune roi, d'une banquette d'embrasure, le banc des pairs ; un tabouret de pied figurait la place du greffier, et les pinces à feu arrachées à l'âtre de la cheminée désignaient celle des deux huissiers-massiers toujours agenouillés au pied du trône. Les valets du Garde-Meuble, effrayés par ce remue-ménage, frappèrent à la porte pour savoir si l'on avait besoin d'eux, mais obtinrent pour toute réponse l'ordre de s'en aller. Lorsque le duc sortit de la pièce après avoir rajusté sa perruque et son habit, il laissa derrière lui un véritable champ de bataille au milieu duquel M. de Fontanieu, hagard et dubitatif, cherchait, un plan griffonné en main, à se retrouver dans ses appartements, ou plus exactement à ne pas s'y perdre.

Prenant le prétexte d'un oubli pour égarer sa propre livrée alors que son carrosse s'apprêtait déjà à traverser la Seine, Saint-Simon donna ordre à son cocher de faire demi-tour et de retourner au Palais-Royal, car il voulait évidemment rendre compte au duc d'Orléans du succès de sa mission auprès du Garde-Meuble.

Paris, Palais-Royal

Le carrosse aux armes des Saint-Simon fit halte non pas dans la cour d'honneur, ce qui coûta beaucoup au cocher comme aux laquais, mais rue de Richelieu, au pied de l'escalier secret conduisant directement aux petits appartements du Régent. Un garçon rouge attendait, posté là en sentinelle, car c'était soir de souper et les filles de joie comme les roués empruntaient toujours ce passage discret pour ne pas offusquer de leur présence désordonnée le grand escalier d'honneur. Le valet reconnut aussitôt le duc mais, comme il n'était jamais des orgies, trouva plus prudent de le conduire auprès du fidèle Ibagnet, premier valet de chambre et concierge du palais, plutôt que de l'introduire directement dans les arrière-cabinets où le vin de Champagne coulait déjà à flots dans les gosiers autant que dans le décolleté des femmes ainsi rafraîchies des chaleurs du jour. Des cris, des rires, des chants et des glapissements s'échappaient de ce lieu de débauche malgré l'épaisseur des portes et des tapisseries de Beauvais.

Saint-Simon, que ces bruits de fête indignaient au plus haut point, eut beau crier, supplier, menacer, tout fut vain, tout se brisa sur l'inébranlable fermeté du concierge dont les ordres étaient sans appel : rien ni personne, pas même les trompettes du Jugement dernier, n'était autorisé à troubler les plaisirs de son maître. Il fallut bien céder et rédiger sur le coin d'un bureau une lettre que Saint-Simon accompagna de mille recommandations avant de la confier au fidèle Ibagnet : elle devait être remise au Régent seulement lorsque ce prince serait en état de la lire, et être brûlée aussitôt après qu'il en aurait pris connaissance.

À la suite de quoi le duc fit le même trajet en sens inverse et se signa ostensiblement lorsque, en descendant le petit escalier, il se trouva exposé à de nouveaux éclats de voix et à des râles à l'expressivité excessive.

Paris, hôtel de Saint-Simon chez les Jacobins de la rue Saint-Dominique, faubourg Saint-Germain, dimanche 21 août 1718

La demie de sept heures du matin sonnait au petit cartel d'alcôve de la chambre du duc de Saint-Simon lorsque l'on vint lui annoncer la présence d'un valet appartenant au duc de Bourbon qui se disait porteur d'une lettre de ce prince. Le maître de maison reçut le domestique dans son cabinet de travail, car il était hors de question de laisser le valet d'un prince faire antichambre, mais il resta en robe de chambre et le bonnet de nuit sur la tête, parce qu'il se levait à peine. Le billet, écrit par le duc de Bourbon lui-même, était aussi pressant qu'amical : il avait des choses de la première importance à dire et il était même prêt à se déplacer en personne pour obtenir un entretien en particulier.

En lisant ces quelques mots griffonnés à la hâte d'une main aussi auguste que maladroite, Saint-Simon fut pris d'un quasi-vertige d'honneur, mais il était trop attaché aux règles de la préséance et à la hiérarchie des rangs pour permettre qu'un prince du sang ne s'abaisse à franchir sa porte, et ce d'autant que le président Portail habitant en vis-à-vis, l'arrivée d'un grand équipage aux armes de France, un dimanche matin de surcroît, ne manquerait pas d'alerter cet esprit soupçonneux, tout prosterné devant le duc du Maine et véritable chien couchant du président de Mesmes. Il irait donc lui-même à l'hôtel de Condé et assisterait, en courtisan respectueux, au grand lever du duc de Bourbon. Soucieux de son rang, le duc de Saint-Simon l'était tout autant de celui des autres, et en protéger l'éclat, c'était éviter de ternir le sien.

À peine le valet était-il parti rapporter cette réponse à son maître que Saint-Simon ordonnait d'atteler puis se faisait apporter un bel habit de cour en taffetas cramoisi, enfilait le grand cordon du Saint-Esprit et choisissait enfin une canne à pommeau d'or ornée d'un ruban de la couleur de l'ordre. Il se présenterait à l'hôtel de Condé comme il l'aurait fait au lever du roi aux Tuileries ou à Versailles.

Paris, hôtel de Condé, rue de Condé,
vis-à-vis le palais du Luxembourg

Le duc de Bourbon, que ses gens terminaient d'habiller, arborait de bon matin cette extrême laideur juvénile qui faisait la fierté de sa race. Après quelques mots particulièrement aimables, le prince invita son visiteur à quitter la chambre d'apparat pour le suivre dans son grand cabinet et prit la peine de fermer lui-même la porte à clé. Les valets étaient trop respectueusement courbés pour voir s'éloigner sans rire cet escogriffe armé d'un nez démesuré et d'un œil de verre, accompagné d'un nain gracieux et sautillant tout encombré de l'épée de cour qu'il portait au côté, et qui marchait obstinément deux pas derrière le prince. Avec l'aisance que les princes peuvent mettre dans tous leurs gestes lorsqu'ils cherchent à plaire, le grand échalas de sang royal indiqua alors un large fauteuil à bras à son hôte avant de prendre lui-même place dans un fauteuil d'une hauteur strictement identique. Cette égalité des sièges fut pour Saint-Simon comme une caresse d'étiquette.

Le duc de Bourbon, qui n'aimait pas à s'embarrasser de paroles inutiles car elles s'embrouillaient toujours un peu dans son esprit lorsqu'elles s'accumulaient, alla droit au but, d'abord sans le désigner nommément puis en jetant enfin le duc du Maine en pâture à la haine de son interlocuteur, alors à peu près égale à la sienne. Il fallait rabattre le caquet du parlement de Paris par un grand coup de majesté et profiter du même lit de justice pour dépouiller ce bâtard vomi par l'enfer des pouvoirs dont il était encore revêtu. Mésestimant les lumières de l'aîné des Condé, Saint-Simon pensa pouvoir servir à ce jeune prince le même regrat qui lui avait suffi à convaincre le Régent dans la grande galerie d'Énée. C'était compter sans l'opiniâtreté des esprits courts.

Le prince le regardait du seul œil qui lui restait sans rien lâcher à son interlocuteur qui déversait pourtant à ses pieds, ornés de boucles de souliers plus riches encore que celles de Law, des flots d'intelligence tactique et de considérations politiques. Il voulait dépouiller le duc du Maine des droits qui lui restaient, de ses commandements et surtout de l'éducation du jeune roi. Il n'en démordait pas. Omettant qu'il était lui-même le fils d'une bâtarde de Louis XIV et qu'à ce titre le duc du Maine était son oncle, ce prince crachait son nom chaque fois qu'il devait le prononcer, comme il l'aurait fait d'une chique épuisée par la mastication. Oubliant aussi son maigre catéchisme, il allait jusqu'à se demander comment la sainte Église catholique et romaine consentait à laisser baptiser les enfants bâtards, qui relevaient plutôt du règne animal que du genre humain.

Saint-Simon, interloqué mais coriace, mettant en avant l'intérêt de l'État et de la concorde publique, remontait à l'assaut de cette terrible redoute d'obstination, allant jusqu'à évoquer, plus ouvertement encore qu'il ne l'avait fait avec le Régent, le risque de guerre civile et de fronde ouverte, mais le duc de Bourbon répliqua aussitôt qu'attaquer tout de suite les bâtards était le seul moyen d'éloigner ce spectre. Il ajouta que plus on laisserait le duc du Maine auprès du roi, plus le roi s'accoutumerait à lui ; le roi deviendrait alors un obstacle à leur propre pouvoir, car il grandirait en âge comme en volonté. Le Régent et lui-même seraient perdus au moment de sa majorité où le titre de roi se confondrait, à nouveau, avec la puissance de l'État, les livrant l'un et l'autre, quelques princes du sang qu'ils fussent, à son seul bon plaisir. Peut-être même leur réserverait-il le sort d'un Concini.

À tous les arguments qu'avançait l'intelligence insinuante du duc de Saint-Simon, le prince répondait comme un enfant buté :

« Eh bien, dépouillons-le de tout ! De tout ! »

Les deux hommes n'en finissaient pas de se perdre dans les méandres de cette conversation politique lorsque le duc de Bourbon, bien décidé à trancher brutalement le nœud gordien dans lequel Saint-Simon essayait de l'entraver depuis plus d'une heure, déclara tout à trac qu'il serait de la partie à condition que l'on prive le duc du Maine de l'éducation du roi et qu'on l'en revête, lui, aussitôt, par le lit de justice bientôt réuni aux Tuileries. À quoi il ajouta que, dans le cas contraire, il ne ferait évidemment rien qui puisse nuire au Régent, mais il retournerait chasser la bête à poil et à plume dans sa forêt de Chantilly.

L'avertissement fut comme un soufflet qui laissa, chose rare, Saint-Simon sans voix. Le coup de dés que le Régent s'apprêtait à hasarder contre l'autorité du Parlement ne pouvait pas se gagner sans une parfaite union entre les princes du sang. Qu'un seul d'entre eux vienne à manquer, et c'était la porte ouverte à une résistance farouche des cours souveraines. Et, de là, à un retour aux troubles de la Fronde, véritable malédiction des minorités royales. Même si l'aventure devenait folle du seul fait de cette nouvelle exigence, il était désormais impossible de reculer. Au terme de cette conversation qui n'avait que trop tourné en rond, il fut convenu que chacun en rendrait compte au Régent ; mais Saint-Simon avoua sans peine qu'il voyait mal comment ses avis pouvaient désormais l'emporter. Une fois que le sang royal avait parlé, un pair de France n'avait plus qu'à se taire.

Tout heureux de cette capitulation de la part d'un homme dont chacun, à la cour, craignait l'intelligence trop vive, le duc de Bourbon déploya mille grâces, assura le petit duc de son amitié comme d'une chose naturelle et possible, poussant même la prévenance jusqu'à le reconduire à travers ses appartements, ce à quoi son hôte se refusa catégoriquement car la chose était, là encore, en contradiction absolue avec l'étiquette. Le prince, auquel ces quelques pas de pure courtoisie coûtaient bien davantage qu'un million en actions du Mississippi, s'en trouva soulagé et lui tourna le dos.

Paris, église du couvent des Jacobins de la rue Saint-Dominique, faubourg Saint-Germain

À peine rentré de l'hôtel de Condé, le duc de Saint-Simon se précipita à l'église des Jacobins pour y entendre la messe. Là, prosterné au pied des saints autels, pressant la croix du Saint-Esprit sur ses lèvres, le missel posé à même l'accoudoir de son prie-Dieu, le chrétien fervent dépouillait son esprit de la joie mauvaise et de l'ivresse sèche que procurent les délices de la vengeance. Le duc du Maine se trouvait désormais à sa merci, et sans qu'il l'eût voulu ! De cela Dieu pouvait être témoin. Il venait de batailler avec fermeté contre les deux princes les plus puissants de France pour épargner cet ennemi de toujours, dont il connaissait pourtant la noirceur d'âme et l'hypocrisie profonde. Après ce rigoureux examen de conscience, l'humble paroissien implora Dieu de lui faire la grâce de Le prier d'un cœur bon et droit, de ne se conduire que pour Sa gloire et pour le seul bien de l'État sans écouter aucun intérêt particulier, à commencer par le sien. Il priait désormais ardemment pour n'avoir jamais rien à se reprocher dans toute la suite de cette affaire et de toujours rechercher le bien commun sans se détourner, ni de gauche ni de droite.

Lorsque le tintement des clochettes liturgiques annonça l'élévation, c'est un visage inondé de bonheur que Louis de Rouvray, second duc de Saint-Simon, vint enfouir dans ses précieuses manchettes de dentelle au point d'Alençon. Dieu prenait enfin le parti des princes légitimes et des ducs et pairs.

Paris, château des Tuileries, jeudi 25 août 1718, jour de la Saint-Louis

La veille au soir, l'enfant-roi avait reçu l'aubade des Parisiens et celle de la grande musique qui se jouait sous la terrasse des Tuileries. Un énorme orage était venu rafraîchir heureusement une atmosphère devenue suffocante et offrir au monarque comme à la cour, rentrés se réfugier derrière les hautes fenêtres de la salle des gardes du premier étage, le divertissement de la foule fuyant l'ondée pour chercher un abri sous les feuillages du parc. Les dames toutes mouillées mais rieuses se séchaient en dansant sous les applaudissements d'un Louis XV aux anges.

Au grand lever, le Régent, le duc de Bourbon et le duc du Maine se dévisageaient pour essayer, comme à la table à jeu, de deviner leurs intentions respectives, mais les regards restaient creux et se tournaient vers le jeune roi dont la joie était manifeste. Le premier gentilhomme de la chambre venait d'annoncer l'entrée des cadeaux de Sa Majesté pour la Saint-Louis. Ce fut d'abord son portrait en émail peint, auquel l'enfant réserva une admiration de pure convenance comme son gouverneur, le maréchal de Villeroy, le lui avait appris. Lorsque l'on déposa au pied de son lit une corbeille contenant une lapine menue, son mâle, un petit lapin qui tétait et un cochon d'Inde, tous quatre blancs comme la neige et enrubannés, il fut enthousiaste. Une joie vite transformée en délire quand le jeune roi, observant les hannetons disposés tout autour de ce panier vivant, s'aperçut que ces insectes étaient en réalité de précieux automates dont les ailes s'ouvraient par la seule magie d'un mécanisme minuscule. Le cochon d'Inde dans une main, un hanneton métallique dans l'autre, Louis XV les fit admirer respectivement à ces princes qui le surplombaient de plusieurs têtes et qui étaient tout ce qui restait de sa famille. Les sourires adressés par le roi au duc du Maine n'échappèrent ni au Régent ni au duc de Bourbon, dont les regards se croisèrent par-dessus le dos courbé de leur ennemi. Le lendemain, quand le piège se refermerait, ces caresses et ces grimaces ne lui seraient plus d'aucun secours : le roi oublierait vite cet oncle de la main gauche, que Dieu avait voulu boiteux et bossu pour bien marquer l'ignominie de sa naissance.

18.

Quand la main tremble

Paris, hôtel de Saint-Simon chez les Jacobins de la rue Saint-Dominique, faubourg Saint-Germain, jeudi 25 août 1718

La journée, comme les précédentes, s'était passée dans la fièvre des préparatifs du lit de justice et le secret des conciliabules au plus haut sommet de l'État. Pendant quatre jours, le carrosse du duc de Saint-Simon avait été vu au Palais-Royal, place Vendôme, à l'hôtel de Condé et jusque dans les jardins des Tuileries où l'allée basse sous la terrasse de la rivière était devenue le lieu favori de ses entretiens avec le duc de Bourbon, très amusé par ces cachotteries de collégien mais qui ne démordait pas de sa volonté de ravaler le duc du Maine à sa condition de bâtard.

Il ne restait plus qu'à finir de ficeler le jambon, et c'est la raison pour laquelle Fagon, le duc de La Force et l'abbé Dubois arrivaient à nouveau, à distance les uns des autres pour ne pas éveiller les soupçons, chez le duc de Saint-Simon qui tenait conseil dans son grand cabinet sous le regard doré d'Esther et du roi Assuérus. Quatre des neuf fauteuils à bras qui garnissaient habituellement la pièce avaient été avancés par les valets du duc autour d'une grande table de bois recouverte d'un tapis de Perse sur lequel on avait déjà déposé deux encriers, des plumes et des rouleaux de papier pour éviter d'avoir à en demander et d'être dérangé par les domestiques. Les deux bibliothèques à hauteur d'appui contenaient tous les ouvrages de jurisprudence et d'histoire cérémonielle nécessaires à d'éventuelles vérifications de dernière minute. Enfin, la pièce étant exposée au nord et ouverte par deux hautes croisées sur le jardin, il y régnait une fraîcheur appréciable en ce mois d'août torride qui faisait presque regretter à certains le grand hiver 1709.

La question principale restait un refus éventuel de ces messieurs du Parlement de se rendre le lendemain au château des Tuileries pour y voir leurs arrêts flagellés par l'autorité souveraine. Dubois, auquel le courage semblait manquer depuis quelques jours, s'inquiétait maintenant d'un coup de force susceptible de mettre le feu à l'étoupe, mais c'était compter sans la hargne du duc de Saint-Simon et la maîtrise de Fagon. Quant au duc de Bourbon, il avait été clair : c'était accorder bien de l'importance à des gens qui se laisseraient pendre sans résistance à leurs balcons si l'ordre en était donné.

Tout était prêt. Tout était pensé. Tout était signé. En cas de refus, le Parlement se verrait tout simplement interdit et ses pouvoirs judiciaires transférés au Grand Conseil. Les maîtres des requêtes qui seraient chargés d'aller signifier cette décision aux différentes chambres et d'y apposer les scellés pour empêcher qu'elles puissent se réunir étaient déjà choisis. Ils appartenaient à des familles dont leur ambition garantissait leur soumission au pouvoir royal. De même que les officiers des gardes du corps dont les régiments avaient reçu ordre de se tenir prêts à monter à cheval.

Dubois, sûr de l'efficacité des fonds secrets dont le Régent l'avait muni et qu'il avait répandus à foison non sans y prélever sa dîme, assurait qu'il ne serait pas nécessaire d'en venir à de telles extrémités : la vénalité de ces messieurs était telle que l'éclat de l'or éviterait d'avoir à faire briller sous leurs yeux celui de l'acier.

Le duc de La Force évoqua alors avec inquiétude la possibilité d'un esclandre des bâtards, susceptible de perturber la séance voire de la faire tourner au désavantage du Régent. Il ne fallait pas perdre de vue que, depuis des années, les enfants légitimés de Louis XIV avaient lié leur élévation à la renaissance du Parlement. Ils comptaient donc parmi ses membres de nombreux appuis, et particulièrement fidèles. Là encore, Fagon et Saint-Simon le rassurèrent : les gardes du corps tenaient le château des Tuileries, et ils avaient pour consigne d'arrêter toute personne, fût-ce un duc et pair ou un prince et à plus forte raison un simple magistrat, dont le comportement porterait atteinte à la majesté royale. De façon que tout puisse paraître spontané et qu'à aucun moment l'assistance n'imagine que les ordres étaient directement donnés par le Régent, l'abbé Dubois établit, puis copia en plusieurs exemplaires, une petite liste de gestes et de signaux destinée à être distribuée aux officiers répandus dans la salle du lit de justice afin de leur permettre d'interpréter les ordres muets du Régent. Il lui suffirait de croiser les jambes, d'agiter un mouchoir, de mettre la main à sa poche ou à son chapeau pour être immédiatement compris et obéi.

Tout étant désormais réglé comme sur du papier à musique, chacun prit congé, mais toujours en veillant à ne pas perturber la quiétude du quartier par le fracas de ses équipages.

Paris, Palais-Royal, vers les huit heures du soir

Prévenu par un des premiers valets de chambre du Régent, Saint-Simon quitta le dernier son hôtel par la porte dérobée donnant sur le couvent des Jacobins ; là, il patienta sans ses gens et sans flambeau jusqu'à ce qu'une voiture du duc d'Orléans vienne le chercher pour le conduire au Palais-Royal où Ibagnet l'attendait, cette fois en personne, au pied du petit escalier de la rue de Richelieu. C'est dans l'obscurité encore, et presque à tâtons, de peur d'une rencontre, qu'après la longue traversée des grands appartements ils parvinrent à la chambre du Régent, où le duc le découvrit couché et se plaignant de la fièvre. Saint-Simon, craignant une maladie imaginaire pour surseoir au grand chambardement du lendemain, se précipita sur le poignet du prince afin de lui prendre le pouls qu'il trouva en effet bien mauvais, mais le rassura de quelques mots :

« Ce n'est là monseigneur que fatigue de corps et d'esprit dont vous serez soulagé dans vingt-quatre heures… »

Comprenant, à demi-mot, le soupçon dissimulé dans les propos de son ami de toujours, le prince piqué au vif protesta que, quel que soit son mal, il tiendrait le lit de justice.

C'est à ce moment-là que le duc de Bourbon fit son entrée dans la pièce sans y être annoncé. Le vacillement d'une seule chandelle éclairait l'immense chambre dans laquelle couchait la reine Anne d'Autriche lors de la terrible nuit du 9 février 1651, et le duc de Saint-Simon croyait voir défiler sur les ors ternis des boiseries l'ombre des émeutiers venus soulever les courtines du jeune roi Louis XIV pour vérifier sa présence. Ce seul souvenir suffit à lui rendre courage et à en donner au Régent. Il était temps de tuer dans l'œuf les fantômes du passé.

Philippe d'Orléans, assis sur son lit dont il avait lui-même remonté les oreillers, invita les ducs de Bourbon et de Saint-Simon à prendre un siège. Ainsi les trois hommes arbitrèrent dans la demi-obscurité dorée de l'ancienne chambre d'une reine les dernières décisions préparant le lendemain. Dès une heure du matin, le Régent ferait appeler le colonel et le capitaine des gardes puis les capitaines des compagnies de chevau-légers et de mousquetaires du roi afin de leur donner les ordres. Cela laissait la nuit pour mettre le château des Tuileries et le Palais-Royal hors d'atteinte d'un coup de main. Chacun serait muni d'un almanach de l'année où figurait l'adresse des parlementaires de façon à aller les chercher par la peau du dos si nécessaire. Le lit de justice serait intimé au Parlement sur les coups de six heures du matin, avec ordre de se rendre aux Tuileries entre neuf et dix heures. Pendant ce temps, le Conseil de régence annoncé la veille pour l'après-dîner serait convoqué à sept heures. Il se déroulerait quasi normalement, mais contrairement à l'habitude le duc d'Orléans commencerait par prendre l'avis des princes du sang de façon à montrer que la famille royale, dont les bâtards étaient par nature exclus, présentait un front uni qu'aucun des autres membres n'aurait évidemment l'outrecuidance folle ou l'imprudence d'attaquer. Enfin, défense serait faite à tous ceux qui seraient présents de quitter la salle du Conseil avant que d'aller rejoindre, en compagnie du Régent, la séance du lit de justice. Nul ne pourrait passer d'un salon à l'autre à l'intérieur des Tuileries sans un ordre écrit de sa main, et il n'en signerait aucun par avance. La garde recevrait pour instruction de ne tenir compte ni des charges ni des rangs : seuls le laissez-passer ou la personne même du duc d'Orléans ouvriraient les portes.

Une fois ces détails réglés et arrêtés, le duc de Bourbon en revint à la question obsédante de l'éducation du roi, dont le duc du Maine devait être entièrement dépouillé à son seul profit. Il n'avait pas aimé, et le Régent non plus, les caresses dispensées au cochon d'Inde et les rires étouffés échangés le matin même derrière la balustrade avec le jeune roi. D'une voix bredouillante et d'une lecture rendue malaisée encore par l'obscurité et son œil borgne, le prince voulut donner connaissance au Régent du propos qu'il était décidé à tenir pour revendiquer cette charge dont il avait fait la condition de son soutien au coup d'État. Avant qu'il eût terminé, Saint-Simon le reprit sur certains passages trop obscurs ou maladroits. Le duc de Bourbon, mal à l'aise avec la jurisprudence et le droit, se proposa très modestement de prendre toutes ces corrections sous sa dictée, mais il ne se trouvait pas une seule table volante dans cette chambre vouée au sommeil. Saint-Simon fureta de droite et de gauche quand il avisa une niche à chien où dormait la levrette préférée du Régent. Un coup de pied suffit à la déloger ; un valet rouge apporta de quoi écrire, et c'est sur cette table de fortune que la déclaration fut finalement corrigée.

Paris, Arsenal

À l'occasion de cette Saint-Louis qui était aussi, après tout, la fête de son mari baptisé Louis-Auguste après sa naissance clandestine quarante-huit ans plus tôt, la duchesse avait décidé de donner à l'Arsenal une de ces fêtes nocturnes dont elle avait le secret. Certes, il lui était impossible de déployer dans cette succession de cours et de tristes bâtiments autant de faste qu'à Sceaux, mais la Seine offrit ce soir-là un élégant miroir d'eau au magnifique feu d'artifice tiré en l'honneur du roi que l'on put admirer depuis tous les quais de l'est de la ville. Le peuple des faubourgs n'avait pas été à pareille fête depuis l'incendie du Petit-Pont, quatre mois plus tôt. Il n'en aimait que mieux le duc et la duchesse du Maine.

Une grande galéasse amarrée au pied du pavillon de l'Arsenal avait été transformée en scène flottante où dansaient des tritons et des naïades à la lumière des flambeaux et des fusées pendant que les musiciens de la duchesse jouaient la sarabande depuis la terrasse. La petite princesse, heureuse de régner sur ces créatures aquatiques dont les dandinements cocasses étaient dirigés par son maître de musique, expliquait l'argument du ballet à son triste époux dont la boiterie avait fait un ennemi irréductible de la danse, des danseurs et des maîtres à danser. Particulièrement soucieux des rumeurs et des bruits qui couraient Paris, le duc insistait auprès de sa femme pour regagner au plus vite leur appartement aux Tuileries. Quelques jours plus tôt, les nouvellistes à la main assuraient qu'ordre avait été donné de faire approcher quelques troupes de Paris. Dans les salons, on annonçait un gros orage dont lui-même pourrait être le premier foudroyé. Cette fête interminable mettait ses nerfs à vif, mais la duchesse se moquait de lui, de ses inquiétudes et de ses précautions. Que voulait-il qu'il arrive ? Elle était revenue parfaitement rassurée de sa visite personnelle au Régent, le samedi précédent. Ce pauvre myope n'avait rien vu et tout gobé.

Louis-Auguste fit semblant de croire celle qu'il était impossible de contredire sans provoquer des scènes effroyables ; il assista à tous les tableaux du ballet jusqu'à la dernière contredanse, puis à un nouveau feu d'artifice avant de pouvoir quitter l'Arsenal sans provoquer l'ire et les sarcasmes de la *dictatrice* dont la volonté de Dieu et du roi son père avait fait sa femme.

Il était près de trois heures du matin lorsqu'il arriva enfin aux Tuileries pour se coucher.

V

Une folle journée

19.

Roulements de tambours

Dans les rues de Paris, vendredi 26 août 1718

Dès avant l'aube et conformément aux ordres donnés par le Régent, à une heure du matin, le régiment des gardes se déployait dans Paris de façon à prévenir toute émotion populaire. Dix compagnies prenaient place aux Tuileries, dix autres à l'extrémité de la rue de Richelieu près de la Grange-Batelière pour garantir le Palais-Royal et interdire l'accès au Louvre, et douze autres enfin campaient déjà sous le préau de la foire Saint-Germain. Les gendarmes, prêts à marcher, tenaient leurs montures sellées et bridées dans les jardins de l'hôtel du prince de Soubise au Marais, où les chevau-légers les avaient rejoints. Quant aux mousquetaires gris, ils n'avaient pas quitté leur hôtel de la rue du Bac mais restaient sur le qui-vive. L'un d'eux attendait déjà à la porte des Tuileries du côté du pont Royal, et un autre au Carrousel afin de transmettre les ordres. Au petit matin, la ville était aussi occupée que si elle avait été conquise dans la nuit par l'armée du roi.

À cinq heures, des estafettes couraient partout dans Paris, frappant à grands coups de heurtoir aux portes des hôtels pour remettre aux pairs comme aux maréchaux de France, aux gouverneurs de province présents à Paris, aux chevaliers des ordres, aux conseillers d'État et aux maîtres des requêtes, tous indispensables à la tenue d'un lit de justice, les lettres de cachet les invitant à se rendre aux Tuileries immédiatement et dans le costume qui convenait à leur charge ou à leur rang.

Partout, on s'éveillait dans le vacarme et la stupéfaction. De graves magistrats en chemise et le bonnet de nuit sur la tête se frottaient les yeux et lisaient sans comprendre, avant de se rendre à l'évidence puis de houspiller leurs domestiques et de faire demander un perruquier qui ne viendrait jamais.

Paris, château des Tuileries

Dès l'aube, Fontanieu, ses commis et ses ouvriers étaient à l'œuvre pour monter dans la grande antichambre où le roi dînait ordinairement les estrades, le dais, les bancs et les hauts fauteuils nécessaires, tout en suivant scrupuleusement le plan tracé chez lui quelques jours plus tôt par le duc de Saint-Simon. L'intendant du Garde-Meuble ayant fait assourdir les masses et les maillets de ses charpentiers en les entourant de chiffons, la salle changea d'aspect dans le plus grand silence et sans que personne aux Tuileries s'en soit rendu compte. Le roi qui dormait pourtant tout à côté dans la salle du Conseil, plus fraîche par ces chaleurs estivales que sa chambre d'apparat, se réveilla donc à l'heure habituelle sans avoir été incommodé le moins du monde par le chantier qui se montait à sa porte. Lorsque le premier valet de chambre sortit la tête, il n'en crut pas ses yeux et courut prévenir le maréchal de Villeroy, mais il n'était plus temps de réagir. La chambre devait être préparée pour permettre au Conseil de se tenir, et il dut accompagner le petit roi, qu'il ne quittait jamais, dans les arrière-cabinets où il serait habillé.

La couchette du premier valet de chambre et du maréchal n'était pas encore roulée que le Régent faisait son entrée dans la pièce avec les autres princes du sang et tous les membres du Conseil mis dans le secret, revêtus comme lui de leur manteau de cérémonie pour ne pas avoir à se changer avant d'entrer au lit de justice. L'arrivée du duc du Maine et de son frère, alertés par quelque ami qu'il se tramait quelque chose contre eux, ne modifia rien à la contenance marmoréenne de Philippe d'Orléans. Il échangea avec eux des amabilités sans conséquences avant de prendre le comte de Toulouse à part dans l'embrasure d'une des fenêtres pour lui dire d'un ton tout paternel :

« Mon pauvre comte, je t'ai toujours aimé et t'aime encore, mais je te prie de ne point entrer au Conseil aujourd'hui parce que l'on doit y parler d'affaires qui te regardent ainsi que le duc du Maine. »

Toulouse, décontenancé, demanda des explications mais reçut pour toute réponse une phrase menaçante et coupant court à toute conversation :

« Tu peux si tu le veux rester en sûreté, mais il pourrait bien se passer des choses désagréables pour ton frère. »

Le cadet protesta qu'il n'abandonnerait pas son frère si l'on devait s'en prendre à lui, mais le Régent répliqua durement que, leurs sorts n'étant pas liés, il était libre de demeurer ou de partir, car après tout cela ne changerait rien à l'affaire. Le vin étant tiré, il ne restait plus qu'à le boire. Le comte de Toulouse comprit qu'un piège se refermait et qu'il était temps de faire quitter la pièce à son frère afin de lui éviter l'affront d'être bousculé et peut-être même désavoué en plein Conseil. Il s'approcha de lui et murmura quelques mots à son oreille qui le convainquirent d'abandonner une partie perdue d'avance plutôt que de se risquer à la jouer.

Saint-Simon qui n'avait pas assisté à la totalité de ces échanges, voyant les deux frères prêts à franchir la porte de la salle du Conseil, s'approcha du Régent pour lui chuchoter à l'oreille :

« Monseigneur, les voilà qui sortent…

— Je le sais bien », répondit le duc d'Orléans avec une pointe d'exaspération dans la voix.

Une conversation aussi animée que feutrée s'engagea :

« Oui, mais savez-vous ce qu'ils feront quand ils seront dehors ?

— Rien du tout ! Le comte de Toulouse est venu me demander l'autorisation de sortir avec son frère et m'a assuré qu'ils seraient sages…

— Et s'ils ne le sont pas ? se permit d'ajouter Saint-Simon qui eût préféré tenir les deux bâtards en joue.

— Mais ils le seront ! Et s'ils ne le sont pas, j'ai donné des ordres. »

La voix du Régent devenait dangereusement métallique, mais le petit duc ne désarmait toujours pas :

« Monseigneur, s'ils font des sottises ou qu'ils sortent de Paris ?

— Alors on les arrêtera, les ordres sont donnés. Et que maintenant chacun prenne sa place. »

Cette dernière phrase fut prononcée de façon à être entendue de tous.

Le Conseil commença donc hors la présence des deux fils légitimés du roi Louis XIV. Tous ceux qui n'avaient pas été mis dans le secret s'interrogeaient du regard ; les ducs de Guiche et de Noailles se risquèrent même à le faire tout haut, mais leurs questions vinrent se briser sur la détermination du Régent, pressé de dérouler le plan fixé et désormais dédaigneux de tout ce qui n'était pas sa volonté souveraine. Le garde des Sceaux, prenant la parole, annonça que la résistance du Parlement et son usage inconsidéré du droit de remontrance dont il jouissait pourtant par la seule bonté de Son Altesse Royale, monseigneur le Régent, nécessitaient d'être remis dans les bornes de l'obéissance due au roi, qu'un lit de justice était donc convoqué et se tiendrait, tout à l'heure, dans la pièce d'à côté. Le Régent, n'accordant la parole à personne, surenchérit en expliquant qu'il comptait bien remettre entre les mains du jeune Louis XV, au jour de sa majorité, l'autorité royale aussi intacte et absolue qu'elle lui avait été confiée par le feu roi son oncle. Personne ne pipait mot, Saint-Simon glissa plus tard à l'oreille du Régent que l'on aurait entendu un citron marcher si une idée aussi saugrenue était venue à ce fruit acide.

Tout s'enchaînait avec trop de rapidité et de préparation pour ne pas révéler un plan concerté et arrêté très en amont, qui ne laissait pas d'autre choix à ceux qui n'y avaient pas été associés que de se taire et de se soumettre, meilleur moyen d'éviter la lettre de cachet. Il était d'ailleurs bien dans l'intention du Régent de les voir garder un silence respectueux car, comme il l'avait annoncé la veille à ses plus proches partisans, il commença par interroger les seuls princes du sang. Le duc de Bourbon exultait d'enthousiasme alors que le prince de Conti, toujours ailleurs dès lors qu'il s'agissait d'exprimer ne serait-ce qu'une idée, sans parler d'une volonté, opinait du chef en rêvant à quelque savante acrobatie de bordels dont il était l'hôte permanent.

Le sang royal s'étant ainsi exprimé de concert, toute résistance, même de principe, était rendue vaine. Le Régent, galvanisé par la facilité avec laquelle ce premier acte de la pièce venait de se dérouler, annonça alors sa décision de déchoir les légitimés – chacun remarqua qu'il n'employait déjà plus le titre de prince pour les désigner – du rang intermédiaire qu'ils continuaient d'occuper entre les princes du sang et les ducs et pairs, pour les ravaler à celui que leur assignait l'enregistrement des lettres patentes par lesquelles ils avaient été faits ducs. Si cette décision s'appliquait, en droit, aux deux frères, le Régent, dans sa magnanimité et pour reconnaître les vertus et les services du comte de Toulouse, le maintenait, quant à lui et pour toute la durée de son existence, dans les privilèges qui avaient été les siens, mais sans que cela puisse constituer un droit acquis pour ses enfants. Seul le duc du Maine allait ainsi être dégradé aux yeux d'une cour qui s'était habituée à le voir jouir de l'honneur d'être prince. Dès demain, il serait donc précédé partout par des gens qui, depuis des décennies, lui cédaient toujours le pas.

À cette dernière annonce, le duc de Saint-Simon, qui s'était jusque-là composé un visage de cire pour ne pas laisser éclater sa joie de façon trop visible, se rengorgea et planta son regard dans celui du maréchal de Villeroy, âme damnée de la marquise de Maintenon, ennemi juré du duc d'Orléans et valet courbé des deux batardeaux. Il se payait là, en monnaie d'orgueil, des années terribles au cours desquelles cette cabale infernale s'était ingéniée à mettre l'ordre des rangs, et donc celui du monde, cul par-dessus tête. Désormais le duc du Maine passerait après lui, et il en irait de même pour ses enfants et les enfants de ses enfants jusqu'à l'extinction des générations.

À peine le propos du Régent achevé, le duc de Bourbon demanda la parole et l'obtint. Dès lors que le duc du Maine était déchu de son rang et de ses prérogatives, il devait l'être aussi de sa charge, car seul un prince du sang ou à tout le moins un prince dont les honneurs étaient presque équivalents pouvait prétendre à l'éducation du jeune roi, et notamment à exercer les commandements militaires qui lui étaient rattachés à cette charge. Jamais le duc de Bourbon ne s'était montré si loquace et si vif d'esprit en public et particulièrement au Conseil. Il est vrai qu'il se contentait de réciter le petit discours appris la veille sous la dictée du duc de Saint-Simon et écrit sur la niche du chien.

Pour le vieux maréchal de Villeroy, c'était l'estocade, et comme il arrive souvent avec les militaires, le courage lui manqua face à la parole politique. Il baissa la tête, se tassa sur lui-même, s'affaissa enfin et appuya son front sur le bâton fleurdelisé, symbole de sa dignité qui ne le quittait jamais. Il paraissait ne plus rien entendre et s'attendait désormais à être arrêté, séparé du jeune roi et conduit à la Bastille ou plus loin encore. Lui laisserait-on porter son grand cordon de l'ordre du Saint-Esprit ? Il venait à en douter tant son désarroi était profond.

Le Régent fit ensuite mine d'interroger les autres membres du Conseil d'un simple mouvement de menton et se contenta d'un consentement muet, jugé suffisant de la part de bêtes figurants. C'est pourtant le moment que choisit le maréchal de Villeroy pour enfin briser le silence et exprimer sa désapprobation, à défaut d'une opposition impossible à exprimer sinon à concevoir. Elle résumait non seulement une pensée mais aussi toute une vie passée dans la dévotion du Grand Roi, dont chacun sait qu'il eût trouvé des adorateurs s'il avait voulu se faire adorer.

« Je ne dirai que ces deux mots-là : voilà toutes les dispositions du feu roi renversées, je ne le puis voir sans douleur. M. du Maine est bien malheureux. »

Bossuet en personne n'aurait pas pu trouver des mots aussi justes pour prononcer l'oraison funèbre de la vieille cour. Louis XIV faisait le voyage à Saint-Denis pour la seconde fois.

Loin de se laisser apitoyer par la douleur sincère d'un antique courtisan, le Régent répliqua avec une violence que personne ne lui avait jamais connue :

« Monsieur, le duc du Maine est mon beau-frère, mais j'aime mieux un ennemi découvert que caché ! »

Alors chacun comprit que les couteaux étaient tirés et les fourreaux jetés. Tous se demandèrent jusqu'où cela irait et si l'on ne verrait pas bientôt du sang couler sous les portes du château des Tuileries comme au temps du roi Charles IX…

Au Palais de justice, le premier président du parlement de Paris mimait la résistance, cherchait des arguments de droit pour ne pas se rendre à un lit de justice convoqué en grand secret dans une antichambre du château des Tuileries et non à la Grande Chambre de l'ancien palais des premiers capétiens où il se tenait traditionnellement. Quelques magistrats dont la tête s'échauffait arguaient que la résidence royale, surtout sous la garde d'un régiment complet, n'assurait pas la liberté indispensable à l'exercice de toute justice. C'était oublier un peu vite que là où était le roi siégeaient tout à la fois la souveraineté et l'autorité de la chose jugée. En les traînant jusqu'au pied du trône sur lequel était assis un enfant de huit ans, le Régent ne cherchait pas uniquement à les humilier publiquement, il leur rappelait qu'ils rendaient la justice au nom du roi et que leur pouvoir de juger souverainement n'était qu'un dépôt dont ils se trouvaient instantanément privés par la seule présence physique du monarque. La monarchie relevait d'une mystique à laquelle chacun devait se soumettre sous peine de mécontenter Dieu et le roi.

Les roulements de tambour et les pas de cavalerie sur le pavé parisien suffirent par ailleurs à ramener le calme dans les esprits, et chacun enfila docilement sa robe rouge pour se rendre en procession de l'île de la Cité, où les traces de l'incendie du Petit-Pont étaient toujours visibles, jusqu'aux Tuileries. Certains espéraient encore que le peuple de Paris, ému de voir les pères conscrits traités aussi indignement par le Régent, leur marquerait bruyamment sa sympathie au point d'intimider le pouvoir. Il n'en fut rien : bourgeois et artisans les regardèrent passer d'un œil curieux, sinon moqueur, avant de retourner chacun à sa tâche.

Depuis les fenêtres de la salle du Conseil d'où il les guettait, le Régent eut la satisfaction d'apercevoir enfin la longue file de ses ennemis fourrés d'hermine. Ils étaient tous là, ils avaient obéi, ils avaient donc abdiqué, et il allait leur administrer un soufflet dont ils se souviendraient longtemps. Philippe d'Orléans ne laissa rien paraître de son soulagement car, en réalité, il craignait bien davantage la fronde du Parlement que les mouvements de deux malheureux princes, marionnettes de deux femmes ivres de pouvoir, la vieille guenipe de Saint-Cyr qui les avait toujours couvés de ses jupes de fausse prude et la folle naine de Sceaux, prête à mettre le feu aux quatre coins du royaume pour effacer la tache originelle d'un mauvais mariage.

Si Philippe d'Orléans resta du marbre dont on fait les bustes, il n'en fut pas tout à fait de même des membres du Conseil auxquels il avait expressément demandé de ne pas quitter la pièce avant l'arrivée des parlementaires. Le Parlement étant venu se jeter lui-même dans la gueule du loup, il n'était plus nécessaire de tenir tous ces messieurs enfermés dans une pièce. C'est donc bruyamment qu'ils manifestèrent leur joie de pouvoir enfin aller pisser, car la vessie de tous ces seigneurs n'entendait rien à la politique. Le duc de Saint-Simon, posté en chien de garde devant la porte, poussa même le zèle jusqu'à accompagner les maréchaux de Villars et de Tallard pour veiller à ce qu'une fois leur affaire faite ils regagnent aussitôt leur place sans avoir le loisir d'aller colporter des nouvelles à travers les appartements, où quelques courtisans déjà assemblés, tout étonnés de ce branle-bas de combat et de ce décor de théâtre, s'interrogeaient de l'œil autant que du coude.

20.

Un lit de justice

Paris, château des Tuileries, vendredi 26 août 1718

Lorsque l'on vint lui confirmer que ces messieurs achevaient de prendre les places assignées par le rituel, le Régent passa directement dans les petits appartements pour aller chercher le jeune roi, auquel il avait fait grâce du grand manteau de cérémonie et du rabat de dentelle. Louis XIV s'était présenté devant son Parlement en costume de chasse et un fouet à la main, son arrière-petit-fils pouvait bien l'accueillir en habit et perruque du matin. C'est en petit cortège que l'on gagna la grande antichambre ; le maréchal de Villars, le duc de La Force et Saint-Simon ouvraient la marche, suivis du prince de Conti, de Monsieur le Duc et du Régent. Derrière lui, les huissiers de la chambre du roi avec leurs masses précédaient à pas lent le roi encadré de ses quatre capitaines des gardes du corps, du duc d'Albret, grand chambellan, et du maréchal de Villeroy, son gouverneur. Venaient ensuite le garde des Sceaux et les maréchaux qui ne pouvaient entrer en séance qu'après Sa Majesté, puis tous ceux auxquels leurs charges ou leurs rangs offraient le privilège d'assister au lit de justice sans droit de délibérer ou d'opiner. Le petit Louis XV, ravi de ce spectacle inattendu, offrait un visage radieux au lieu de la mine fermée qu'il arborait trop souvent. Il allait même jusqu'à sourire et à faire des grâces aux courtisans affluant pour se mieux courber. On emprunta le chemin de la terrasse jusqu'à la salle des Suisses, et c'est là que le cortège royal fut accueilli par une députation de parlementaires composée de quatre présidents à mortier et de quatre conseillers. Leurs visages étaient ostensiblement fermés et déjà rougis par une chaleur estivale que le port de la robe aggravait beaucoup. Loin d'apitoyer le petit roi, ces mines de circonstance l'amusèrent considérablement.

Une fois chacun installé, l'absence des princes légitimés fut remarquée ; un murmure parcourut la salle mais un simple regard du Régent suffit à le faire taire, et le silence se fit d'autant plus profond que le garde des Sceaux égrena les griefs du roi à l'encontre de son Parlement, annonça que les édits enregistrés contre la volonté souveraine étaient irrémédiablement cassés puis, dans la foulée, que le duc du Maine se voyait dépouillé de son rang et de ses titres, sauf de celui de duc et pair qui lui était maintenu, et qu'en conséquence monseigneur le duc de Bourbon assurerait désormais la surintendance de l'Éducation du roi. À chaque annonce, le premier président paraissait comme assommé, puis se reprenant sollicitait la parole, soulevait des arguments de droit, demandait un temps de réflexion et de délibération. À chaque fois, sur un des gestes convenus à l'avance avec le Régent, le garde des Sceaux faisait mine de monter les marches qui le séparaient du trône, chuchotait quelques mots à l'oreille de l'enfant puis, interrompant la harangue du président de Mesmes, prononçait la phrase fatidique chargée de rappeler le Parlement à l'obéissance et au respect de la volonté souveraine :

« Sa Majesté veut être obéie sur-le-champ ! »

Surpris, la première fois, le jeune roi s'exclama :

« Moi ? Je n'ai pas dit cela... »

Le Régent lui glissa alors quelques mots qui suffirent à rassurer l'enfant, et lorsque vint la dégradation de son oncle le duc du Maine dont il appréciait la compagnie depuis toujours, il ne marqua aucun signe de réprobation et, bien au contraire, opina du chef lorsque le garde des Sceaux répéta :

« Sa Majesté veut être obéie sur-le-champ ! »

Il y était encouragé du regard par la duchesse de Ventadour, sa gouvernante, la personne qu'il aimait le plus au monde – avec son précepteur monseigneur de Fréjus –, à laquelle le Régent avait fait réserver la première place sur les estrades ouvertes aux femmes de qualité, judicieusement élevée dans le champ de vision direct du jeune Louis XV.

Comme une vague parcourant la salle du lit de justice, l'hermine des cols, toute tachetée de roture, ondoyait, plongeait puis se relevait. C'était la magistrature s'agenouillant devant ses maîtres en signe de soumission, de respect et d'obéissance. Le duc de Saint-Simon, installé à la place normalement réservée à son ennemi, exultait. Tout au long de la séance, ses yeux restèrent fichés dans ceux du président de Mesmes, bas valet de la marquise de Maintenon, tourmenteur du duc d'Orléans dont il avait même un temps proposé au vieux roi d'entreprendre le procès, et surtout artisan de l'extravagante élévation des bâtards jusqu'au droit de succéder à la couronne. Cet ennemi de toujours, pantin ridicule de la reine de Sceaux, buvait le calice jusqu'à la lie, et le petit duc se plaisait à y verser une goutte après l'autre le poison de sa haine féroce. Ils étaient bien loin, les scrupules avec lesquels il était allé, quelques jours plus tôt, se jeter au pied du tabernacle pour prendre Dieu à témoin de la pureté de ses intentions et de sa magnanimité à l'égard du duc du Maine. Le plaisir de la vengeance était si puissant qu'il en fut presque commotionné, comme à l'instant de la petite mort.

À une heure de l'après-midi, la messe était dite, la défaite du Parlement et l'anéantissement politique du duc du Maine complets, la victoire du Régent totale, le pouvoir absolu rétabli dans toute sa plénitude.

Paris, toujours au château des Tuileries,
dans l'appartement du duc et de la duchesse
du Maine, au rez-de-chaussée, sous celui du roi

Depuis l'heure à laquelle ils avaient été quasiment chassés du Conseil de régence, les deux frères n'avaient pas quitté l'appartement attribué au duc et à la duchesse du Maine au moment de l'installation de la cour aux Tuileries. Ils avaient été rejoints par quelques amis intimes, dont le cardinal de Polignac qui les appelait à se résigner et à accepter l'épreuve que le ciel leur envoyait. Le comte de Toulouse restait silencieux, et son frère n'était pas plus loquace. De temps à autre, il ouvrait les Saintes Écritures au hasard de façon à y trouver le réconfort d'une âme chrétienne puis, pour ne pas laisser la conversation mourir tout à fait, il s'entretenait avec le cardinal de la traduction des plus jolis passages de Catulle.

Personne n'en disait mot mais chacun craignait l'arrivée de la petite duchesse, car il avait bien fallu faire envoyer quelqu'un à l'Arsenal pour la réveiller de sa trop grasse matinée et l'informer de ce qui s'était tramé pendant son sommeil. Depuis le matin, le duc du Maine balançait entre deux craintes : celle d'être arrêté publiquement et celle, plus terrible encore, d'affronter la colère de sa femme. L'arrestation lui paraissait le sort le plus enviable dans la mesure où elle lui éviterait la pire des scènes. Aucun mousquetaire ne s'étant présenté pour lui demander de lui remettre son épée ni de le suivre, il devrait bientôt braver celle dont les accès de rage lui donnaient des tremblements d'âme et d'entrailles. Lorsque la duchesse fut annoncée, c'est entre les mains de Dieu que son mari remit son sort.

La princesse, arrivée par l'ancien vestibule de la Reine, parut pourtant plus morte que vive, et elle eut même besoin de l'appui de ses femmes pour trouver à s'orienter dans son propre appartement. Après les salutations d'usage, elle commença par se faire répéter et préciser le détail du Conseil de régence, du lit de justice et de l'arrêt de dégradation. Lorsqu'elle comprit que son beau-frère conservait l'entièreté de ses rangs et privilèges à titre viager, elle ne dit rien, mais si, à cet instant même, ses yeux avaient été des pistolets chargés, le malheureux comte de Toulouse serait tombé raide mort sur le parquet de la pièce. L'idée que désormais ce cadet passerait devant son mari la rendit presque stupide de douleur.

Celle qui déclamait le théâtre de Racine avec talent sur les tréteaux du château de Sceaux fut prise comme d'une sorte de paralysie de la face qui rendait le mouvement de ses lèvres malaisé et sa parole difficile. Tombée sur le lit de repos où elle recevait habituellement et la cour et la ville, elle répétait de façon presque inaudible à son mari et à son beau-frère qu'il aurait fallu demeurer au Conseil et se rendre au lit de justice comme ils en avaient le droit pour y faire valoir leur voix. À la mort du feu roi, le Régent les avait privés de la réalité du pouvoir, deux ans plus tard il les excluait de la capacité à succéder à la couronne, aujourd'hui il les ravalait au simple rang de duc et pair. À chaque fois il avait utilisé le lit de justice pour parvenir à ses fins. Comment pouvaient-ils imaginer que ce troisième acte ne se jouerait pas sur cette même scène ? Quitter la pièce, c'était évidemment renoncer à en changer le dénouement. Elle parlait en leur nom à tous les deux, mais son mari ne répondait que par un silence résigné et des regards déchirants.

Peu à peu la colère commença à empourprer le visage de la duchesse et à rendre son élocution plus claire. Au grand soulagement des quelques témoins cependant, la tempête se tournait exclusivement contre le Régent, dont elle assurait qu'elle trouverait bientôt le moyen de lui donner une *croquignole* telle qu'il mordrait la poussière. À cette première menace relativement obscure, elle ajouta, dans un grand rire un peu fou, qu'elle n'avait nul besoin du Parlement pour se venger du duc d'Orléans, car elle méprisait trop ce prince criminel et incestueux pour mettre des juges dans le secret de son plan.

À ces mots terribles, le duc du Maine jeta un coup d'œil apeuré vers son frère qui alla aussitôt vérifier qu'ils étaient bien seuls avec le cardinal de Polignac, lequel cherchait à se confondre avec les tapisseries, et que personne n'avait pu entendre les propos de sa belle-sœur. La duchesse, insensible à cette crainte, continuait à parler seule, à divaguer et à prononcer des mots sans suite où l'on percevait seulement qu'elle saurait élever ses enfants dans la haine des Orléans et le culte de la vengeance, pour qu'un jour ils accomplissent ce que leur père n'avait pas eu le courage d'entreprendre et de mener à terme.

De façon à se donner une contenance et peut-être dans l'espoir d'occuper ainsi l'esprit dérangé de sa femme, le malheureux père répondit seulement qu'il leur fallait désormais songer à faire leurs malles, car en perdant la charge de gouverneur de l'éducation du jeune roi ils perdaient aussi leur logement aux Tuileries, attribué au duc de Bourbon. Il ne pouvait être évidemment question d'attendre qu'il leur demande de déguerpir.

À la seule idée d'être chassée de chez elle par ce neveu qu'elle abhorrait, la princesse revint subitement à elle et retrouva tous ses esprits, mais ce fut pour mieux rugir. Son corps se roidit comme celui d'un de ces automates de salon dont le mécanisme a été remonté à bloc ; elle sauta de sa chaise de repos avec la rapidité de l'éclair, parut chercher quelque chose du regard avant d'aviser la précieuse garniture de porcelaine de Chine montée sur bronze, magnifique ornement du dessus de cheminée. Elle s'approcha, se saisit délicatement d'un des deux grands vases couleur céladon comme pour l'observer plus à son aise avant de le laisser tomber sur le sol où il se brisa en mille éclats. Le socle de bronze doré alla rouler jusqu'au pied bot de son mari ébahi. Le second fut balayé d'un geste de la main et vint s'écraser à son tour sur le marbre de l'âtre dans un vacarme qui fit accourir valets et femmes de chambre, mais un seul regard de la duchesse et un geste timide du duc suffirent à les faire reculer.

Didon dans sa fureur jamais n'atteignit une telle violence. À peine avaient-ils refermé la porte que la lourde pendule en marqueterie d'écaille fut elle aussi prise d'une soudaine envie de voler pour s'écraser aussitôt. Son précieux mécanisme émit alors un cliquetis pathétique avant de rendre l'âme. Une fois qu'elle eut fait place nette sur la tablette de cheminée, la princesse déclamant sa haine et sa colère jusqu'à effrayer l'Aurore et la Nuit heureusement réfugiées sur leurs dessus-de-porte se saisit des pinces à feu et, ainsi armée, s'attaqua aux marqueteries des meubles et aux soieries des rideaux. Le bois de rose et de satiné éclatait sous les coups, les étoffes criaient leur déchirement, mais la princesse devenue folle continuait son œuvre destructrice. Elle éventrait maintenant de ses propres mains les coussins délicats et le dossier de chaque fauteuil à l'aide d'un petit couteau à manche d'ivoire sculpté et à lame de vermeil dont son mari se servait habituellement pour décacheter le courrier. Chaque geste était accompli avec une précision de tapissier par cette femme qui n'avait pourtant jamais rien fait de ses dix doigts sinon joué du clavecin. Le tout accompagné d'imprécations et de danses dignes du grand sabbat.

En moins d'une heure, la pièce fut entièrement saccagée, des débris de toutes sortes jonchaient les parquets, des plumes et des poils de crin voletaient un peu partout. Le duc du Maine restait comme pétrifié, et son frère, le comte de Toulouse, eût donné tous les honneurs qui lui avaient été maintenus le matin même pour ne pas être aux Tuileries ce jour-là, mais chez lui à Rambouillet. N'ayant plus rien à détruire, la furie titrée continuait néanmoins à tournoyer dans sa robe de cour sous le regard atterré des deux frères et de son ancien amant, le cardinal de Polignac, lorsqu'elle arrêta net sa marche erratique comme si une idée la ramenait soudain à la raison.

Elle se baissa pour ramasser un lourd chandelier d'argent que son pied menu venait de rencontrer et retourna vers la cheminée où tout avait commencé, mais celle-ci était si haute qu'elle ne parvint pas à s'y hisser. Elle appela son valet le plus robuste, habituellement chargé de la porter, d'une voix si impérieuse qu'il ne tarda pas à apparaître, le fit approcher au plus près de son oreille et lui donna un ordre compréhensible de lui seul. Le garçon, charpenté comme un fort des halles, la souleva délicatement à hauteur de l'immense trumeau de glace qu'elle brisa net d'un coup de chandelier. Le geste fut accompagné d'un éclat de rire de démente qui acheva de tourner les sangs de son mari. Ensuite, toujours juchée sur cette monture humaine, elle lui fit faire le tour de la pièce pour briser tous les miroirs et lacérer les tentures restées jusque-là hors de sa portée. Seul le tableau qui la représentait en train de prendre sa leçon d'anatomie fut épargné car elle avait trop de respect pour la science et sa propre grandeur. Une fois déposée à terre, elle sentit sa colère entièrement vidangée tourner comme du lait caillé en une crise de désespoir.

Le duc du Maine, croyant le moment venu de mettre un terme à la pire scène qu'il lui ait été donné d'essuyer depuis le début de leur mariage, s'aventura à essayer de prêcher, comme à son habitude, la résignation chrétienne et le stoïcisme antique. Une gifle l'en empêcha et l'étourdit, mais une claque beaucoup plus terrible allait finir de l'anéantir. Piquée sur ses deux jambes comme une enfant qui veut se grandir, la duchesse du Maine, ivre de douleur et de dépit, lui lança en pleine figure :

« Monsieur, sachez qu'aujourd'hui il ne me reste plus que la honte de vous avoir épousé ! »

L'homme tituba sous le choc au point de vaciller. Le coup était bien plus douloureux que ceux dont il avait été repu publiquement tout au long de la journée, car cette fois il n'atteignait ni l'ambition ni l'orgueil mais le cœur. Le pauvre homme n'avait plus qu'à battre en retraite, car c'était hélas ce qu'il savait faire de mieux ; mais jamais il n'était apparu à sa femme si boiteux, si bossu et surtout si bâtard. Alors que ceux qui, hier encore, le saluaient plus bas que terre détournaient leurs regards, il traversa les grands appartements du rez-de-chaussée en traînant sa jambe infirme pour tenter de s'échapper d'un château où l'on ne voulait plus d'un prince déchu. Après avoir atteint péniblement le vestibule, il sortit enfin dans la cour du Carrousel où stationnaient les carrosses privilégiés.

C'est à cet instant, dans l'éblouissement de la lumière extérieure, qu'il réalisa l'étendue de sa disgrâce, car en dehors de l'Arsenal, dont rien ne l'assurait de conserver l'usage, il ne savait pas où aller et n'avait pas un lit où dormir à Paris. Son frère, qui l'avait abandonné mais ne le quittait pas pour autant, le fit aussitôt monter dans sa propre voiture et l'entraîna chez lui, à l'hôtel de Toulouse, où il mettrait un appartement à sa disposition. Durant le trajet qui va des Tuileries à la place des Victoires, où il fallut bien longer les façades du Palais-Royal illuminé comme pour la fête-Dieu, la phrase de leur père, le roi Louis XIV, prononcée sur son lit de douleur, résonnait à ses oreilles comme l'accomplissement d'une prophétie :

« Pour grand que je vous fasse de mon vivant, vous ne serez plus rien après ma mort… »

21.

Le rideau tombe

Château de Saint-Cloud, vendredi 26 août 1718

Il avait bien essayé de se dérober à une telle commission, mais cela lui avait été impossible. À peine de retour dans son hôtel après la plus longue, la plus éprouvante, la plus folle mais la plus délicieuse de toutes les journées, le duc de Saint-Simon rappelé instamment au Palais-Royal s'était vu confier par le Régent la délicate mission d'aller annoncer à sa femme, la duchesse d'Orléans, la dégradation publique de son frère bien aimé, le duc du Maine. Le prince n'en avait pas le courage : il craignait depuis toujours les humeurs de celle qu'il avait un jour surnommée « Madame Lucifer ».

C'est donc la mort dans l'âme que le duc de Saint-Simon s'était chargé de ce paquet, et le trajet lui parut bien long jusqu'à Saint-Cloud ; mais il eut tout le loisir de méditer sur les fragilités des joies de ce monde, que la vie trouve toujours le moyen d'accompagner d'une potion amère. Il trouvait d'ailleurs celle-là particulièrement saumâtre. Dès qu'il eut mis un pied talonné de rouge dans la cour d'honneur du château, il interrogea tous ceux qu'il rencontrait dans l'espoir que la petite assemblée de Saint-Cloud serait déjà au fait des malheurs de monsieur le duc du Maine, ce qui rendrait sa démarche inutile, mais il n'en était rien. Au contraire, chacun venait aux nouvelles et le pressait de questions tant rien n'avait transpiré du lit de justice depuis sa préparation jusqu'à sa conclusion. Madame, mère du Régent, folle d'inquiétude à l'idée qu'il soit arrivé quelque malheur, le fit aussitôt prier par ses valets intérieurs. Il était donc bien le seul à connaître le fin mot de tous ces événements, et il se dirigea vers les appartements de la duchesse d'Orléans comme un condamné va à l'échafaud : sûr de son châtiment mais incertain de son salut.

Malgré sa bâtardise, il aimait cette princesse dont il savait qu'elle avait autrefois, par sa seule existence, protégé Philippe d'Orléans de bien des revers et de nombreux déboires ; mais il connaissait son caractère irascible et surtout cette morgue folle héritée de la marquise de Montespan, sa mère. Dans son esprit, cette femme impérieuse était née et demeurerait la fille du roi Louis XIV. De là, rien ne pouvait la faire démordre de sa supériorité sur le reste du monde. Jamais l'illégitimité de sa naissance ne l'avait effleurée : elle s'était toujours située très au-dessus de son époux et s'était même étonnée de ne pas être déclarée régente de France à la mort du roi.

Lorsqu'il pénétra dans l'appartement des Goulottes où résidait la duchesse d'Orléans, le duc de Saint-Simon offrit à la compagnie un regard glacé au givre de la consternation. Aurait-il eu à traiter directement avec la Gorgone qu'il n'aurait pas été plus pâle de visage ni moins léger d'esprit. À cette figure d'enterrement, les entours et les gens de la princesse comprirent qu'une catastrophe s'était produite, et la terreur s'abattit instantanément sur tous les visages ; parce qu'à la cour – et c'était le cas à celle de Saint-Cloud comme ailleurs – les courtisans sont d'abord le miroir de l'humeur des princes, mais surtout parce que en l'occurrence ils s'attendaient à recevoir la foudre par ricochet.

Une fois qu'il eut descendu les trois marches conduisant dans le salon de marbre où la duchesse d'Orléans étendue de tout son long sur un canapé prenait le frais en regardant passer la journée, le duc de Saint-Simon la salua avec beaucoup de cérémonie, ce qui obligea cette princesse, effort insigne, à relever un peu sa tête du coussin où elle dodelinait jusque-là. Elle se montra heureuse de cette visite inattendue de la part d'un homme qu'elle estimait pour la loyauté sans faille qu'il avait témoignée à son époux et elle appréciait surtout la compagnie d'un lettré qui ne plaisantait pas avec les affaires de rang. Pourtant, en lui voyant cette mine de chat malade, elle fut effrayée au point de s'exclamer :

« Mon Dieu, monsieur, quel visage vous avez ! Que m'apportez-vous ? »

Saisi par cette entrée en matière, le visiteur resta aussi pétrifié que les marbres qui donnaient leur nom à ce salon d'été. Affolée cette fois par le silence, la duchesse d'Orléans dut répéter sa question pour obtenir enfin la réponse suivante :

« Madame, est-ce que vous ne savez donc rien ?

— Non, monsieur, je ne sais quoi que ce soit au monde d'autre qu'il s'est tenu un lit de justice et absolument rien de ce qui s'est passé...

— Ah, madame ! Je suis donc bien plus malheureux que je ne pensais l'être.

— Mais quoi ? Qu'y a-t-il donc ? » interrogeait la princesse, maintenant relevée sur le canapé dans les coussins duquel elle était avachie depuis le début de l'après-midi.

Elle proposa enfin au duc de s'asseoir à ses côtés en lui confiant :

« Mais parlez donc : il vaut mieux apprendre les mauvaises nouvelles par ses amis que par d'autres… »

Saint-Simon, sans accepter de partager ce bout de canapé avec une altesse royale, resta debout et s'exécuta avec l'art de conteur et la précision maniaque qu'il mettait à chacun de ses récits. Il raconta, dans le détail, la réduction à rien du duc du Maine, le sauvetage du comte de Toulouse et le triomphe du duc de Bourbon. Tout au long de cette mélopée, la duchesse d'Orléans, si capricieuse, si impérieuse, si dominatrice, pleura à chaudes larmes. Elle pleurait sur l'abaissement de son frère, bien sûr, mais aussi sur sa propre chute, car déchirer ainsi ce qui restait des codicilles du testament de Louis XIV revenait à piétiner sa gloire personnelle et à la réduire, elle-même, au rang de duchesse d'Orléans, qu'elle tenait de son seul mari. Pire encore, c'était donner raison à sa belle-mère, la princesse Palatine, qui avait toujours eu ce mariage contre nature en horreur, allant jusqu'à gifler publiquement son fils lorsqu'il l'eut accepté. Si le duc du Maine se voyait désormais rabaissé au simple rang de duc et pair, autrement dit à rien pour une fille de France, alors sa propre existence renvoyée à ce double adultère dont elle était le fruit ne se réduisait plus qu'à un profond abîme. La duchesse fixait désormais le somptueux dallage de marbre comme si elle eût contemplé le catafalque de sa propre grandeur.

Croyant tirer son amie de cette triste rêverie, Saint-Simon l'assura que le Régent détenait les preuves irréfutables de la trahison du duc du Maine et que c'était la seule raison pour laquelle il avait levé sur lui la main souveraine du lit de justice. Cette affirmation ne fit qu'augmenter les soupirs et les sanglots de la duchesse d'Orléans, qui demanda à rester seule avec ses dames de compagnie. Avant que le duc de Saint-Simon ne se retire, elle lui confia le désir qu'elle avait d'écrire une lettre à son auguste époux. Une lettre dans laquelle elle lui ferait son entière soumission et lui marquerait, à jamais, son éternelle reconnaissance d'avoir consenti à l'épouser vingt-six ans plus tôt malgré la distance de leurs naissances.

Saint-Simon resta abasourdi de cet accès de modestie et d'obéissance conjugale de la part d'une femme dont l'orgueil ne tenait jamais entièrement dans la pièce où elle se trouvait. Il se retira pour ne pas risquer de lui devenir insupportable et courut chez la princesse Palatine, où se joua alors une scène bien différente.

Là encore, monté chez Madame, le messager du Palais-Royal fut incontinent entouré du peu de monde qui s'y trouvait. Autant dire que le château bruissait déjà de ses échanges avec la duchesse d'Orléans, car il n'est aucune porte véritablement hermétique chez les grands. La Palatine était, comme à son habitude, retirée dans son cabinet où elle noircissait les pages de son interminable correspondance. À peine y fut-il introduit que Saint-Simon dut commencer à affronter la meute de chiens tant galeux qu'éclopés qui ne quittaient jamais les jupes de leur maîtresse et qu'elle nourrissait de charcuterie allemande autant que de caresses. Madame aimait les chiens et les chats à la folie mais détestait par-dessus tout la Maintenon et les enfants bâtards, aussi, honneur inhabituel pour une princesse de son rang et une dame de sa corpulence, s'était-elle levée en même temps que sa chienne préférée pour aller au-devant du duc de Saint-Simon et l'accueillir avec cet accent tudesque qui la faisait rire elle-même :

« Eh bien, monsieur ! Voilà des nouvelles ! »

Toujours scrupuleux, Saint-Simon commença à lui présenter ses excuses de ne pas s'être d'abord présenté chez elle comme le devoir, l'étiquette et la simple bienséance l'exigeaient, mais il excipa des ordres reçus de son fils, le Régent, puis recommença pour elle seule, ses dames de compagnie ayant été priées de sortir, le compte rendu de la journée, sans se priver cette fois de noircir le duc du Maine au charbon de leur haine commune. Plus ce long récit, désormais parfaitement maîtrisé par son narrateur, se déployait dans toute sa verve, plus la joie se peignait sur le visage de la vieille Allemande qui le buvait avec autant de délectation que si le meilleur des vins du Neckar lui avait été envoyé par une de ses tantes. Elle ponctuait chaque phrase de la même exclamation :

« Enfin ! Enfin ! Enfin ! »

Lui-même à bout de fatigue, Saint-Simon suppliait son interlocutrice de bien vouloir se rasseoir de façon à pouvoir en faire autant. Il n'en fut pourtant question qu'au bout d'un quart d'heure tant la vieille dame était toute à la joie de la flagellation du Parlement, de l'humiliation publique des bâtards et avec eux de leur mère adoptive, cette vieille ripopée, cette guenon, cette garce, cette hypocrite, cette sale ordure, cette putain infernale, la veuve Scarron qui allait en crever de rage dans son refuge de Saint-Cyr.

Lorsque, enfin comblée de toutes les mésaventures de ses ennemis, la mère du Régent fit appeler la maréchale de Rochefort et voulut bien accepter le fauteuil que Saint-Simon lui tendait désespérément, il fut question de la duchesse du Maine, de ses intrigues, de sa haine et de ses folies. Ils la jugèrent bien fautive, bien responsable même de tout ce qui arrivait à son mari, et l'on craignait surtout ses réactions et cette inextinguible soif de vengeance dont elle était toujours animée. La maréchale qui écoutait jusque-là en silence se fit alors la joie de répéter ces mots lus dans *La Gazette* de la veille :

« La duchesse du Maine ? C'est une femme qui parle et qui aboie à la lune ! »

L'image fit rire Madame à en rompre les lacets de son énorme corset, mais le duc de Saint-Simon, lui, se montra plus circonspect ; car les abeilles, pour piquer, sont prêtes au sacrifice de leur vie.

Saint-Cyr, dans la nuit de cette même journée

Le courrier était arrivé à la nuit tombée, mais l'on avait attendu que Mme de Maintenon ait assisté à l'office de complies pour le lui donner. C'est dans l'habit des novices qu'elle ne quittait plus depuis sa retraite à Saint-Cyr que la veuve morganatique de

Louis le Grand apprit le destin de son petit mignon, de cet enfant disgracié et chéri qui n'était pas le sien mais qu'elle avait aimé, choyé et élevé mieux encore qu'une mère ne l'aurait fait.

À la lecture, elle pâlit sous l'épaisseur de ses voiles, sa voix se fit soudain caverneuse comme si une autre parlait à travers elle, et d'un geste brutal cette presque reine froissa le courrier avant de le jeter au sol en laissant échapper dans un accès de désespoir sincère autant que de dépit :

« J'eusse moins souffert si l'on m'avait annoncé la mort du duc du Maine ! »

VI

La reine du grand roman

22.

Étourdissements

Paris, hôtel de Toulouse, samedi 27 août 1718

Les malles du duc et de la duchesse du Maine encombraient la cour, le vestibule et les antichambres des appartements que le comte de Toulouse venait de mettre à leur disposition. Partout les domestiques s'affairaient, courant d'une pièce à une autre, déplaçant le même coffre plusieurs fois avant de le rapporter là où ils l'avaient d'abord trouvé, faute de savoir ce qu'il fallait en faire. Le désordre était partout car les valets de la maison refusaient d'obéir à Brillon, l'intendant du duc du Maine, ou à Mlle Delaunay, simple femme de chambre.

Au fond de son lit, Ludovise, reine de Sceaux et autres lieux découverts à marée basse, gémissait depuis des heures, brisant à intervalles réguliers le verre d'eau de mélisse ou la tasse de chocolat passant à sa portée avant de retomber dans la profonde léthargie où elle était plongée depuis la grande crise de nerfs des Tuileries. Son mari, malgré la révolution de son état et la violence de l'insulte reçue la veille, ne quittait pas son chevet, convaincu que le fil fragile auquel la raison de sa femme était encore suspendue pouvait rompre à chaque instant. La folie furieuse poursuivait la petite-fille du Grand Condé comme la passion amoureuse s'était autrefois attachée à la fille de Minos et de Pasiphaé. Le père aboyait au passage du roi, la fille hululait à la seule évocation du Régent. C'était la fatalité de cette famille.

Soudain, la princesse parut se réveiller de cette profonde nuit intérieure comme si un sort maléfique venait d'être brutalement levé. Ses paupières se soulevèrent lentement, elle regarda autour d'elle avec les yeux d'une enfant revenue du pays des songes, demanda où elle se trouvait et ce qu'elle faisait là. Son mari s'approcha en boitillant, l'implorant avec mille précautions de se tenir tranquille jusqu'à l'arrivée des médecins et du cardinal de Polignac, appelé à la rescousse de cette âme tourmentée. D'une voix faible et suppliante qui ne lui ressemblait pas, elle fit appeler sa bonne Rose Delaunay, assise à quelques pas de là et plus encombrée d'elle-même que les malles échouées sur les parquets. La femme de chambre se précipita vers sa maîtresse en tenant à la main le flacon à sels en cristal de roche qui ne la quittait jamais. Avant qu'elle ait achevé de le lui passer sous le nez, la duchesse repoussa son bras d'un mouvement brusque et demanda à lui parler en particulier. C'était donner l'ordre à tous ceux qui se trouvaient là, son mari tout spécialement, de quitter la pièce.

Une fois les deux femmes seules, les gémissements, les étourdissements et les grincements de dents s'évanouirent comme par miracle : Louise-Bénédicte, retrouvant tout à la fois ses esprits et une diction parfaite, donna ses ordres avec autant de fermeté que de clarté.

Rose devait faire atteler au plus vite et se rendre à Sceaux au triple galop, les chevaux dussent-ils en crever. Là, elle irait à la recherche de toutes les lettres, projets de manifestes, brouillons de déclarations et autres chansons rédigés contre le Régent pour les brûler sans omettre la moindre feuille ainsi noircie de méchancetés. Il faudrait fouiller partout, ouvrir tous les tiroirs, inspecter chaque meuble qu'elle lui désignait en même temps avec un luxe de détails. À la fin de cet inventaire, la duchesse fouilla dans sa poche, y trouva la petite clé de sa précieuse écritoire et la déposa dans le creux de la main de celle qui partageait, désormais, tous les secrets de la conspiration. Les ordres furent répétés plusieurs fois : Rose devait tout réduire en cendres, ne rien conserver, ne rien épargner. Le Régent s'était montré capable d'affronter le Parlement et de fouler aux pieds le testament du feu roi, il pouvait bien, avec ce diable de Dubois, se permettre de faire perquisitionner sa propre demeure. Ses ennemis ne reculeraient plus devant rien.

À l'évocation de sa belle maison de Sceaux, la petite duchesse fut reprise de sanglots, sincères cette fois. Chassée par le duc de Bourbon de ses appartements des Tuileries, elle n'avait plus de toit à mettre au-dessus de sa tête à Paris ; car elle ne demanderait pas un jour de plus l'hospitalité d'un beau-frère, cadet de son mari qui, pour être maintenu dans son rang et dans ses titres, les avait abandonnés à leur triste sort en désertant le combat contre la tyrannie du duc d'Orléans. Les sanglots tournant dangereusement aux imprécations, Rose Delaunay prétexta de l'urgence de sa mission pour prendre rapidement congé.

Sa maîtresse ne s'y opposa pas, dans la mesure où une nouvelle idée fixe venait de s'emparer brusquement de son esprit. Cette fois, elle réclama son mari qui accourut. Avec un sang-froid de nature à le rassurer d'abord, elle exigea de disposer dans la capitale d'une demeure digne de sa naissance, de son rang et de sa grandeur, car si lui n'était désormais plus rien, il ne pouvait être question pour elle d'aller vivre dans un de ces hôtels de louage bons pour les filles entretenues ou les familles de robe. Elle exigeait un palais, la seule maison dans laquelle puisse dormir une princesse de sang royal et légitime. Le mot de « légitime » claqua aux oreilles du duc comme un nouveau soufflet, mais il osa cette fois résister et même se cabrer. Leurs affaires étaient dans le plus grand désordre ; avec la surintendance de l'Éducation du roi, il perdait une pension qui composait une part importante de leurs revenus. Par ailleurs, il ne savait pas encore si le Régent le maintiendrait dans toutes ses charges et prérogatives. Aussi, pour l'heure, jugeait-il préférable et raisonnable de continuer à occuper l'Arsenal tant que sa charge de grand maître de l'Artillerie le lui permettait encore.

Ces considérations de boutiquier furent reçues avec autant de hauteur que d'incompréhension, car c'était là une langue inintelligible à la princesse : l'Arsenal n'était pas une maison digne de ce nom – un simple brimborion pour médianoches, et encore... Le duc, contre toute attente, insista : l'endroit jouissait d'une vue magnifique sur la Seine, et les travaux entrepris depuis trois ans par leur architecte mettraient bientôt l'Arsenal sur le pied des plus belles résidences princières de la capitale. Tant d'insistance à présenter comme un palais cette fabrique posée au milieu des marécages et des chantiers exaspéra la duchesse au dernier point. Elle se mit alors à accuser son mari de vouloir la faire mourir, car non seulement elle avait failli perdre un œil dans ce lieu malsain où voletaient toujours des escarbilles, mais elle y souffrait régulièrement de fluxions épouvantables aux gencives. Enfin l'odeur âcre de tous ces hommes employés à la fonderie des canons offensait ses narines chaque fois qu'elle traversait la longue enfilade de ces cours grises et monotones, au point de lui donner des migraines d'une violence insupportable.

La couleur des pupilles de sa femme menaçant de virer au noir de jais, le prince déchu battit en retraite face à l'imminence d'une nouvelle crise, abandonnant sur le champ de bataille son consentement comme un général vaincu ses bagages. La princesse l'en remercia avec une grâce pleine de mépris tout en ajoutant qu'elle avait déjà son idée, car elle savait à Paris un palais bientôt disponible et digne de la maison de Bourbon-Condé. Le duc du Maine croyait avoir reculé pour mieux contre-attaquer, mais désormais sa reddition ne faisait plus aucun doute. Tout au plus parviendrait-il à gagner du temps. Cette dernière folie allait donc le ruiner définitivement. Un chagrin domestique venait ainsi couronner son malheur public, et il offrit à Dieu ce nouveau déplaisir.

Tout éveillée de colère, la duchesse, comme les idoles aztèques, gardait une soif de vengeance absolument intacte. Ne voyant rien à détruire autour d'elle dans cet appartement à peine meublé, elle fit demander le président de Mesmes pour passer sur cet escogriffe le reste de ses nerfs. Le noble magistrat dont le lit de justice avait renversé l'échafaudage politique et rabattu la superbe tremblait depuis le matin d'être arrêté et envoyé dans quelque forteresse. Le Palais de justice était parcouru des rumeurs les plus inquiétantes. Le Régent préparait un nouveau coup de force. L'abbé Dubois serait parvenu à le convaincre d'exiler le Parlement à Pontoise. Plus grave encore, on parlait d'arrestations nocturnes et d'exécutions sommaires dans les fossés du château de Vincennes. Les cadavres des parlementaires frondeurs défigurés pour ne pas être reconnus ni réclamés par leurs familles auraient été conduits nuitamment au charnier de Montfaucon, sans prêtre ni absolution. Face au spectre d'une nouvelle nuit de la Saint-Barthélemy, le courageux légiste, trop heureux de cette invitation, s'était précipité à l'hôtel de Toulouse comme un marin menacé par un navire de course vers un havre de grâce. Il y serait davantage en sécurité que dans son hôtel de la rue Sainte-Avoye. Au lieu de cela le malheureux accostait sur l'île de Circé la magicienne car, une fois mis en présence de la princesse, il n'eut jamais l'occasion d'ouvrir la bouche pour se justifier. Ce grand morgueux, plein de lui-même, d'un aplomb à déguiser les mensonges les plus grossiers en vérités révélées et si fier de cette parfaite maîtrise du droit qui lui permettait de passer le badigeon de la légalité sur n'importe quelle fantaisie de ses maîtres, fut traité comme le dernier valet surpris en friponnerie.

La petite duchesse du Maine, l'amie des jours glorieux, la *dictatrice* perpétuelle de l'ordre de la Mouche à Miel, à laquelle il s'était abaissé, au temps de son éclatante faveur, à jurer fidélité dans les jardins de Sceaux, perché sur une meule de foin et déguisé en farfadet coiffé d'un bonnet pointu tout en chantant turlututu, lui lavait maintenant la tête à grande eau. Dépositaire de la volonté du feu roi, il n'avait rien fait pour la défendre, rien fait pour empêcher ce désastre, rien fait pour protéger les honnêtes gens de ce coup d'État qui voyait aujourd'hui le Régent plus puissant que le Grand Turc et l'abbé Dubois plus redoutable qu'un vizir ! Accablé de reproches, agoni d'injures, recru de menaces, le grand échalas prétentieux se courbait sous les coups pour être mieux à portée de recevoir les soufflets d'esprit que la princesse lui administrait à la volée avec une véhémence redoublée. L'œil fuyant, l'oreille basse et le dos rond, le président de Mesmes essuya l'orage en silence, aussi penaud qu'un chien de meute réprimandé par le maître limier ; mais en son for intérieur il maudissait le sort qui lui avait fait choisir le camp des vaincus, lui qui ne poursuivait pas d'autre but que de se vendre au pouvoir dans l'espoir d'en recevoir la caresse.

Paris, lundi 29 août 1718

Sur les coups de quatre heures du matin, plusieurs détachements de mousquetaires sortirent de leurs casernes munis d'ordres précis. Cette fois, leurs capitaines n'étaient plus porteurs de convocations mais de lettres de cachet. Parvenus à destination, ils frappaient au heurtoir en criant : « Ouvrez au nom du roi ! » Cette seule formule suffisait à faire rentrer derrière leurs volets les têtes matinales et curieuses alléchées par le bruit de la cavalcade. Lorsque la porte s'entrouvrait, la maison se voyait immédiatement investie par les soldats. Des cris, des imprécations et des larmes accueillaient cette intrusion, puis le silence retombait sur la nuit. Une paire de quarts d'heure plus tard, on voyait un homme habillé à la hâte tenant sa perruque à la main s'engouffrer dans une voiture aux armes du lieutenant général de police. Parfois une femme en chemise et en cheveux, sa pudeur vêtue d'un simple châle des Indes, se précipitait au balcon en suppliant :

« Pas la Louisiane ! Pas le Mississippi ! »

C'est ainsi que furent arrêtés, sans le moindre ménagement, le président Blamont, plus mort que vif, et les conseillers Saint-Martin et Feydeau de Calendes. Le premier partit le soir même aux îles d'Hyères, les deux autres pour les forts de Belle-Île et d'Oléron. La lourde main du pouvoir s'abattait sur la nuque de ceux qui s'étaient crus les députés d'un autre temps.

Averti la veille de ce qui se tramait contre les parlementaires les plus turbulents et notamment contre ceux qui avaient tenté d'organiser la résistance et refusé de se rendre à la convocation au lit de justice, le président de Mesmes, sonné par les mots cruels de la duchesse du Maine, préféra se précipiter au Palais-Royal pour se prosterner aux pieds du Régent et l'assurer de sa loyauté autant que de son respect. Philippe d'Orléans, jugeant certainement ces protestations de fidélité très insuffisantes de la part d'un homme qui n'avait pas hésité autrefois à proposer au roi Louis XIV d'instruire son procès pour empoisonnement, ne répondit pas un mot. Il se dirigea en dodelinant vers son bureau, ouvrit le tiroir et en tira, comme il l'avait fait lors de son entretien avec la petite duchesse quelques jours plus tôt, un papier qu'il vint mettre sous le nez de son ennemi juré en l'accompagnant de ces mots :

« Tenez, monsieur, lisez cela ! Le reconnaissez-vous ? »

C'était une lettre autographe dans laquelle le président de Mesmes répondait, comme de lui-même, du Parlement en faveur de la cause du roi d'Espagne.

Il ne fallut pas plus de quelques secondes au visage du magistrat pour se décomposer. Des larmes coulaient le long des joues de cet homme toujours impassible et parfaitement indifférent à la douleur de ceux qu'il faisait condamner. Ses genoux s'entrechoquaient au point de donner le tournis à ses bas de soie. Enfin ce maître de l'éloquence n'arriva pas à prononcer un seul mot. Le Régent le fixait de son regard de myope faussement doux, mais le frémissement des narines et le pincement des lèvres disaient suffisamment la haine froide du Régent pour le président de Mesmes, réduit à l'état de ces bêtes traquées, acculées à une pièce d'eau, et qui n'ont d'autre choix que la noyade ou les crocs des chiens. Alors, tentant le tout pour le tout, le magistrat qui avait si souvent prostitué sa toge pourpre à Versailles, à Sceaux ou à Trianon dans l'espoir de plaire à la marquise de Maintenon se jeta aux pieds du prince, l'assurant de son entière obéissance et de celle d'un Parlement qu'il saurait tenir en lisières comme il l'avait si bien fait dans les dernières années du règne précédent.

Philippe d'Orléans, d'un geste, fit glisser la feuille de papier le long de son cou comme un barbier la lame d'un rasoir en ajoutant qu'il était fatigué du Parlement, de ses remontrances autant que de ses humeurs, et que désormais il chargerait le chancelier de recevoir à sa place tous ces messieurs dont les harangues autant que les séances l'assommaient.

En prenant congé à reculons, le président jura d'une voix enrouée par la peur qu'il était, à jamais, le très humble, le très obéissant et le très dévoué serviteur de Son Altesse Royale. Philippe d'Orléans, sans répondre, fit mine d'approcher le courrier compromettant de la flamme d'une bougie toujours allumée où l'on réchauffait la cire à cacheter, puis se ravisa, sifflota quelques notes de l'opéra auquel il avait assisté la veille, avant de replacer la lettre dans le tiroir de son bureau qu'il ferma d'un coup sec. Malgré les grandes chaleurs, son visiteur sentit le souffle froid d'une hache lui tomber sur la nuque.

23.

À dos de chimère

Château de Sceaux, lundi 29 août 1718

Le palais des ris et des danseries qui enchantaient autrefois les nuits de la reine des lieux était devenu la demeure des pleurs et des abattements. La duchesse ayant décrété que le séjour de l'hôtel de Toulouse lui était insupportable et celui de l'Arsenal intolérable, son mari et toute leur petite cour s'étaient résignés à regagner Sceaux.

Pendant trois jours et trois nuits, celle que l'on voyait représentée en impératrice de la Chine sur les somptueuses tapisseries de Beauvais tendues dans ses appartements méditait amèrement sur l'effondrement de ses châteaux en Espagne, et son cher Descartes ne lui était plus d'aucun secours. Veillée par la fidèle Delaunay à bout de forces et de fatigue, la petite princesse était dans cet état qui suspend toute idée et interdit tout mouvement, hors ceux de l'humeur qu'elle réservait désormais exclusivement à son mari. Aussi le pauvre infirme, fatigué de pleurer comme un veau soir et matin depuis la terrible journée du 26 août, avait-il fui à Saint-Cyr pour chercher du réconfort auprès de Mme de Maintenon qui, depuis l'enfance, le protégeait des avanies dues à sa bâtardise et à sa boiterie. La veuve morganatique du Roi-Soleil, tout embaumée dans la douceur de ses exercices de piété pour fausse dévote, n'eut pas le courage de lui fermer sa porte et enveloppa dans le flot de ses voiles noirs les gros chagrins de son petit mignon.

Informée de cette nouvelle désertion, Louise-Bénédicte reprit aussitôt possession de ses esprits et de sa maison. Le duc du Maine reçut le soir même une lettre de sa femme l'invitant à rester à Saint-Cyr ou au château de Clagny qu'il tenait de sa mère. Ce séjour lui rappellerait l'époque désormais révolue où il avait été fils de roi et prince, car à Sceaux il n'était plus rien sinon un mari sans titre ni gloire.

Paris, Palais-Royal, mardi 30 août 1718

Le Régent arrivait à peine à lire la dépêche qui venait de lui être remise par l'ambassadeur du roi d'Angleterre tant ses yeux le faisaient souffrir ; aussi s'approcha-t-il de l'une des grandes croisées de la galerie d'Énée ouvertes à l'est sur ses jardins pour essayer de la déchiffrer sans laisser rien paraître de son infirmité. L'ambassadeur, sûr de son effet et trop respectueux pour sembler remarquer ce que l'on cherchait à lui dissimuler par coquetterie, restait à distance raisonnable mais souriait discrètement à l'abbé Dubois, lequel avait été mis dans la confidence quelques instants avant et aussitôt invité à assister à cette audience impromptue. Vingt jours plus tôt, la flotte anglaise, appliquant les clauses du traité de la Quadruple-Alliance, volait au secours des possessions italiennes de l'empereur Charles IV menacées par le bellicisme du cardinal Alberoni. Quelques heures avaient suffi pour défaire l'imposante armada espagnole au large du cap Passero et s'emparer de son vaisseau amiral. Avec plus de cinq mille prisonniers et la prise de sept cent trente canons, le désastre militaire était complet et faisait tomber à l'eau les ambitions italiennes de la reine d'Espagne.

Lorsqu'il comprit que la flotte espagnole venait d'être coulée par le fond au large de la Sicile, Philippe d'Orléans crut l'espace d'un instant à l'existence de Dieu mais, en prince habitué à toujours dissimuler, ses premiers mots furent pour plaindre sincèrement son cousin, le roi d'Espagne. Une fois l'ambassadeur raccompagné et chargé de ses remerciements, il se tourna vers son vieux complice à rabat en riant aux éclats.

La farce était trop belle pour ne pas être applaudie, mais l'esprit de famille et la charité chrétienne exigeaient d'informer Sa Majesté Très-Catholique de sa terrible infortune, car l'ambassadeur du roi d'Angleterre avait ajouté cette précision : une fois la flotte espagnole anéantie, il n'était pas resté une seule galéasse pour aller apporter la nouvelle de la défaite à Madrid. Philippe d'Orléans jugea que le roi Philippe V et Son Éminence le cardinal Alberoni ne pouvaient être tenus plus longtemps dans l'ignorance de la volonté divine. À ces derniers mots, l'abbé Dubois fut pris d'un nouveau fou rire qui se communiqua jusqu'aux beautés grasses dont Coypel avait si artistement peuplé les plafonds. Leurs chairs roses semblaient tressaillir comme du blanc-manger sur une table volante. Cette idée que Dieu ait fait porter son choix sur des marins protestants pour fustiger le roi le plus dévot du monde ne manquait pas d'esprit.

Espagne, palais de l'Escorial, jeudi 8 septembre 1718

Les coups de discipline lacéraient la peau nue et blanche d'un dos dénudé. Chaque fois que les lanières de cuir lestées de plomb s'abattaient sur la chair meurtrie, les plaintes redoublaient, mais la violence du châtiment que le pénitent s'administrait lui-même, elle, ne faiblissait pas. Deux moines agenouillés psalmodiaient des prières en se flagellant aussi. Le roi Philippe V venait d'apprendre la défaite navale de Passero et il expiait les péchés à l'origine du désastre. Si Dieu abandonnait ainsi le royaume d'Espagne, c'est qu'il avait pour roi un misérable pécheur. Entre deux sifflements de lanières de cuir, le petit-fils de Louis XIV murmurait « *Mea culpa, mea maxima culpa* », laissant couler sur son visage couvert de cendres des larmes de douleur autant que de rage. De son côté, la reine Élisabeth Farnèse pleurait de dépit sur les trônes promis à ses enfants et refusait désormais en signe d'impatience d'ouvrir sa chambre et ses cuisses à son royal époux. Privé de sa femme et de sa flotte de guerre, le monarque hurlait à la mort sous la morsure des coups, et la voix du castrat appelé une nouvelle fois à la rescousse restait impuissante.

Dans l'espoir de sauver la santé mentale de son maître et de se sauver lui-même, le cardinal Alberoni, entre deux prières, vint lui promettre à genoux la couronne de France. Le coup porté au duc du Maine par le lit de justice, l'humiliation infligée aux parlements, l'alliance avec l'Angleterre et la crise monétaire portaient l'impopularité du Régent à son comble. La Bretagne était au bord du soulèvement et le prince de Cellamare venait de lui faire parvenir une liste de plusieurs dizaines d'officiers français prêts à se mettre au service de celui qu'ils considéraient comme le seul successeur légitime au trône de France. Le jeune duc de Richelieu, qui couchait pourtant avec Mlle de Valois, la propre fille du Régent, se proposait ainsi de le trahir en livrant deux régiments et la place de Bayonne aux troupes espagnoles. Il suffisait désormais d'une simple chiquenaude pour abattre la régence de Philippe d'Orléans.

Ce que Dieu avait repris d'une main à Sa Majesté au large de la Sicile, il le lui offrait aussi de l'autre au Nouveau Monde. Pendant que la flotte anglaise faisait la guerre à l'Espagne au milieu de la mer Méditerranée, les galions d'Amérique avaient pu traverser l'Océan sans encombre pour débarquer leur cargaison fastueuse sur les bords du Guadalquivir. De braves mulets chargés de lingots d'or et d'argent cheminaient déjà vers Madrid pour les déposer aux pieds de leurs souverains comme de nouveaux Rois mages. Avec ces quarante millions de ducats qui tombaient du Pérou, le roi pouvait reconstruire une flotte, lever une armée, envahir la France et débarquer en Angleterre. C'était bien là le signe que Dieu était du côté de la religion, de l'Espagne et des Bourbons.

Les coups de discipline se faisaient plus espacés et moins violents : Sa Majesté Très-Catholique écoutait et semblait presque comprendre. Dans un souffle, elle ordonna que tout ce qui portait un passeport anglais depuis Lima jusqu'à Saragosse soit pris au collet et jeté dans un cul de basse-fosse.

Paris, Palais-Royal, dans les petits appartements

Le Régent s'était écroulé alors que, coiffé d'une couronne de papier doré, il s'apprêtait à prononcer le jugement de Pâris pour choisir celle qui devait sortir victorieuse du bal des Nudités et s'offrir à la joyeuse compagnie. Cherchant par un ultime réflexe à se retenir à la table, Philippe avait emporté la nappe dans sa chute. Les flambeaux, les plats d'argent, les pyramides de fruits confits, le petit édifice de massepain joliment orné de filaments de sucre, les fleurs de porcelaine peintes dans leur pot de vermeil, tout avait dégringolé dans un fracas de vaisselle brisée et de cris de femmes effrayées. Mme de Parabère, la maîtresse en titre ce soir-là, dont la résistance au vin de Champagne faisait toute la gloire, s'était aussitôt précipitée vers son amant pour dénouer d'une main experte sa cravate de dentelle pendant que, de l'autre, elle cherchait à lui donner un peu d'air à grands coups d'un éventail où des satyres culbutaient des nymphes.

Les danseuses de l'Opéra soigneusement inspectées la veille par Mme de Tencin voulaient fuir et suppliaient qu'on leur donne des chemises pour ne pas rester nues, mais aucun de ces roués qui les dévoraient encore du regard quelques instants auparavant ne leur prêtait plus la moindre attention. Il fallut que l'une d'elles s'empare de la nappe pour rendre un peu de décence à toute la troupe. Le visage du Régent offrait un aspect effrayant : le teint cramoisi, les lèvres bleues et les yeux révulsés présageaient du pire – néanmoins il respirait encore. Chacun des joyeux convives savait sa fortune attachée à ce reste de souffle, car la mort de l'amphitryon signifiait la faillite immédiate du système de Law et leur ruine complète. Les femmes surtout s'inquiétaient car, comme le duc de Bourbon, elles avaient pris l'habitude de recevoir des actions du Mississippi en échange de leur complaisance. Si le Régent passait de vie à trépas avant l'heure d'ouverture de la banque, elles n'auraient plus qu'à se torcher avec du papier-monnaie, et c'était une perspective bien rugueuse.

Prier ne venant à l'idée de personne, on préférait croiser les doigts. Sur ordre de la Parabère, entièrement dégrisée par le danger que courait sa fortune, deux des robustes valets toujours tenus en réserve les soirs d'orgie pour venir suppléer aux faiblesses d'hommes de cour qui n'étaient pas tous des hercules d'alcôve prirent le Régent aux pieds et aux épaules afin de le conduire dans son lit, car un descendant de Saint Louis ne pouvait pas mourir dans le temple d'Aphrodite. Le grand cordon du Saint-Esprit servit à faire une sorte de harnais pour aider à son transport à travers les appartements du Palais-Royal plongés dans l'obscurité. Mme de Parabère, sans chaussures ni corset, les cheveux noués à la hâte d'une jarretière et le sein découvert, éclairait la route de ce convoi burlesque à la lumière vacillante d'un flambeau où se mêlaient encore le myrte et les roses de la fête.

Accouru aux cris des femmes, Ibagnet, le premier valet de chambre, lequel refusait toujours d'accompagner son maître dans l'antre des plaisirs mais ne cessait de veiller sur lui, appelait les médecins et faisait évacuer les petits appartements par l'escalier secret de la rue de Richelieu. C'est ainsi que l'on vit, au creux de la nuit, une harde de filles à demi nues et des seigneurs en habits de fête leur perruque à la main battre le pavé à la recherche d'un fiacre ou d'un carrosse de louage. L'aube mit longtemps à se lever. La duchesse d'Orléans aussitôt éveillée et prévenue déclara qu'elle avait trop mal à la tête pour venir au chevet de son mari. Quant à Madame, sa mère, personne ne prit le risque d'aller gratter à sa porte, car on craignait la meute de chiens galeux qui couchait sur ses courtines.

Avec les premiers rayons du matin et plusieurs saignées, le visage du malade reprit lentement figure humaine, la respiration se fit plus aisée et le pouls régulier. Mme de Parabère insista pour passer sous le nez de son amant un flacon de l'eau de M. Fargeon au prétexte que si elle ne le sauvait pas, elle donnerait au moins au mourant l'impression d'une odeur de paradis. L'abbé Dubois, qui craignait de voir s'envoler son chapeau de cardinal, n'avait pas quitté son vieux compagnon de débauche de toute la nuit, mais il ne put s'empêcher de faire un bon mot et d'ajouter que ce parfum de paradis était un coup à tuer le Régent d'étonnement. Des rires essuyèrent les pleurs, et Philippe ouvrant les yeux esquissa une petite moue. La crise était passée, l'enfer pouvait attendre encore un peu.

24.

Renouer les fils de l'intrigue

Sur la route de Paris à Sceaux,
samedi 10 septembre 1718, à la nuit tombante

Dès qu'elle avait eu connaissance de la crise d'apoplexie qui venait de frapper son ennemi juré, la duchesse du Maine s'était reprise à espérer puis à rêver tout haut comme à son habitude. Convaincue que ses désirs de vengeance finiraient par être comblés, elle en oubliait les conseils de prudence que chacun lui prodiguait depuis le lit de justice, ainsi que la promesse faite à ses fidèles amis de se tenir désormais éloignée des gens suspects. Déjà elle échafaudait de nouveaux projets et chevauchait avec délices la chimère vrombissante de la politique. Le Régent mort, car il allait mourir, il faudrait remettre ses pouvoirs entre les mains de la duchesse d'Orléans ou de son fils le jeune duc de Chartres, ce qui serait une seule et même chose. Une fois placée à la tête du Conseil, sa nonchalante belle-sœur appellerait le duc du Maine auprès d'elle afin de lui confier le timon de l'État et retournerait à son lit de repos pour y étendre sa fatigue d'exister et calmer ses migraines. Les méchants seraient donc bientôt terrassés ; mais pour que ce beau projet aboutisse, il était nécessaire de barrer la route au duc de Bourbon, qui ne manquerait pas de revendiquer le pouvoir avec le soutien des Anglais. L'appui du roi d'Espagne devenait plus que jamais nécessaire. Il convenait donc de le prévenir au plus vite de la nouvelle tournure que prenaient les événements et de renouer les fils de la conjuration.

C'est à peu près en ces termes extravagants que la princesse avait demandé à Rose Delaunay d'aller retrouver, à Paris, le comte de Laval. La femme de chambre, bercée par les cahots de la voiture et le petit trot des chevaux, regrettait amèrement de se trouver embarquée dans cette nouvelle intrigue car elle rentrait à Sceaux brisée de fatigue.

Outre que soutenir une conversation avec cet homme effrayant dont le menton ne tenait au reste de la mâchoire qu'à l'aide d'une savante armature de fer et de cuir représentait une épreuve en soi, il l'avait littéralement abreuvée pendant plus de trois heures d'horloge des projets les plus fous. À l'en croire, l'or des Amériques allait permettre au cardinal Alberoni d'armer une nouvelle flotte et de la jeter sur la Tamise pour renverser le roi d'Angleterre au profit du Prétendant. Une fois le catholicisme romain rétabli de l'autre côté de la Manche, le roi d'Espagne ferait la pluie et le beau temps en Europe, le tsar prendrait à revers les puissances protestantes du Nord et le pape mettrait fin au schisme avec l'Église orthodoxe. Alors il ne resterait plus aucun soutien au duc d'Orléans, qui serait arrêté et conduit dans une cage de fer jusqu'en Estrémadure.

Tous ces propos étaient à peu près aussi insensés que ceux de la pythonisse du jeu de paume, mais il restait néanmoins encore suffisamment de clairvoyance à ce comte pour qu'au moment où il fallut se séparer il propose de terminer l'entretien par un échange de serments qui les engageaient l'un et l'autre à ne jamais prononcer leurs noms respectifs en cas de prison ou d'interrogatoire. Cette ultime précaution sonna comme le glas, et c'est l'esprit tout obscurci par la fumée de ce mauvais tabac diplomatique, les tempes battantes, que Rose était remontée dans sa voiture de louage. Pendant tout le voyage du retour, elle maudit sa maîtresse de l'entraîner ainsi vers des fonds où elles pourraient bien périr ensemble. Elle savait pourtant ces imprécations intérieures parfaitement inutiles, car elle était prisonnière de sa pauvre condition. Quel refus pouvait-elle opposer à une princesse du sang à qui elle devait tout, elle qui, en dehors de sa parfaite éducation et de son esprit, n'avait rien en propre, ni naissance, ni rang, ni fortune, ni nom, ni mari ?

Rose en était là de ses tristes réflexions lorsqu'un hurlement l'en arracha. Les chevaux effrayés par l'odeur d'un renard qui traversait la route venaient de faire un écart, que le cocher à moitié endormi par le vin du cabaret où il avait attendu sa cliente pendant des heures n'eut pas le réflexe de retenir. Les roues se prirent alors dans un fossé où la voiture versa. La passagère saisie d'effroi ne poussa pas le moindre cri ; quand bien même l'eût-elle fait que le fracas de la voiture mêlé aux hurlements du cocher et aux hennissements des chevaux pris dans leurs propres harnais aurait couvert sa voix. Pendant quelques minutes, tout tourna dans l'habitacle comme du beurre en baratte. Heureusement la passagère, moins ensommeillée que son cocher, eut la présence d'esprit de s'accrocher aux larges poignées de passementerie pendues aux portières et de plaquer son visage contre la paroi pour éviter d'être blessée par les vitres dont les débris tournoyaient en tous sens, coupants comme des lames.

Des paysans alertés par le vacarme de la chute étaient accourus malgré l'heure tardive et volaient au secours de cette belle dame tombée dans une ornière. Ils commencèrent par couper le licol des chevaux pour les libérer, tout en glissant à leurs oreilles ces mots secrets que l'on se transmet à la campagne, dotés du pouvoir d'apaiser les bêtes effrayées. Puis une torche éclaira enfin l'intérieur de la voiture, et des mains secourables se penchèrent pour extraire la voyageuse de ce catafalque renversé. L'ampleur de sa robe et le nombre de ses jupes ne facilitèrent pas la manœuvre, et c'est presque étouffée par son corset que Rose fut assise sur le bord de la route. Lorsqu'elle eut avoué, dans un souffle, appartenir à la duchesse du Maine, les hommes qui ne l'avaient pas encore fait enlevèrent leurs chapeaux et toutes les nuques plièrent sous le poids et la grandeur effrayante de ce seul nom. L'arrivée inopinée de la reine de Saba sur son char de triomphe au travers de cette route de campagne n'aurait pas jeté davantage de trouble au milieu de ces gens pour lesquels un simple receveur des tailles paraissait déjà un puissant personnage. Le meunier, auquel le luxe de ses gros boutons en os sculpté et les boucles de ses souliers donnaient une autorité naturelle sur le reste des paysans sabotés, proposa l'abri de son logis, et c'est là que Rose put attendre pendant deux heures qu'un équipage de la duchesse conduit par l'un de ces officiers à l'habit galonné d'or vienne la chercher.

Remise de ses émotions, la jeune femme pensa non sans humour que, devant un tel présage, un vieux Romain se serait couvert la tête de sa toge et aurait catégoriquement refusé de quitter sa maison de peur d'offenser le destin, mais elle ajouta aussitôt *in petto* que, n'ayant pas de maison, elle n'avait pas d'autre solution que de continuer son chemin et de rentrer à Sceaux. Elle fut d'ailleurs rappelée à cette obligation par l'officier de sa maîtresse, qui lui fit part de la mauvaise humeur de la duchesse impatientée par ce contretemps fâcheux. Il lui transmit donc l'ordre de se présenter dès son arrivée au château sans prendre le temps de rajuster sa coiffure ni sa tenue.

Introduite dans le grenier doré de la petite duchesse, Rose, dont le bas de robe trempé dans le fossé était tout fangeux et les cheveux entièrement révolutionnés, la découvrit allongée comme à l'habitude sur son lit, mais habillée cette fois à la turque, un petit chapeau de feutre rouge sur la tête et un magnifique caftan en guise de déshabillé. La princesse, sans se soucier de l'état de sa femme de chambre, exigea un rapport circonstancié de son ambassade auprès de celui qu'elle aimait à appeler son « ministre des affaires du dedans », et il fallut obéir sur-le-champ à cette sultane fardée comme une actrice. Rose essaya de rendre à sa maîtresse le meilleur compte possible du fatras dont elle avait été abreuvée par le comte de Laval, mais elle se trompait dans les alliances autant que dans les faits, confondait les noms autant que les lieux, car ni la raison des choses ni l'enchaînement logique des événements ne permettaient d'en soutenir le récit. Très vite pourtant, il parut clair que la solidité de tout cet échafaudage n'avait en réalité aucune espèce d'importance aux yeux de la duchesse du Maine, qui buvait l'espérance aux paroles de sa dame de compagnie comme une femme assoiffée le vin au goulot de la bouteille. Il fallait simplement à cette princesse déchue l'ivresse des mots et le réconfort de ses illusions retrouvées pour qu'enfin elle respire.

À peine Rose fut-elle renvoyée dans sa chambre pour s'y débarbouiller de la fatigue et des avanies de son voyage que la reine de Sceaux sautait au bas de son lit et donnait ses ordres. Elle souhaitait regagner Paris au plus vite. Il était trois heures du matin, mais elle exigea de faire préparer les malles et les voitures. Elle houspillait déjà son premier valet de chambre à moitié endormi lorsqu'elle se rappela qu'en dehors de l'Arsenal, où elle se refusait désormais à mettre la pointe d'un soulier, elle n'avait plus nul endroit où aller. Quelques minutes plus tard, Brillon, l'intendant de son mari, se voyait arraché lui aussi à son sommeil pour répondre à une convocation immédiate. Il comparut, les bas tombants et la perruque mal ajustée, prêt à prendre les ordres de Son Altesse Sérénissime, mais à peine avait-il ouvert la bouche que la duchesse la lui ferma en exigeant qu'il se porte acquéreur, séance tenante, de l'hôtel parisien de sa propre sœur, la princesse de Conti. L'homme de confiance crut avoir mal compris : cette maison n'était pas encore achevée et elle avait déjà coûté des fortunes, c'était d'ailleurs la raison pour laquelle la sœur de Son Altesse Sérénissime, lassée de payer ses maçons, voulait s'en séparer. Il osa même ajouter qu'elle était fort mal construite et d'un plan si incommode que tous les hommes de l'art en critiquaient la distribution autant que les élévations.

La duchesse, surprise par une résistance aussi inattendue qu'impertinente, répliqua qu'elle n'entendait pas discuter d'architecture avec un homme comme lui. Non seulement sa décision était prise, mais elle avait déjà donné sa parole à sa sœur. Elle était née Bourbon-Condé et vivrait donc rue de Bourbon dans l'ancien hôtel de sa sœur de Bourbon-Condé. Habiter ailleurs aurait été déroger. Tout Paris devait comprendre qu'elle n'était en rien solidaire de la dégradation de son mari : né bâtard, il avait accepté de se laisser traiter en bâtard, c'était son droit, mais pour sa part elle restait une princesse du sang et comptait bien être logée selon le rang que la naissance lui avait donné.

Brillon, hébété, comprit qu'il faisait fausse route en évoquant les défauts de ce palais encore ouvert aux quatre vents, et comme son maître l'y avait autorisé il entra alors de plain-pied dans le détail des comptes de la famille. Les revenus des apanages suffisaient à peine à couvrir le service de la dette, les travaux de l'Arsenal et les améliorations faites aux châteaux de Sceaux et de Clagny, qui représentaient déjà des dépenses considérables. Par ailleurs, le fils de Leurs Altesses Sérénissimes, monseigneur le prince de Dombes, était en âge de bientôt se marier, et il faudrait aussi couvrir ces dépenses-là. La petite duchesse crut que l'homme qui s'adressait ainsi à elle était devenu fou. Jamais personne n'avait osé lui demander de se plonger dans des livres de comptes. La prenait-il pour la fille d'un marchand de la rue Saint-Denis ? Par quelle audace parlait-on d'argent à une femme de sa qualité ?

La princesse n'était pourtant pas au bout de ses surprises, et la mesure fut comble lorsque l'intendant évoqua crûment la situation politique de son époux dont la fragilité rendait les créanciers un peu nerveux. Il dut même avouer que certains d'entre eux commençaient à lui faire parvenir de longs mémoires récapitulatifs. D'autres n'hésitaient pas à pousser l'outrecuidance jusqu'à exiger le versement de leurs intérêts à terme échu. Le duc de Bourbon, importuné par de tels procédés, avait pris l'habitude de répondre par des coups de bâton à ces insolences de bourgeois, mais cela en disait long sur l'esprit du temps. Si son immense fortune lui en donnait le pouvoir car la solvabilité permettait tous les débordements aux yeux des manieurs d'argent, il n'en allait malheureusement pas de même pour le duc du Maine…

À l'évocation de ce neveu désormais tout-puissant et qu'elle abhorrait, Louise-Bénédicte, n'y tenant plus, répondit :

« Je suis maîtresse de mon argent et je n'ai que faire de votre politique, je la sais mieux que vous ; vous ferez donc ce que vous voudrez avec vos créanciers, je n'entre point dans tout cela ! C'est l'affaire de M. du Maine… »

Brillon restait trop attaché aux intérêts de son maître pour ne pas tenter le tout pour le tout. D'après ce qui se chuchotait à Paris, la princesse de Conti demandait plus de six cent mille livres de cette maison dont seul le gros œuvre était achevé. Avec les travaux encore à venir, c'était plus d'un million qu'il faudrait dépenser avant de pouvoir en prendre vraiment possession.

Cette sarabande de chiffres commençait décidément à tourner la tête de la princesse, et elle y mit un terme en renouvelant ses ordres :

« Il me faut cette maison avant un mois, ma présence est nécessaire à Paris. »

L'intendant au désespoir chercha encore à gagner du temps, expliquant qu'une telle somme serait difficile à réunir dans des délais aussi brefs et en l'état de délabrement des comptes, mais cette fois il reçut une réponse le renvoyant à sa servitude :

« Monsieur, un domestique doit exécuter les ordres qu'on lui donne… »

Brillon, conscient que cette dernière folie allait achever de ruiner son maître, n'en salua pas moins très respectueusement la princesse et quitta la pièce à reculons pour ne pas l'offenser en lui tournant le dos.

Le lendemain matin, les nouvelles du rétablissement du Régent après sa crise d'apoplexie plongèrent le château dans la plus grande consternation, et la reine des lieux, dans une de ces périodes d'abattement moral dont elle sortait plus déterminée que jamais. Mlle Delaunay n'avait pas aimé les dernières recommandations du comte de Laval évoquant de possibles arrestations et surtout le spectre des tourments de la question. Elle en tremblait sans l'ombre d'une fièvre et promenait ainsi des pensées effrayantes le long des cascades du parc lorsqu'elle croisa M. de Malézieu, dont l'air sombre et préoccupé ne contribua pas à la rassurer. L'homme paraissait très agité et se parlait comme à lui-même. Dès qu'il la vit, il se précipita à sa rencontre pour lui demander si elle n'aurait pas eu connaissance d'un certain papier rédigé de sa main et corrigé par le cardinal de Polignac, très reconnaissable au nombre de ratures dont il était couvert. Il s'agissait du fameux modèle de la lettre au roi d'Espagne dont leur maîtresse avait exigé qu'il soit écrit dans un français de salon et non dans le galimatias habituel du marquis de Pompadour, auquel ils avaient charitablement mis la main, l'un et l'autre, par souci du bon goût et de la parfaite syntaxe, mais qui avait disparu. Le pauvre homme n'en dit pas davantage à la femme de chambre, mais Malézieu était absolument convaincu que cette lettre lui avait été dérobée par quelque espion à la solde de l'abbé Dubois et qu'elle se trouvait désormais dans la cassette du Régent, prête à l'envoyer à la Bastille, et par une suite logique à l'échafaud…

Rose Delaunay ayant suffisamment à faire avec ses propres craintes assura le savant cartésien qu'aucun papier de cette espèce n'était passé entre ses mains et continua sa promenade mélancolique avec le murmure des eaux pour toute compagnie…

La princesse patienta, piétina même à Sceaux pendant deux longs mois, à écouter des bouts-rimés et des chansons écrites par des admirateurs pensionnés pour l'admirer. Elle se délecta en revanche à la lecture par Voltaire lui-même de son *Œdipe* qui faisait un triomphe à la Comédie-Française. Elle avait pouffé derrière son éventail en apprenant que le Régent était venu lui-même applaudir à cette tragédie de l'inceste en compagnie de sa fille, la duchesse de Berry, laquelle malgré son long veuvage était enceinte jusqu'aux yeux.

Tout Paris riait, tout Paris chansonnait, tout Paris se moquait. La princesse osa prétendre, au beau milieu de sa cour où l'on se pressait encore malgré le désastre de sa famille, qu'elle regrettait de ne pas avoir assisté à cette représentation où, non contente de pouvoir saluer Œdipe et Jocaste en personne, elle aurait peut-être eu la chance d'être témoin de la naissance publique de leur fils Étéocle ! Le mot, parti comme une balle depuis Sceaux, était venu briser les vitres du Palais-Royal et frapper en plein cœur son vieil ennemi, le Régent, qui apprit très vite son origine par les espions de Dubois. Il jura de se venger, et cette fois-ci avec éclat, de celle qu'il désignait désormais avec l'abbé comme « la reine du grand roman »…

Paris, rue de Bourbon, ancien hôtel de Conti,
vendredi 11 novembre 1718

Après avoir longé les immenses dépôts de bois du port de la Grenouillère où l'on entreposait les cargaisons charriées par la Seine depuis le Morvan, le carrosse de la duchesse du Maine et ses voitures de suite s'arrêtèrent devant l'imposante porte cochère de la rue de Bourbon. L'intendant Brillon et Robert de Cotte, premier architecte du roi, ses aides et ses commis attendaient respectueusement la princesse devant ce qui était désormais sa nouvelle maison.

Une fois que les laquais portant sa livrée eurent déplié le marchepied adapté à la petite taille de leur maîtresse, elle en descendit en sautillant, suivie de Mme de Chambonas, sa dame d'honneur, qui retenait avec peine les bouillonnements de sa longue traîne. Avec l'aisance d'un architecte habitué aux princes autant qu'à leurs caprices, Robert de Cotte jeta son manteau à terre pour éviter que la boue du chantier ne vienne offenser la soie et le satin de toutes ces petites chaussures à talons bobines. La nouvelle maîtresse des lieux ne prêta pas la moindre attention à ce sacrifice qu'elle acceptait non pas comme un hommage mais comme un dû. Avait-on jamais vu une princesse du sang patauger dans une bauge ?

En revanche, elle s'écria aussitôt sur l'étroitesse de la cour d'honneur et fit connaître son mécontentement à celui qui conduisait les travaux depuis près de deux ans. Par quelle aberration un homme de l'art, architecte de Sa Majesté de surcroît, et dont elle savait combien il avait été apprécié par le feu roi Louis XIV, s'était-il mis en tête de déposer une maison princière au beau milieu d'une simple aire de battage où deux carrosses ne tiendraient jamais de front ? Faudrait-il que ses hôtes se présentent chez elle en chaise ou même à pied ? L'architecte, qui connaissait son métier, proposa alors de réunir la cour d'honneur à la basse-cour initialement prévue par la princesse de Conti. Il suffisait pour cela d'abattre les murs d'aile en retour et de déplacer les communs de l'autre côté de la rue, où par chance les terrains étaient encore disponibles. Ludovise applaudit à tant d'ingéniosité pendant que l'intendant de son mari calculait avec effroi, mais en silence, le coût astronomique de ce chambardement. L'hôtel n'était pas encore entièrement construit qu'il fallait le démolir de fond en comble…

La compagnie suivit ensuite l'architecte à l'intérieur du principal corps de logis auquel on accédait par un immense perron ; seuls le gros œuvre de maçonnerie et la toiture étaient achevés, mais cette fois la dimension prodigieuse des pièces et leur forme carrée fidèle à l'ancien style, loin des arrondis et des pans coupés imposés partout par la nouvelle mode, enchantèrent la duchesse. C'est à peine si elle écouta les péroraisons de Mme de Chambonas qui regrettait l'absence de dégagements, de garde-robes et de ces corridors désormais indispensables aux commodités des maisons, fussent-elles princières. Il y aurait deux appartements d'apparat, l'un pour son mari au rez-de-chaussée, dont les murs devraient être entièrement lambrissés de marbre comme l'exigeait la grande manière, et l'autre pour elle, à l'étage noble. Enfin il convenait de prévoir une vaste salle du dais pour les audiences et un cabinet du conseil, privilèges réservés aux seuls princes du sang… Robert de Cotte fit soigneusement noter tout cela à l'un de ses jeunes commis sans montrer la moindre compassion pour le malheureux Brillon dont le regard trahissait l'affolement. Il poursuivait imperturbablement la visite en homme qui avait conduit le roi Louis XIV à travers ses chantiers.

La princesse, après avoir traversé l'immense vestibule puis le grand salon du rez-de-chaussée dont les hautes travées auxquelles les huisseries manquaient encore donnaient sur la Seine, elle eut soudain un regard de triomphe. La vue permettait d'embrasser d'un seul coup d'œil les terrasses de ce palais des Tuileries dont elle venait d'être chassée. De là, elle affronterait à nouveau son ennemi.

Paris, rue Saint-Honoré, petit hôtel du Maine, mardi 15 novembre 1718

Le chantier de la rue de Bourbon n'offrant pour l'heure que les façades d'un palais d'opéra, Louise-Bénédicte avait dû accepter de loger dans un petit hôtel de la rue Saint-Honoré loué à deux pas du couvent de l'Annonciation pour y abriter sa fille, dont la présence l'encombrait à Sceaux.

Depuis deux jours, la duchesse tournait et retournait entre ses mains une lettre du marquis de Pompadour dans laquelle le vieux conspirateur sollicitait une nouvelle audience pour lui soumettre des pièces et un projet de la plus haute importance. Le prince de Cellamare leur avait ouvert de grandes perspectives et, depuis l'ambassade de Mlle Delaunay auprès du comte de Laval, les conjurés n'étaient pas restés inactifs. Paris chansonnait le Régent, mais la France murmurait. En Bretagne, dans le Poitou et jusqu'en Biscaye, la noblesse s'impatientait et grondait. Partout les hobereaux, voyant leurs propres laquais enrichis par le système de M. Law, commençaient à montrer les dents comme ces chiens de meute auxquels on fait attendre trop longtemps la curée. Le duc de Richelieu promettait ses régiments, le lieutenant-colonel de Bonrepos s'engageait, pour sa part, à trouver des complices dans toutes les places fortes capables de les ouvrir et d'en donner les clés au roi d'Espagne le moment venu. Un certain Forbin, chef d'escadron, et le chevalier de Folard mettaient leur épée de gentilshommes au service de la cause. Mieux encore, la conjuration disposait désormais d'une terrible arme secrète – à ces mots, le cœur de la princesse battit un peu plus fort. Un savant récollet, le frère Siméon, détenait une recette infaillible pour brûler les vaisseaux en pleine mer sans tirer un seul coup de canon. Une sorte de feu grégeois dont la sainte origine ne manquerait pas de réduire en cendres la flotte anglaise.

Son corset, lacé trop serré, l'étouffait, le rouge de ses joues pointait sous le blanc de céruse, des picotements lui venaient aux mains et aux cuisses : Louise-Bénédicte suffoquait du seul plaisir de l'imagination. Aussi, craignant un de ces étourdissements auxquels elle se savait sujette, appela-t-elle ses femmes de chambre, mais personne ne l'entendit. Avait-elle seulement sonné ? Le rêve était si beau qu'il méritait bien d'être vécu. Pourtant des remords la tenaillaient. N'avait-elle pas promis à son mari de se tenir désormais éloignée des gens portant des ambitions aussi fumeuses que suspectes ? Ses amis les plus fidèles ne l'exhortaient-ils pas à la prudence sinon à la sagesse ?

Elle tenait la lettre si serrée que ses petits doigts pommadés d'onguent étaient en train de se tacher d'encre. Fallait-il la jeter dans le feu qui par cette journée d'hiver brûlait dans la cheminée, ou bien y répondre ? Elle était née aux marches du trône, mais son mariage l'avait précipitée dans le lac gelé de la honte. Pouvait-elle accepter de s'y noyer avec ses propres enfants ? Son esprit vagabondant au rythme de son pouls, elle se demanda ce que la Grande Mademoiselle, la duchesse de Longueville ou encore sa grand-mère Condé auraient fait dans de telles circonstances. Dans les veines de ces grandes amazones de la

Fronde comme dans les siennes coulait le sang le plus pur et le plus bleu de France ; et elles n'avaient jamais hésité à désobéir aux lois des hommes quand l'honneur de leur naissance était en jeu. Le seul souvenir de ces femmes héroïques acheva de la persuader que les règles étaient faites pour les gens du commun et les promesses arrachées par un mari né dans la saleté d'un double adultère, pour être oubliées. Devait-elle, comme toutes ces précieuses muselées, après la Fronde, par la défaite de leur père, de leur frère ou de leur époux, se contenter de dominer les mots et borner sa souveraineté à celle d'une alcôve ou d'un salon ? Lui faudrait-il régner jusqu'à la fin de ses jours sur le seul petit royaume de Sceaux, tout en se laissant dépouiller des honneurs qui lui étaient dus et du pouvoir qui lui revenait de droit ? N'avait-elle pas, enfin, le devoir de sauver ses enfants de la cascade de mépris à laquelle ils étaient désormais voués ?

Cette fois la princesse sonna énergiquement, fut entendue et aussitôt servie. Elle exigea sa précieuse écritoire et une plume. Sa réponse de quelques lignes accordait au marquis de Pompadour l'audience sollicitée. Elle le recevrait dans le plus grand secret, le lendemain sur les coups de onze heures du soir, et écouterait ce qu'il avait à lui dire. Elle ne cacheta pas sa lettre avec le sceau burlesque de l'ordre de la Mouche à Miel mais imprima énergiquement les grandes armes des Bourbon-Condé sur la cire molle.

Paris, hôtel de l'ambassadeur d'Espagne,
quelques jours plus tard, au cœur de la nuit

Les conjurés étaient arrivés les uns à la suite des autres, certains à pied, comme l'abbé Brigault qui ne pouvait se permettre les frais d'un fiacre de louage, d'autres à cheval ou en voiture, en prenant soin d'en descendre avant de s'engager dans la rue Neuve-des-Petits-Champs. Tous étaient enveloppés dans de vastes manteaux, le visage dissimulé par un loup de velours ou les larges bords de grands chapeaux. La nuit mangeait leurs ombres et le cri de la chouette couvrait le bruit de leurs pas.

Pour la première fois peut-être, ils étaient tous là, réunis autour du vieux prince de Cellamare et du bel abbé de Portocarrero. Ce dernier était d'ailleurs d'humeur maussade, car cette petite assemblée le privait d'un rendez-vous galant avec une fille à parties dont la polissonnerie n'avait d'égale que la voracité. Il espérait simplement que tous ces bavards ne seraient pas trop longs à dérouler leurs fadaises, lui laissant ainsi le temps de courir une première poste sur le ventre lisse et blanc de cette fille, dont il avait retenu la nuit entière auprès de la mère maquerelle en payant imprudemment d'avance.

C'est au marquis de Pompadour qu'il revint d'ouvrir le bal. Tout auréolé du rendez-vous secret obtenu de la duchesse du Maine, il sortit des larges poches de son habit brodé un gros rouleau de feuilles de papier couvertes de son écriture épaisse. C'étaient là les nouveaux manifestes rédigés depuis le lit de justice, dont il entreprit immédiatement la lecture sous le regard consterné de l'abbé de Portocarrero qui voyait sa nuit de plaisir se réduire comme peau de chagrin. Le ton en était bien plus audacieux que celui de ses précédents écrits : un premier mémoire n'hésitait pas à en appeler désormais à une intervention militaire directe du roi d'Espagne pour libérer le petit Louis XV du joug de son oncle, dont les ambitions devenaient à en croire le conjuré une menace permanente pour sa jeune vie. Dans un second libelle, le marquis de Pompadour se lançait dans une véritable censure du gouvernement et de sa politique. Tout cela était interminable et ressemblait à une sorte de compilation de tous les pamphlets publiés contre le Régent depuis plus de trois ans.

Ne voulant pas être en reste, le comte de Laval demanda la parole, et elle lui fut malheureusement accordée. L'abbé à bonnes fortunes se voyait maintenant sur le point d'avoir payé en gros louis d'or une fille dont les charmes avaient peut-être déjà été revendus plusieurs fois depuis l'heure du rendez-vous manqué. C'était à désespérer de la politique et de ses bavardages. Bien qu'il n'ait pas eu l'honneur d'être reçu par la princesse en personne, Laval n'en était pas moins l'auteur, lui aussi, d'un long mémoire qui reprenait, peu ou prou, l'exposé diplomatique assaisonné deux mois plus tôt pour la demoiselle Delaunay lors de leur entrevue clandestine. Il se proposait, d'ailleurs, une fois que ses plans auraient été favorablement reçus par la compagnie, d'en faire parvenir à son tour copie à la duchesse.

Les aiguilles aux reflets mordorés de l'imposant cartel d'écaille avancèrent donc d'une bonne heure pour laisser le comte balafré achever la lecture de son vaste projet diplomatique où il jouait avec les princes, les États et les alliances comme avec autant de cartes sorties de sa manche.

Une fois que chacun se fut exprimé, le prince de Cellamare reprit la parole avec une gravité dans laquelle Portocarrero décela une once d'ironie. L'ambassadeur de Sa Majesté Très-Catholique accordait-il le moindre crédit à toutes ces sornettes ? Quoi qu'il en soit, Cellamare assura très sérieusement que des centaines d'hommes déguisés en sauniers avaient déjà commencé à se répandre dans le pays pour servir d'avant-garde à l'armée d'invasion, que plusieurs nobles bretons en lien direct avec le cardinal Alberoni s'apprêtaient à soulever la province et à ouvrir les principaux ports à la flotte espagnole qui, après s'être emparée des côtes françaises, voguerait vers l'Angleterre pour rétablir le Prétendant sur le trône de ses ancêtres Stuart.

Ces magnifiques perspectives ravissaient les conjurés tout ébahis d'entrevoir la réalisation de leurs songes, et c'est donc avec beaucoup de solennité que chacun déposa sur le grand bureau de l'ambassadeur la liasse de ses rêves. Le prince de Cellamare y jeta un regard distrait avant de confier ces mémoires à l'abbé Brigault en lui donnant l'ordre d'en faire exécuter de belles copies destinées à Sa Majesté le roi Philippe V et au cardinal Alberoni. Il ajouta que ce travail serait payé le double au calligraphe à condition qu'il soit réalisé dans les plus brefs délais, car ces précieux documents très attendus par la cour de Madrid devaient bientôt être acheminés dans le plus grand secret jusqu'en Espagne.

Chacun se récria sur les risques d'un tel voyage, mais le prince de Cellamare calma toutes les inquiétudes : c'est à l'abbé de Portocarrero qu'il confiait cette mission de confiance. Et se tournant vers lui, il le désigna dans un geste plein d'emphase. Le jeune secrétaire d'ambassade crut tomber du haut mal en apprenant, sans autre forme de procès, qu'il était renvoyé dans son pays pour y faire escorte aux élucubrations de ces esprits égarés. L'obliger à quitter Paris, ses alcôves, ses bordels et ses petites maisons de plaisir, c'était chasser Adam du paradis sans lui laisser le temps de croquer la pomme jusqu'au trognon. Il jura de réparer cette injustice avant son départ et de faire honneur à ses dernières nuits.

VII

Dans la nasse…

25.

Faux départ

Paris, Palais-Royal, chambre de l'abbé Dubois, mercredi 30 novembre 1718

Toujours souffrant et incommodé de la vessie sans que son retour d'Angleterre ait réellement amélioré son mal, l'abbé Dubois travaillait dans son lit sur une sorte de table en bois de palissandre ingénieusement transformée en bureau portatif, lorsque M. de La Houssaye, son secrétaire particulier, vint cogner à sa porte – sur les coups de onze heures du soir – pour lui annoncer une visite. L'abbé, qui n'était pas d'humeur jouisseuse, demanda sans lever le nez de ses papiers que l'on renvoie la fille d'où elle venait en la dédommageant généreusement de sa course : il devait répondre à une dépêche secrète du gouvernement anglais qui le mettait dans l'embarras, et n'avait donc ni le temps ni le tempérament à piquer des fleurs de myrte entre les fesses de Cupidon.

Sans esquisser le moindre sourire, le secrétaire habitué à la verve poétique de son maître répondit que là n'était pas l'intention du visiteur, mais qu'il y avait néanmoins urgence. Une urgence telle que le pauvre Jean Buvat, de la Bibliothèque du roi, était accouru à pied depuis chez lui et par un temps de chien. Comprenant de quoi il s'agissait, Dubois fit entrer le visiteur d'un geste où se manifestaient un peu d'impatience et beaucoup de moquerie. Un petit homme vêtu à l'économie comme un simple commis, coiffé d'une perruque de chanvre et les doigts noircis par l'encre, fit son apparition dans l'encadrement de la porte. Il tremblait sans que l'on sache si c'était de froid, car il était trempé jusqu'aux os, ou de peur d'être mis en présence d'un ministre si puissant et si méchant qu'il pouvait vous envoyer à la Bastille sur un battement de cils.

Ce n'était pas la première fois que les deux hommes se rencontraient, car depuis le mois d'août l'abbé exigeait du copiste de la Bibliothèque du roi, dont le petit commerce avec l'ambassade d'Espagne lui était connu, un compte rendu écrit et détaillé de tous les documents qu'il reproduisait pour Cellamare. En revanche, c'était la première fois que le bonhomme osait ainsi se présenter sans s'être fait annoncer et en dehors des audiences habituelles. Il se passait donc quelque chose de grave. Dubois fit avancer son invité près du feu pour qu'il sèche sans s'égoutter sur ses parquets, mais se garda bien de lui faire apporter un fauteuil. Il était tard, il avait du travail, et le copiste était si précis dans ses comptes rendus qu'il craignait de devoir l'écouter jusqu'à minuit.

Buvat se chauffait le dos au grand feu de la cheminée mais tremblait toujours autant. Il commença néanmoins par la longue litanie de ses malheurs : les retards dans le paiement de son traitement, les mesquineries des bibliothécaires du roi, toujours prompts à mettre à profit son art de déchiffrer de vieux parchemins mais peu pressés ensuite d'appuyer sa demande de logement. Un logement auquel il avait droit et qui lui était promis en vain depuis des années, ce qui l'obligeait à payer un loyer. Sans ce satané loyer, il n'aurait jamais accepté les travaux d'écriture pour l'ambassadeur d'Espagne par l'intermédiaire de ce bon abbé Brigault.

À ce nom, Dubois fronça les sourcils. Celui-là était mouillé dans la conspiration jusqu'au cou, il le savait, et il profita de son intrusion dans la conversation pour demander à son visiteur d'en venir plus rapidement au fait, car il se moquait bien de ses déboires domestiques. Le copiste dut alors avouer que, quelques jours plus tôt, ce même abbé Brigault l'avait fait venir rue Neuve-des-Petits-Champs pour retranscrire une liasse de documents mal calligraphiés et surtout très mal orthographiés. Le travail devait être payé double à condition d'être terminé dans les plus brefs délais avant d'être envoyé à d'illustres correspondants. Il ne fallait pas être grand clerc pour comprendre que c'étaient là des documents à destination du cardinal Alberoni et peut-être même du roi d'Espagne en personne, car ils promettaient de mettre le royaume de France en combustion afin d'ôter définitivement le jeune roi des griffes du Régent.

Le pire, et voici la raison pour laquelle il était venu sonner l'alarme, se lisait dans une lettre écrite de la main même du prince de Cellamare. Les termes retranscrits lui étaient encore présents à l'esprit tant ils l'avaient effrayé. D'un hochement de menton, l'abbé, resté couché, l'engagea à poursuivre. L'ambassadeur d'Espagne, s'adressant au roi son maître, allait jusqu'à écrire : « Gardez-vous bien, sire, de renoncer à la couronne de France. Si vous le faites, le jeune roi ne sera pas en vie dans trois mois. » Cela revenait à soupçonner monseigneur le Régent du plus terrible des forfaits. Toute la missive était à l'avenant, l'ambassadeur présentant un fatras de mots incendiaires comme autant de mèches susceptibles d'allumer le brasier lorsqu'il serait temps de mettre le feu à la mine. Au galimatias habituel des conjurés, Cellamare ajoutait par ailleurs une liste mise à jour des officiers français prêts à passer au service du roi d'Espagne. Cette dernière page d'écriture avait achevé de dresser devant le pauvre Jean Buvat le spectre du gibet de Montfaucon ; aussi était-il accouru pour se disculper, son seul crime tenant dans sa capacité à accomplir les plus beaux pleins et déliés de Paris, et pour dénoncer l'imminence du complot.

Dubois n'accordait déjà plus le moindre intérêt aux bavardages du copiste : sa pensée était ailleurs. Elle surplombait l'échiquier européen. Deux jours plus tôt, le gouvernement anglais, par une dépêche chiffrée, le sommait de faire rompre les relations diplomatiques entre l'Espagne et la France au nom de la Quadruple-Alliance comme il s'y était engagé lors de son séjour à Londres. Le roi d'Angleterre considérait sa part accomplie avec l'anéantissement de la flotte espagnole ; il revenait désormais à la France d'utiliser sa puissance diplomatique, et à défaut sa force militaire, pour contraindre enfin le roi Philippe V à entrer dans ce menuet diplomatique. La dépêche ne le stipulait pas ouvertement mais son chapeau de cardinal, ce viatique politique indispensable à un futur Premier ministre – car ses ambitions allaient jusque-là –, était à ce prix.

Cette dépêche en forme de sommation lui avait déjà coûté deux nuits sans sommeil pendant lesquelles il avait cherché par quels moyens convaincre le Conseil de régence d'engager l'épreuve de force avec Madrid, et voilà que cette bande de nigauds marchant sous la houlette d'une princesse folle comme une fée venait lui offrir le prétexte qui lui manquait pour provoquer enfin l'impensable : une guerre entre la France et l'Espagne. Une guerre au cours de laquelle deux cousins, deux Philippe, s'affronteraient pour la plus grande joie de la couronne d'Angleterre et du Saint Empire germanique. C'eût été à se tordre de rire si le rire ne comportait pas de graves risques pour sa vessie malade, et au lieu de cela il tourna vers le calligraphe un visage au teint jaunâtre et aussi inexpressif qu'une lettre de cachet pour lui demander s'il savait à quel moment les dépêches devaient partir pour Madrid, et par quels chemins.

Le pauvre Buvat se crut perdu de ne pas réussir à donner une réponse exacte, même s'il pensait pouvoir affirmer que ce n'était plus qu'une question de jours ; mais il avait compris que le paquet de dépêches destinées au cardinal Alberoni devait être confié à un certain abbé de Portocarrero que l'on renvoyait à Madrid sous prétexte de frasques parisiennes. Dubois esquissa alors ce sourire des bouches sans lèvres où l'on ne lit jamais que des rictus. Il connaissait très bien, grâce aux rapports des mères maquerelles, les folies de cet abbé espagnol dont les goûts étranges mettaient les mauvais lieux de la capitale en révolution. Outre qu'il aimait les tendrons et les débutantes, dont l'étroitesse n'était le plus souvent que le fruit d'artifices astringents, le secrétaire de l'ambassadeur d'Espagne scandalisait ces dames à la vertu pourtant conciliante par des exigences particulièrement malhonnêtes. Outre qu'il voulait baiser en cul et en bouche, ce qui était contraire aux prescriptions de la sainte Église, son goût pour le pissat des filles et parfois des laquais paraissait vraiment de la dernière saleté. Dubois se délectait de ces confidences faussement outrées, faute de pouvoir y goûter d'une autre façon depuis que son mal ne le quittait plus. Il n'aurait pourtant jamais imaginé que la joyeuse dépravation de ce bel Espagnol adepte de l'amour à l'italienne lui apporterait un jour une déclaration de guerre nouée dans des draps de lit. Les voies du Seigneur étaient vraiment pleines de détours scabreux.

Enfin, Buvat fut congédié sans un regard ni même la complaisance de ce louis d'or toujours tenu en réserve pour une courtière d'amour particulièrement loquace. L'abbé pensait que, l'homme étant déjà au service du roi, il ne méritait pas d'autre salaire que le sien et devait même s'estimer heureux de ne pas perdre sa place pour avoir eu la complaisance de prêter à une puissance étrangère un talent qui n'appartenait qu'au roi de France. Par ailleurs, l'honnêteté plaintive de ce brave homme agaçait Dubois au plus haut point et, sans qu'il sache vraiment pour quelle raison, l'image du chien écrasé par sa magnifique berline de voyage à son retour de Calais lui revint à l'esprit. Il en allait donc des hommes comme de cette pauvre bête : certains étaient happés puis broyés par des machines auxquelles ils n'entendaient rien mais dont ils avaient un jour malheureusement croisé la route. En l'écoutant se confondre en excuses pendant qu'il prenait congé, l'abbé se demanda si les plaintes du copiste soumis au supplice de la roue seraient aussi longues et ennuyeuses que celles du chien écartelé par les essieux de sa voiture.

Une fois Buvat raccompagné jusqu'à la porte par La Houssaye, l'homme d'État reprit le pas sur le dépravé et il écrivit une lettre donnant ordre aux postes d'intercepter tout courrier suspect qui tenterait de traverser les Pyrénées. Puis à bout de fatigue, exténué par le pouvoir qui jour après jour se concentrait entre ses mains, n'ayant plus la force d'écrire davantage, il posa la plume, fit débarrasser la table de malade par son valet et rappela son secrétaire pour lui dicter une longue lettre pleine de protestations d'amitié destinée à James Craggs, secrétaire d'État à la Guerre du roi George Ier d'Angleterre. L'Espagne serait bientôt à merci, il pouvait l'en assurer.

Paris, quelque part dans un mauvais lieu puis rue de Richelieu, dans la nuit du vendredi 2 au samedi 3 décembre 1718

Un silence aviné flottait sur la maison, des ombres furtives et en chemise enjambaient des corps assoupis, quelques joueurs acharnés s'affrontaient encore sur le tapis vert de la dernière des tables à jeu restée éclairée, même si à cette heure-là les chandelles étaient à peu près aussi molles et diminuées que l'ardeur des clients.

La pauvre fille retenue dans sa chambre à l'étage aurait pourtant préféré se trouver confrontée à la fatigue du plaisir plutôt qu'à son impatience, car cela faisait bientôt cinq heures qu'elle attendait une visite qui ne venait pas. Elle avait bien proposé à la mère maquerelle de se porter en renfort de l'escadron d'Aphrodite lorsque vers deux heures du matin l'orgie battait son plein, mais la Fillon le lui avait formellement interdit et lui avait ordonné de regagner sa chambre. Le client, un homme exigeant et vigoureux, avait payé d'avance et il n'aimait pas le partage, sauf à pouvoir en profiter *de visu*. L'entremetteuse gardait de ses débuts auprès d'une clientèle ecclésiastique un peu de lettres classiques et aimait à le faire savoir, tout comme elle aimait à être obéie.

C'est ainsi que la pauvre fille connue et recherchée pour son talent à contrefaire la novice s'était morfondue presque toute la nuit, sans autre occupation que de rouler et dérouler ses bas de soie roses, pendant qu'à l'étage du dessous on s'amusait à vider des bouteilles et à casser des verres au son d'une musique jouée par des violonistes aveugles et pensionnaires des Quinze-Vingts. C'était une vraie purge que ce client qui n'arrivait jamais, et la nuit commençait à se teinter de quelques touches d'aurore lorsque enfin elle entendit sonner à la porte. Un pas pressé résonna dans l'escalier, puis une conversation vive que l'on cherchait à étouffer s'engagea sur le palier entre un homme à l'accent très prononcé et la mère maquerelle. Il était question d'excuses et de pardon, de voyage et de regrets, quand enfin la porte s'ouvrit pour laisser apparaître la tenancière des lieux qui, un bougeoir à la main, introduisait dans l'alcôve le bel abbé de Portocarrero. Il eut alors tout le loisir de se faire pardonner son retard à grands coups de boutoir.

Pendant qu'un véritable abbé rattrapait les heures perdues avec sa fausse vierge, la Fillon descendit son escalier à pas de loup, prit à peine le temps de s'envelopper dans un large domino de soirée et fit appeler par son valet un de ces fiacres qui se tenaient toujours à la disposition d'une clientèle que l'on savait riche et peu regardante sur la dépense. Aussi, à peine hélé, le cocher déploya-t-il avec l'illustre appareilleuse les manières d'un laquais de grande maison, lui donnant avec beaucoup de respect ce titre de *présidente* autrefois gagné par la bévue d'une robine de province et qui lui était demeuré pour avoir fait rire tout Paris. L'homme présentait mille excuses sur l'inconfort de la voiture en dépliant, non sans mal, un marchepied un peu grippé. Sa cliente n'y attacha aucune importance : au cours de sa longue carrière, elle avait pratiqué le déduit dans des habitacles plus repoussants. Elle exigea seulement du cocher qu'il presse ses chevaux sans pour autant attirer l'attention et prit soin de lui donner une destination, à proximité du Palais-Royal, où il l'attendrait.

Arrivée rue de Richelieu à la porte dérobée conduisant à l'escalier secret des petits appartements du Palais-Royal, dont elle aurait pu gravir les marches les yeux fermés, la Fillon comprit très vite que Son Altesse Royale n'était pas plus en état de la recevoir que de l'honorer comme il savait si bien le faire autrefois. Saoul comme un prince polonais, le Régent ronflait à en faire trembler les fondations du palais. En femme décidée, elle tourna aussitôt les talons et courut en levant ses jupes jusque chez l'abbé Dubois dont l'appartement se trouvait au rez-de-chaussée sur le parterre de l'Orangerie.

Cette petite cavalcade l'essouffla mais lui rappela l'époque déjà très lointaine où, simple raccrocheuse des rues, elle courait à perdre haleine pour échapper aux maraudes du guet. Ses belles années s'étaient enfuies avec le siècle précédent, mais sa détermination de parvenir restait intacte. Il serait bientôt temps pour elle de se retirer du commerce des filles. Aussi avait-elle vu dans le secret qu'elle détenait le moyen de faire une fin avec de belles rentes sur l'Hôtel de Ville et une poignée des jolis billets de ce M. Law qui promettait tout l'or de la Louisiane et du Mississippi.

Malgré la pleine nuit, personne, pas même le concierge, ne parut s'étonner de sa visite. Réveillé à la hâte, La Houssaye alla immédiatement prévenir son maître, avec la Fillon sur les talons qui pénétra dans la chambre de l'abbé sans attendre d'être annoncée. Malgré une nuit de veille, Dubois lui fit un excellent accueil. Tant de souvenirs particuliers les liaient l'un à l'autre qu'entre eux M. de Sans-Cérémonie était toujours le bienvenu. Certes, l'abbé fronça un peu les sourcils en désignant l'heure au cartel d'alcôve, mais c'était une colère de pure comédie : il aimait caqueter des vices de la cour et de la ville avec celle qu'il désignait toujours, dans son particulier, comme sa principale commère. La Fillon, jamais en reste, lui donnait alors du compère Guilleri et riait comme une folle de cette familiarité acquise à la force du poignet.

Effrayée néanmoins par le masque que la fatigue et la souffrance dessinaient sur le visage de son ancien client, la sultane du plus noble sérail de la capitale ne tergiversa pas longtemps en racontant les adieux déchirants du bel abbé de Portocarrero qui venait de commettre l'imprudence de lui annoncer son départ pour Madrid le 4 décembre au matin, ajoutant même à cette information, par une forfanterie habituelle aux jeunes étalons de son espèce, qu'il était chargé de nombreuses dépêches pour la cour d'Espagne. Une telle précipitation pour de simples courriers diplomatiques laissait à penser qu'un mauvais coup se préparait contre la France et, comme elle était une fidèle sujette de Sa Majesté, la très obéissante servante de monseigneur le Régent et l'amie complaisante de son ministre, elle avait sauté dans le premier fiacre pour venir lui communiquer ces faits troublants dont il saurait certainement faire meilleur usage qu'elle.

Les confessions de la présidente Fillon venaient confirmer les dires du bonhomme Buvat. Un transport de documents secrets à destination de cette canaille d'Alberoni était bien en cours, mais c'est à peine si les conjurés n'avaient pas pris le soin de publier leur projet en pleine page dans *La Gazette de France* à force d'étourderie et d'imprudence. Dubois réprima même un geste d'humeur, car avec une telle accumulation de fautes et de maladresses ses ennemis lui gâchaient le travail : comment convaincre le Régent et son Conseil qu'après le coup d'assommoir reçu lors du lit de justice le duc et la duchesse du Maine représentaient encore le moindre danger pour l'État avec un complot aussi mal ficelé depuis l'Espagne ? Il décida donc de donner à l'arrestation du jeune homme et à la saisie de ses papiers un éclat digne de la conjuration de Catilina.

De cette colère froide il ne montra rien bien sûr à la Fillon, à laquelle il réserva un tout autre accueil que celui qu'il avait servi deux jours plus tôt au petit copiste de la Bibliothèque du roi. L'honnêteté geignarde et impécunieuse du bonhomme l'exaspérait, alors que les mines putassières de cette tenancière de haut vol lui étaient depuis toujours d'excellente compagnie. Il la rassura sur l'importance revêtue par son témoignage et l'assura qu'elle n'aurait rien à regretter de la gratitude du Régent, lequel s'était toujours montré princier avec les soutiens de l'État autant qu'avec les souteneuses de la capitale. La Fillon laissa voir ses dents qu'elle avait encore fort belles pour une catin en partant d'un grand éclat de rire et Dubois, pour montrer qu'il était homme de parole, alla à un élégant coffret posé sur une console d'où il tira une bourse de jeux brodée aux armes des Orléans, lourde de dizaines de louis dont il fit présent à sa visiteuse tout en l'assurant qu'il n'était pas quitte pour autant et demanderait bientôt pour elle une pension à la hauteur des services rendus à la France.

Avec le contenu de cette seule bourse, Buvat eût été heureux, mais l'homme était pauvre, n'était pas drôle et c'était là deux grands crimes.

Sur la route de Paris à Poitiers,
lundi 5 décembre 1718

Depuis son départ de Paris, la voiture de Portocarrero était suivie à bonne distance, quand peu après Angers, comble de malchance, elle versa. Il fallut la vider de ses nombreux bagages avant de parvenir, non sans mal, à la redresser. Cette avanie obligea le messager du prince de Cellamare à faire jouer le mécanisme secret qui permettait d'accéder au double fond dissimulé sous le plancher de la berline pour en extraire le précieux paquet de dépêches scellées et destinées au cardinal Alberoni. Rien de ce petit manège n'échappa aux espions de l'abbé Dubois, accourus avec l'intention de prêter main-forte aux voyageurs étrangers et qui se firent passer pour de simples marchands se rendant à la foire. Ordre ayant été donné de ne procéder à l'arrestation de Portocarrero et de sa suite qu'avec le plus grand tapage et devant de nombreux témoins, ils se contentèrent des remerciements de l'abbé et le laissèrent repartir à cheval en direction de Poitiers, car la voiture réclamait quelques réparations. Les postillons ainsi que les valets attachés au service de l'ambassadeur furent chargés de rester auprès d'elle afin d'en prendre soin avant de rejoindre Portocarrero : il était convenu qu'il les attendrait à Poitiers.

C'était en espagnol que l'on chantait à boire, car le prince de Cellamare avait imaginé que le meilleur moyen de passer inaperçu était encore de voyager en bonne compagnie. L'abbé de Portocarrero s'était ainsi vu flanquer du jeune Antonio Cassado de Monteleone, fils de l'ambassadeur de Sa Majesté Très-Catholique à Londres, auquel on avait adjoint, pour faire bonne mesure, un banquier espagnol menacé de faillite, un certain Joseph Hodges de Mira qui circulait sous le faux nom de « don Valerio ». Après la grande émotion de l'accident d'Angers, les trois hommes étaient bien décidés à faire bombance en attendant le retour de leur berline et du reste de leurs bagages.

L'aubergiste était aux anges et remerciait le ciel pour ces écus qui pleuvaient sur sa table, car ces riches étrangers ne ménageaient pas leurs plaisirs, exigeaient les meilleurs vins, une nappe blanche, les pâtés les plus parfumés et la chère la plus délicate. Il avait donc fallu consentir à couper le cou aux chapons de Noël avec un peu d'avance, mais comment refuser ce petit sacrifice à un homme d'Église beau comme un saint Sébastien et qui portait sur son habit de velours noir une croix pectorale constellée de toutes les émeraudes de Colombie ? Certes, ces Espagnols avaient le verbe haut, mais en bons catholiques ils méprisaient à ce point l'argent qu'ils répandaient leur or par poignées comme si ce fût du sable.

Le cabaretier en était là de ses réflexions lorsqu'un exempt suivi de plusieurs archers fit irruption dans la salle commune et alla droit à la table des hôtes étrangers, dont les dos se chauffaient à l'immense cheminée où tournait la broche. Le capitaine Duplessis à la tête de cette petite troupe prit le prétexte de vérifier le passeport du faux don Valerio pour aborder les Espagnols. Au lieu de se tenir tranquille, Portocarrero excipa de son passeport signé par le Régent en personne et s'emporta contre cette atteinte inqualifiable faite aux droits d'un plénipotentiaire. Sans attendre de réponse ni d'autre réaction des gens du roi, le jeune Monteleone, à qui le vin et la chaleur étaient un peu montés à la tête, mit la main à l'épée. Il n'eut pas le temps de la sortir de son fourreau que les archers le saisissaient au corps. Il n'en fallut pas davantage à Duplessis pour justifier par ce seul prétexte une fouille de tous les bagages des trois voyageurs et de la vaste chambre qu'ils occupaient à l'étage. Bien renseigné par les espions de Dubois, le capitaine n'eut aucun mal à mettre la main sur la correspondance suspecte. Avec le sang-froid qui lui avait malheureusement manqué quelques instants plus tôt, l'abbé de Portocarrero ne marqua aucune émotion et, lorsqu'il fut interrogé sur le contenu de ce paquet cacheté de cire, assura n'en rien connaître car il appartenait selon toute vraisemblance à don Valerio, son compagnon de voyage. Ce dernier comprenant le message confirma aussitôt et assura que c'étaient là des papiers de commerce et de simples reconnaissances de dette.

Sans prêter la moindre attention aux protestations véhémentes des Espagnols, le capitaine décacheta la grosse enveloppe de papier fort, qui en contenait une autre sur laquelle apparaissait le nom du cardinal Alberoni. Il s'en empara, expliqua qu'il avait reçu ordre d'intercepter des secrets d'État auxquels on s'apprêtait à faire passer les frontières du royaume, présenta ensuite toutes ses excuses aux voyageurs auxquels il proposa fort galamment de les escorter jusqu'en Espagne dès qu'ils auraient été rejoints par leur voiture.

Lorsque en redescendant dans la salle commune Portocarrero reconnut les marchands qui l'avaient aidé à redresser sa berline, il comprit enfin et maudit ces Français capables d'utiliser la ruse et l'espionnage pour se jouer de braves gentilshommes espagnols.

Sur la route de Poitiers à Paris, du côté d'Angers, quelques heures plus tôt

Les postillons de l'ambassadeur d'Espagne riant avec le valet de Portocarrero tuaient le temps en regardant le maréchal-ferrant, aidé de plusieurs charretiers du pays, s'affairer à remettre la lourde berline sur ses quatre roues et en état de poursuivre le voyage. La journée s'écoulait ainsi lorsque la malle-poste partie de Poitiers fit halte pour relayer avant la nuit. Comme chaque fois que le courrier passait, chacun venait aux nouvelles. La rumeur d'une guerre commençait à se répandre sur la grande route ; on ne savait pas très bien contre qui et pour les droits de quel prince cette fois, mais ici comme partout ailleurs à travers le royaume l'on craignait autant les soldats que la famine ou la peste, les uns accompagnant d'ailleurs très souvent les deux autres. Aussi les voyageurs étaient-ils tous interrogés à chaque étape avant que les informations ainsi glanées finissent colportées et transformées à travers le reste de la province, où l'on commençait déjà à enterrer les bons louis d'or et à cacher ses réserves en vue d'échapper aux futures réquisitions et au logement des dragons.

Curieux comme un valet de Paris, le serviteur de Portocarrero alla par habitude plus que par méfiance vers un employé des messageries royales tout gonflé de son importance. Une conversation s'engagea :

« Alors, quelles nouvelles ? demanda le valet.

— Je n'en sais d'autre que celle-ci, répondit l'autre. On vient d'arrêter à Poitiers un Anglais banqueroutier et un abbé espagnol porteur d'un paquet paraissant d'importance et qui doit être remis entre les mains de monsieur l'abbé Dubois, secrétaire d'État aux Affaires étrangères. »

Puis désignant le capitaine Duplessis en train de se dégourdir les jambes et de se réchauffer les mains à un brasero, il ajouta que les documents étaient désormais en possession de ce noble officier faisant les cent pas, d'où le détachement de gendarmes du roi qui les escortait depuis Poitiers.

Le valet comprit aussitôt que son maître venait d'être arrêté, remercia, s'excusa de ne pas pouvoir offrir la chopine, à la grande déconvenue du commis des messageries, et, évitant de se faire trop remarquer, paya comptant un cheval frais grâce à la bourse que lui avait laissée son maître. Il tourna aussitôt la bride vers Paris dans l'espoir d'avertir le prince de Cellamare de cette arrestation avant que l'officier du Régent n'ait lui-même touché au but de son voyage.

Galoper seul sur les routes en pleine nuit n'était pas sans risque, mais c'était le seul moyen d'être le premier arrivé et de toucher, il n'en doutait pas, une belle gratification de la part de l'ambassadeur, le gentilhomme le plus galant et le plus affable qui lui ait été donné de rencontrer. Deux magnifiques pistolets d'arçon chargés jusqu'à la gueule lui seraient certainement un passeport régulier auprès des bandits de grand chemin et notamment de ce Cartouche qui se jouait tous les jours de la maréchaussée, n'hésitant pas à narguer le Régent lui-même.

Paris, rue Neuve-des-Petits-Champs, hôtel de l'ambassadeur d'Espagne, jeudi 8 décembre 1718

Curieusement, le prince de Cellamare ne marqua pas la moindre inquiétude en apprenant, dès la fin de la matinée, l'arrestation de son secrétaire et la saisie de tous les papiers de la conjuration destinés au cardinal Alberoni. Convaincu de l'élégance du duc d'Orléans, il ne doutait pas que cette enveloppe cachetée, couverte par les privilèges diplomatiques, resterait inviolée et lui serait restituée dès qu'il en ferait la demande. L'abbé Dubois était un coquin de la pire espèce, mais le Régent restait un véritable gentilhomme. Le simple fait que l'abbé de Portocarrero et ses compagnons de voyage n'aient pas été ramenés à Paris comme des malandrins mais laissés libres de poursuivre leur route, d'après ce que le jeune valet avait pu en comprendre, était un gage du respect que le Régent manifestait aux serviteurs du roi Philippe V, son cousin. Aussi l'ambassadeur refusa-t-il de céder à l'affolement et se garda-t-il bien d'alerter la duchesse du Maine. Il se contenta, pour seule précaution, de prévenir le comte de Laval puis de faire porter deux mille livres à l'abbé Brigault afin qu'il détruise tous les documents en sa possession et prenne immédiatement la fuite.

Cela fait, il remercia grassement le valet de Portocarrero et partit entendre chanter la messe en italien par son chapelain napolitain.

Paris, Palais-Royal

Ce n'est que sur le soir, et avec huit heures de retard sur le prince de Cellamare, que l'abbé Dubois fut averti de la saisie du portefeuille de Portocarrero dont le capitaine Duplessis lui remit le contenu en main propre. Le ministre en connaissait la portée dans ses grandes lignes grâce aux confessions de Buvat et, ne voulant pas perdre de temps à les étudier en détail, il se lança à la poursuite de son maître. Il trouva le Régent prêt à entrer dans sa loge de l'Opéra en très mauvaise compagnie, mais eu égard à la gravité des faits l'abbé le supplia de bien vouloir surseoir à ses plaisirs et de lui accorder une audience afin de profiter de l'effet de surprise, avant que l'annonce de ce coup de théâtre ne permette aux conspirateurs de prendre les mesures nécessaires à leur protection et à la destruction de toutes les preuves de leurs forfaits.

Le prince l'écouta d'un air distrait, son face-à-main déjà braqué vers la scène de l'Opéra où un premier tableau offrait au regard de l'amateur éclairé le plus agréable point de vue sur des cuisses et des gorges opulentes gracieusement mises à nu sous la gaze de costumes à l'antique. Si les reines d'opéra se voyaient sempiternellement harnachées de cuirasses en velours peint et de casques en papier mâché, les chœurs et le ballet étaient heureusement peuplés de nymphes émues, de vestales mignonnes et de bergères effrayées qui ne dissimulaient pas leurs charmes. Or rien ne pouvait davantage contrarier Philippe d'Orléans que de venir mêler le sérieux des affaires de l'État à l'innocence de ses divertissements vespéraux. Il travaillait comme un galérien à la liasse de ses ministres, et entendait qu'en contrepartie on le laisse jouir en paix lorsqu'il en avait terminé avec la France. Dubois insista en reprenant le ton de reproche qui était le sien lorsqu'il faisait répéter ses leçons à celui qui n'était alors que le jeune duc de Chartres, mais il s'attira une réponse moqueuse :

« À demain, monsieur l'abbé, pour les choses sérieuses… »

Joignant le geste à la parole, le Régent lui claqua la porte de sa loge au nez, provoquant à l'intérieur de grands éclats de rire.

Paris, chez le chevalier de Mesnil

Lorsqu'il eut reçu le billet l'avertissant que tout était découvert et les quatre cents écus qui l'accompagnaient, l'abbé Brigault fut pris d'une peur panique et courut à en perdre haleine chez un vieux et fidèle ami, le chevalier de Mesnil, auquel il confia sa cassette personnelle en prétextant un voyage qui pourrait être long et dans les aléas duquel il ne voulait pas risquer de précieux papiers de famille, sans lui dire mot de la conspiration. Le chevalier, qui connaissait le caractère aventureux de son ami et notamment son rôle actif auprès du prétendant Stuart, crut qu'il s'agissait là de secrets anglais et accepta le dépôt en gentilhomme, sans poser la moindre question. Après quoi, refusant le souper qui lui était servi, l'abbé déguerpit comme s'il avait le diable aux trousses, achetant, avec l'or espagnol, le premier cheval venu.

Quelques heures plus tard, la vieille servante de l'abbé apportait au chevalier de Mesnil un rouleau très serré de feuilles manuscrites en lui expliquant que dans la précipitation de son départ son maître avait oublié de les lui remettre, mais qu'il les lui confiait comme un dépôt aussi précieux que la petite cassette qui contenait ses quelques archives de famille.

26.

La peur à l'alambic

Paris, Palais-Royal, vendredi 9 décembre 1718

Dès le matin, le carrosse du prince de Cellamare s'était présenté dans la cour d'honneur du Palais-Royal. L'ambassadeur de Sa Majesté Très-Catholique demandait à être reçu séance tenante par Son Altesse Royale le Régent, car des faits graves s'étaient produits dont il attendait réparation. Rien de la scène n'échappait à Philippe d'Orléans, enfermé avec Dubois et Le Blanc, le nouveau secrétaire d'État à la Guerre, dans son cabinet d'hiver du bout de la petite galerie d'où il pouvait observer le moindre mouvement à l'intérieur du palais. La gravité des faits contenus dans les papiers saisis à Poitiers dépassait, et de loin, les espérances de l'abbé Dubois mais n'amusait plus du tout le maître de l'État, dégrisé des excès de la veille. Tous ces gens étaient fous à enfermer aux Petites Maisons, mais leur folie n'en était pas moins criminelle. Outre un appel au soulèvement général écrit de la main de Malézieu, le complaisant répétiteur de la duchesse du Maine, un document en particulier avait attiré l'attention du prince : il s'agissait tout simplement d'un plan d'invasion du royaume de France par l'armée espagnole, précédé par une vaste opération de corruption des officiers français et notamment des gouverneurs des places fortes des Pyrénées. Le prix de chaque bataillon ainsi soustrait à l'armée française était même estimé à cent mille livres. Il était par ailleurs suggéré au cardinal Alberoni, contre toutes les lois de la guerre, de retenir l'ambassadeur de France en Espagne comme otage pendant la durée des opérations militaires…

Le Régent crut un moment être uniquement trahi par sa mauvaise vue et l'imagination intéressée de l'abbé Dubois mais, lorsque Le Blanc lui eut fait la lecture à haute voix de toute cette affreuse littérature, il sortit de son équanimité légendaire et se promit de réserver un chien de sa chienne à cet ambassadeur venu se pavaner devant sa porte, toute honte bue, en grand habit de cour, des plumes plein le chapeau et un diamant au jabot gros comme l'étoile du Berger, qui projetait, le plus sérieusement du monde, de le faire enlever et de le traîner jusqu'en Espagne. Ses ordres claquèrent comme des coups de pistolet, et le premier gentilhomme descendit répondre au prince de Cellamare que l'on ne pouvait parler au duc d'Orléans car il était au chevet de sa femme, prise d'une de ces crises de migraine qui la terrassaient si souvent. L'ambassadeur remercia, assura la duchesse de ses prières et le Régent de ses respects, remonta dans son carrosse et retourna chez lui, où dans le même temps une curieuse lettre était partie l'attendre.

Se tournant vers ses deux ministres, Philippe établit un véritable plan de bataille. Il convenait désormais de préparer soigneusement la révélation publique du complot, et cela devait se faire avec ordre et méthode.

Il faudrait distiller la peur comme au sortir d'un alambic de façon qu'elle se répande lentement de Paris à Sceaux en passant par Saint-Cyr, car la vieille fée était encore de ce monde, avant de gagner la province et notamment la Bretagne, où la justice du roi devrait s'abattre sur toute cette hobereautaille pouilleuse qui croyait encore au bon temps des privilèges dispensés par la duchesse Anne.

Avant de se mettre sérieusement au travail, Le Blanc, marchant comme sur des pointes et baissant la voix, demanda quel sort il faudrait réserver au jeune duc de Richelieu, qui n'avait pas hésité à proposer d'ouvrir Bayonne au roi d'Espagne en échange du grade de colonel des gardes et de la charge de général des galères. Or toute la cour savait que le brillant sujet ne se contentait pas de coucher avec toutes les filles du Régent : il baisait aussi avec la plupart de ses maîtresses. De là l'extrême embarras du secrétaire d'État.

Songeur, le Régent lui répondit en désignant d'un air navré les papiers qui accablaient le jeune homme :

« Si monsieur le duc de Richelieu avait quatre têtes, il y a là de quoi les faire couper toutes les quatre… »

Le Blanc se figea et Dubois regarda ailleurs. Ils savaient l'un et l'autre que jamais leur maître ne résisterait aux plaintes de ses filles, capables de se battre entre elles publiquement pour se disputer cet amant mais prêtes à toutes les alliances et à toutes les folies pour lui sauver la vie.

Le Régent, qui le savait, conclut alors d'un ton désabusé :

« Mais si seulement il en avait une ! »

À quoi il ajouta, comme se parlant à lui-même :

« Il ira comme les autres à la Bastille, et pour ce fou ce ne sera que la troisième fois. »

Moins d'une heure plus tard le prince de Cellamare était de retour au Palais-Royal, car il avait trouvé sur le marbre de sa console d'antichambre un billet de l'abbé Dubois l'engageant à venir lui rendre visite à la suite des événements de Poitiers. En parfait homme du monde, l'ambassadeur était d'abord allé s'inscrire chez la duchesse d'Orléans qu'il croyait souffrante, de façon à venir lui faire sa visite de convalescence dès son rétablissement. Là, il croisa inopinément le Régent qui descendait de chez elle par le grand escalier d'honneur. Le prince fut avec lui d'une courtoisie parfaite, dissimulant sa colère jusqu'à le gracieuser sur l'élégance de son habit du matin ; mais au premier mot des mésaventures de l'abbé de Portocarrero le Régent, usant de la maladie de sa femme comme d'un utile paravent, s'excusa de ne pouvoir parler affaires et l'adressa à l'abbé Dubois qui l'attendait d'ailleurs pour évoquer tout cela avec lui.

Curieusement, dès qu'il fut en présence de l'ambassadeur d'Espagne, l'abbé, prétextant de ne pouvoir le recevoir dignement dans son petit appartement du Palais-Royal, offrit de l'accompagner chez M. Le Blanc, secrétaire d'État à la Guerre, où ils pourraient évoquer tout à loisir et autour d'un bon repas le petit différend survenu à Poitiers. Cellamare, soulagé du ton avec lequel on s'adressait à lui, proposa son carrosse le plus obligeamment du monde, mais Dubois l'air de rien l'assura que le sien, déjà prêt, les attendait rue de Richelieu, ce qui éviterait les interminables manœuvres de la cour d'honneur. À leur arrivée à destination, pourtant, le suisse du secrétaire d'État fit dire que son maître était absent de chez lui. Feignant la surprise et même la déconvenue, Dubois se tourna vers son hôte en lui lançant :

« J'aurai donc l'honneur de dîner chez vous, monsieur, si vous voulez bien me le permettre.

— Ce sera volontiers », répondit l'ambassadeur, heureux finalement que les échanges difficiles qui devaient nécessairement suivre se déroulent sous son propre toit.

À peine le carrosse de l'abbé eut-il pénétré dans la cour de l'ancien hôtel Colbert où Cellamare avait sa résidence que celui de M. Le Blanc se présenta aussi. Cette arrivée inattendue commença à troubler l'ambassadeur, mais son étonnement fut complet lorsqu'il vit des hommes habillés en bourgeois mais l'épée au côté et l'arme au poing pénétrer dans sa cour. C'était en réalité un détachement complet de mousquetaires restés cachés jusque-là dans les cabarets et cafés des alentours. Il comprit que le petit tour en carrosse que l'on venait de lui imposer sous de différents prétextes n'avait eu d'autre but que de permettre à ces soldats de prendre position autour de son hôtel.

L'énorme porte cochère étant restée ouverte pour laisser passer les voitures, il n'était plus question de la fermer alors même que le chevalier de Terlon qui commandait le détachement vint directement lui annoncer qu'il prenait possession de l'hôtel par ordre du roi. Ensuite les choses allèrent très vite : les mousquetaires occupèrent chaque appartement, postant même des arquebusiers aux fenêtres. Les deux ministres du roi demandèrent alors à leur hôte désormais forcé de les conduire à son secrétariat, où ils découvrirent le bonhomme Buvat en train de copier pour la septième fois un pamphlet contre le gouvernement. Surprise feinte pour Dubois et Le Blanc, car le scribe avait informé La Houssaye le matin qu'il serait toute la matinée à l'hôtel Colbert pour y noircir du papier. Le flagrant délit n'avait donc rien de fortuit, il était parfaitement préparé. Toutes les armoires furent alors inspectées avant d'être scellées, sous le regard impuissant du prince de Cellamare. Chaque fois que Dubois et Le Blanc estimaient qu'une pièce pouvait être liée à l'affaire, elle était déposée dans de grands coffres béants et gardés à vue par deux mousquetaires.

Le secrétariat entièrement fouillé, l'ambassadeur s'adressa à l'abbé Dubois comme à un vulgaire commissaire de police :

« Vous pouvez maintenant m'imposer la loi ; s'il faut rester dans ma maison, et j'y resterai, ou s'il me sera permis d'en sortir. »

Dubois répondit avec morgue, la politesse du matin n'étant plus de mise :

« Le chevalier de Terlon vous fera connaître l'ordre du roi. »

À quoi Le Blanc ajouta, en y mettant davantage de formes, qu'il ne lui serait fait aucun tort ainsi qu'aux membres de sa maison, et qu'une fois examinés par la justice du roi tous les documents lui seraient fidèlement rendus. Cellamare, qui essayait pourtant de conserver le calme et la hauteur d'un grand d'Espagne contraint par force, commença à perdre patience et à protester devant Dieu et les souverains contre le traitement qui lui était infligé – un traitement contraire à toutes les lois.

Dubois, agacé par cette grandiloquence hors de propos, se fit plus cassant et presque menaçant :

« On a trouvé dans vos papiers, monsieur, le dessein de bouleverser tout l'ordre du gouvernement et du royaume ; aussi le roi est-il résolu à prendre les mesures nécessaires pour assurer la paix publique, à vous mettre sous bonne garde et à vous renvoyer de même à la frontière... »

Cette fois, Cellamare répliqua avec une véhémence qui n'avait plus rien de diplomatique :

« Vous n'avez trouvé dans ces papiers que des doléances de vos Français et les critiques d'un gouvernement détesté qu'ils supplient mon maître le roi d'Espagne de supprimer. Par son ordre, j'ai écouté leurs doléances et transmis à Madrid leurs projets destinés à préserver la vie du jeune roi, à protéger son royaume et à lui épargner le mal que lui font vos traités et vos ligues ! »

Joignant le geste à la parole, l'ambassadeur furieux fit tomber une petite figurine de porcelaine de Chine qui éclata à ses pieds en mille morceaux. Dubois, contemplant les débris éparpillés au sol, commenta sobrement mais non sans malice :

« Eh bien, j'aime mieux cela que si c'était moi...

— Chacun son tour, riposta le prince espagnol, car le ciel est juste. »

C'est l'instant que choisit Le Blanc pour sortir d'un portefeuille la lettre écrite de la main de Cellamare dans laquelle il détaillait au cardinal Alberoni le plan d'invasion de la France. C'était la preuve que le paquet confié à Portocarrero avait été ouvert et que chaque pièce en était désormais connue de Dubois et du Régent. L'Espagnol n'eut pas d'autre choix que de se murer dans un silence hautain.

La perquisition se poursuivit pourtant à l'étage et jusque dans la chambre de l'ambassadeur. Dans un coffret précieux, Le Blanc découvrit des lettres entourées d'un large ruban de soie dont il s'apprêtait à défaire le nœud. N'y tenant plus, le prince de Cellamare se précipita vers lui en criant :

« Monsieur, ce sont là des lettres de femmes ! »

Puis après les avoir arrachées des mains du secrétaire d'État, il les tendit à Dubois dans un geste de défi en ajoutant :

« Laissez donc cela à monsieur l'abbé, il saura parfaitement les déchiffrer car il a été maquereau toute sa vie… »

Dubois partit d'un grand rire et ajouta :

« Espérons, monsieur l'ambassadeur, que les bourreaux du Châtelet sauront être aussi plaisants avec vous que vous ne l'êtes avec moi… »

Sur les coups de quatre heures de l'après-midi, après avoir dîné dans une atmosphère givrée par la haine, moissonné tout ce qui pouvait l'être et mis les scellés partout, les deux secrétaires d'État remontèrent chacun dans sa voiture afin de se rendre directement au Palais-Royal où ils savaient que la pièce devait continuer à se jouer. On laissa auprès du prince de Cellamare M. de Liboy, gentilhomme ordinaire du roi, pour le garder à vue. L'ambassadeur n'avait pas été encore arrêté officiellement, mais il était bel et bien prisonnier dans sa propre maison.

Paris, hôtel de Saint-Simon chez les Jacobins de la rue Saint-Dominique, faubourg Saint-Germain

Trois heures de l'après-midi sonnaient à la pendule religieuse posée sur la tablette de la cheminée, et comme à son habitude le duc de Saint-Simon dînait en petite compagnie dans le douillet cabinet de son appartement d'hiver, lorsqu'un garçon rouge envoyé du Palais-Royal vint lui demander de la part du Régent de se trouver à cinq heures au palais des Tuileries pour un Conseil de régence extraordinaire. Tout étonné, le duc en demanda la raison, car ce n'était pas le jour. Le valet, surpris par son ignorance, ne résista pas au plaisir de lui raconter par le menu l'arrestation du courrier d'Espagne et la perquisition encore en cours au logis du prince de Cellamare. Tout Paris ne bruissait plus que de cela et, selon la figure que faisaient les uns et les autres, on voyait bien de quel côté leur penchait le cœur.

Saint-Simon ordonna d'atteler, termina son repas en quelques coups de fourchette, prit congé de ses familiers, ajusta sa perruque, attacha son épée au côté, sortit de chez lui à grands pas et se rendit d'abord au Palais-Royal pour essayer d'en savoir davantage mais, n'obtenant aucune confidence du duc d'Orléans qui badinait au lieu de gouverner, il se résigna à aller l'attendre aux Tuileries.

Le Régent arriva peu après et commença par s'exprimer avec cette aisance et cette grâce princières qui lui gagnaient si facilement tous les suffrages. Il évoqua avec gravité la découverte d'une conspiration fort dangereuse contre l'État et prête à éclater dont l'ambassadeur d'Espagne était, à n'en pas douter, le principal promoteur. Il allégua ainsi des raisons pressantes qui l'avaient conduit à s'assurer de sa personne avant de fouiller ses papiers puis de le placer sous bonne garde. Il justifia cette violation du droit des ambassadeurs étrangers en expliquant que leur protection ne jouait plus dès lors qu'ils se rendaient coupables de conspiration, mais il assura que tous les ministres étrangers accrédités auprès du roi étaient informés de cette situation et invités à se rendre chez le prince de Cellamare pour vérifier qu'aucune atteinte n'avait été portée sur sa personne ni à son honneur.

Le Régent passa ensuite la parole à Dubois en lui demandant de raconter l'arrestation de Portocarrero et la perquisition à l'ancien hôtel Colbert, ce que l'autre fit avec tellement de détours, d'incises et de marmottages que personne n'y comprit rien. Tout cela était bien évidemment voulu, car l'abbé tenait à tirer seul tous les fils de cette bobine enchevêtrée qui mettait à sa merci la plupart de ses anciens ennemis. Malgré cet embrouillamini de mots et de raisons emmêlés les uns dans les autres, la lecture des deux lettres du prince de Cellamare trouvées dans l'enveloppe de Portocarrero suffit à scandaliser le Conseil tant les mots employés contre le Régent et son gouvernement parurent insultants. Reprenant la parole, Philippe d'Orléans ajouta avec beaucoup de modération qu'il ne pouvait évidemment pas soupçonner son cousin le roi d'Espagne d'être pour quoi que ce soit dans la préparation d'un attentat aussi perfide contre son ancienne patrie, et qu'il voyait derrière cette hydre menaçante les menées passionnées du cardinal Alberoni.

Enfin, le prince termina en ajoutant que jusqu'à ce qu'il soit certain des faits qui pouvaient être reprochés aux uns et aux autres il ne divulguerait pas les noms de ceux qui s'étaient compromis, dont il exhiba néanmoins la liste tirée du revers de sa manche comme une carte décisive. Chacun se regarda et tous acquiescèrent, mais évoquer cette liste sans en donner lecture, c'était renverser le pot du soupçon au milieu de la table et le faire couler jusque sur les parquets des Tuileries, d'où il ne manquerait pas de se répandre dans Paris, semant l'effroi chez ceux qui pouvaient avoir quelque chose à se reprocher.

Château de Sceaux

Pendant que la duchesse du Maine s'étourdissait dans son salon où, après dîner, se pressait encore une foule à sa dévotion, Rose Delaunay se reposait des fatigues de la nuit dans la chambre à cheminée qui lui avait enfin été accordée au château. Elle aimait à y recevoir une petite compagnie choisie qui appréciait le charme de sa conversation, ce dont elle se gardait bien de faire étalage de peur de réveiller la terrible jalousie de sa maîtresse. « Je veux des femmes de chambre pour me servir et pas pour faire académie », lui avait un jour rétorqué la princesse, et elle se l'était tenu pour dit mais n'en recevait pas moins chez elle les gens d'esprit.

Le vieux Valincourt, successeur de Racine à l'Académie française et grand ami de Boileau, lui tenait compagnie ce soir-là en lui brossant, en termes fort galants, le tableau de cette époque où la cour du Roi-Soleil brillait de tous les feux de la langue et de l'esprit, comme d'une Pentecôte du génie français, lorsque tout à coup le chevalier de Gavaudun, premier gentilhomme du duc du Maine, accourant de Paris, vint les interrompre pour partager avec eux l'effet d'une incroyable annonce :

« Voici une grande nouvelle : l'hôtel de l'ambassadeur d'Espagne est investi et son quartier est rempli de troupes. On ne sait pas de quoi il s'agit… »

Rose, sachant parfaitement ce dont il pouvait s'agir, fut saisie d'effroi et sentit comme un ruissellement d'eau glacée le long de son échine, alors même qu'il faisait dans sa chambre une chaleur de four grâce au feu généreux de cette cheminée de maison princière où le vieil académicien frileux jetait de temps à autre une bûche surnuméraire. Elle fit néanmoins en sorte de n'en rien laisser paraître et de continuer sa conversation avec la même gaieté de ton. Si le chevalier de Gavaudun n'ignorait pas les intrigues de Sceaux, sans en connaître nécessairement tous les méandres, M. de Valincourt, lui, était évidemment dans une parfaite ignorance de l'ensemble de ces menées. Sa surprise à l'annonce de ces événements extraordinaires ainsi que ses conjectures faites à tort et à travers sur leurs conséquences, en homme qui ne sait rien mais qui croit tout comprendre, eurent pour effet d'achever de tourner les sangs de la pauvre Rose. Elle n'était pourtant pas au bout de ses peines, car la nouvelle s'étant évidemment répandue comme une traînée de poudre à travers le château, c'est l'abbé de Chaulieu qui vint frapper à sa porte pour l'entretenir, sans fin, de toute cette aventure.

À l'étage du dessous, la duchesse du Maine était soumise au même calvaire : la perquisition chez Cellamare venait de faire l'effet d'un lustre tombé au beau milieu de son parquet. Chacun ne s'entretenait que de cela, et tous ceux qui arrivaient de Paris pour lui faire leur cour ajoutaient quelques nouvelles circonstances à ce petit drame. La reine de Sceaux, que le comte de Laval avait pris soin de prévenir de sa fuite par une lettre qu'elle tenait dissimulée dans le flot de ses engageantes, voyait les nuages d'un terrible orage politique s'amonceler au-dessus de sa tête. De peur qu'on ne lui trouve l'air trop affairé et partant suspect, elle tentait cependant de conserver au milieu de sa cour cette mine enjouée et narquoise qui faisait depuis si longtemps sa réputation de femme d'esprit.

Épuisée par ce manège et taraudée d'angoisse, la princesse se retira dans sa garde-robe sous prétexte d'un besoin naturel. Elle fit aussitôt appeler sa fidèle femme de chambre pour lui demander si elle avait pu en apprendre davantage. Rose n'en savait pas plus que ce que le chevalier de Gavaudun répandait à travers tout le château depuis l'après-dîner.

Quelques heures plus tard, un autre carrosse arrivé à Sceaux vint leur apprendre l'arrestation et la saisie des papiers de l'abbé de Portocarrero, mais aussi le transport par les mousquetaires du roi de quatre grands coffres pleins de pièces à charge depuis l'ambassade d'Espagne jusqu'au Vieux Louvre. À ce récit les deux femmes se virent plongées dans un abîme dont il n'y avait plus moyen de se tirer ; mais la duchesse du Maine n'en quitta pas pour autant le masque de cour qu'elle savait porter si brillamment.

Château de Sceaux, dimanche 11 décembre 1718

Depuis la veille, les arrestations se multipliaient. Le marquis de Pompadour avait été cueilli chez lui à l'heure de son lever puis conduit à la Bastille dès huit heures du matin, et le Régent s'était refusé à recevoir sa femme et sa fille, la marquise de Courcillon, accourues toutes les deux au Palais-Royal pour crier grâce. Une grande frayeur s'était alors emparée des derniers représentants de la vieille cour dont la conscience ne devait pas être des plus tranquilles. Le duc d'Aumont était allé se cacher au couvent des Carmes déchaussés, Villeroy, Villars et Huxelles ne savaient plus quoi devenir, s'attendant à recevoir à tout moment une lettre de cachet – ou, pire encore, la visite d'un mousquetaire les invitant à rejoindre une forteresse sur ordre du roi.

Chez elle, la duchesse du Maine continuait imperturbablement à tenir sa cour, trônant en majesté à sa table de jeu où elle entamait une sempiternelle partie de biribi lorsque M. de Châtillon, auquel on avait confié la banque et les jetons car c'était bien la seule chose que cette nullité était capable d'assurer, fit tout à coup sonner une voix que personne n'entendait jamais :

« Vraiment il y a une nouvelle fort plaisante. On a arrêté et mis à la Bastille, pour cette affaire de l'ambassadeur d'Espagne, un certain abbé Bri... Ah, bêtement le nom m'échappe... »

Il lança alors à la cantonade :

« Allons, aidez-moi. Comment s'appelle cet abbé Bri... Bri... »

À la table de jeu de la princesse, tout le monde était en mesure de compléter ce nom mais personne n'en avait vraiment envie. Enfin, le banquier des cartes et des jetons se rappela qu'il voulait parler d'un certain abbé Brigault et ajouta sur sa lancée :

« Ce qui fait le plaisant de la situation, c'est qu'il a tout dit, et voilà bien des gens fort embarrassés... »

Pour la première fois peut-être de sa vie, cet homme dont le peu de conversation eût suffi à endormir la vigilance de Cerbère partit d'un immense éclat de rire qui acheva de figer l'assemblée. La duchesse du Maine pâlit encore si la chose était possible sous son blanc de céruse mais, ne voulant pas offrir le spectacle de son désarroi à la compagnie, elle se donna une contenance en répondant d'un ton pincé :

« Oui, cela est fort plaisant en effet...

— Oh ! Cela est à faire mourir de rire, reprit Châtillon aussitôt. Figurez-vous ces gens qui croyaient leur affaire bien secrète ; en voilà un qui dit plus qu'on ne lui en demande et nomme chacun par son nom... »

Cette saillie fut pour Louise-Bénédicte comme un coup de caveçon, car dans son dernier courrier écrit avant de s'enfuir le comte de Laval l'avait assurée que l'abbé Brigault était aussi parvenu à s'évader, que toutes les mesures avaient été prises pour dissimuler les papiers qu'il détenait et qu'elle n'avait donc strictement rien à craindre. La révélation de son arrestation venait tout démentir. La petite duchesse était soudain envahie d'un sentiment qu'elle ne connaissait pas, autre que l'orgueil ou la colère : elle faisait connaissance avec la peur, émotion qu'elle croyait parfaitement étrangère à la race des Condé.

Pourtant elle joua bravement sa partie jusqu'à la fin sans abandonner le tapis vert où elle continua à soutenir la pénible conversation et le rire stupide de M. de Châtillon. Ce n'est qu'à la nuit, après son grand coucher, qu'elle vint s'effondrer dans les bras de sa femme de chambre pour lui dire sa frayeur. Il fut décidé de regagner Paris dès le lendemain de façon à être en mesure de saisir les bruits de la cour et de la ville, pendant que le duc du Maine resterait à Sceaux pour veiller sur le château et rassurer leurs gens.

Paris, hôtel du secrétaire d'État à la Guerre,
samedi 17 décembre 1718

Quatre jours plus tôt, l'arrestation du prince de Cellamare, jusque-là simplement gardé dans son hôtel, et sa lente reconduction à la frontière en vue d'un échange avec M. de Saint-Aignan, ambassadeur de France auprès du roi d'Espagne, avaient évidemment attiré l'attention du chevalier de Mesnil. Il savait en effet que l'abbé Brigault était en commerce étroit avec cet Espagnol ; aussi imagina-t-il, non sans raison, qu'il y avait peut-être un lien entre le départ pour le moins précipité de son ami et l'arrestation fracassante dont tout le monde parlait. Après un rapide examen de conscience, il s'était autorisé à ouvrir la cassette qui lui avait été remise en main propre par l'abbé, où il ne trouva en effet que papiers de famille, contrats et reconnaissances de dette.

Ce fut pour lui un grand soulagement qui ne dura guère : lorsqu'il décacheta le rouleau déposé peu après le départ de son ami par sa vieille servante, il lui suffit d'en parcourir les premières pages pour comprendre qu'il y avait de quoi envoyer le détenteur de ces folies manuscrites et tous ceux dont le nom s'y trouvait cité à la Bastille et peut-être même *ad patres*. Il prit aussitôt la décision de jeter le rouleau dans le foyer de sa cheminée et d'en écraser soigneusement les cendres avec la pince à feu avant d'aller les verser dans un baquet à lessive.

Le lendemain, il ne fut donc pas surpris d'être réveillé par des mousquetaires chargés de le conduire chez l'abbé Dubois, car les deux hommes se connaissaient de longue date et se tenaient, par ailleurs, en forte estime. Là, convaincu de ne plus rien cacher de compromettant, le chevalier se contenta d'avouer qu'il n'avait rien d'autre en sa possession que la cassette de son ami contenant des papiers sans lien avec toute cette affaire d'Espagne. La chose ayant été vérifiée, Mesnil, laissé libre, se crut lavé de tout soupçon ; mais c'était compter sans la couardise et la bêtise de l'abbé Brigault. Arrêté une semaine plus tôt sur la route de Montargis déguisé en cavalier, l'ecclésiastique avait oublié de se débarrasser de courriers à son nom qui ne manquèrent pas de le confondre. Aussitôt conduit à la Bastille, il avait été interrogé par le marquis d'Argenson et Le Blanc qui lui avaient fait voir les instruments de la question rougeoyants dans un brasero sinistre tout en l'informant de l'arrestation de sa vieille bonne et du chevalier de Mesnil ; là-dessus il en avait raconté plus qu'on ne lui en demandait, citant les noms de tous ceux qui avaient participé à la conspiration mais mentionnant aussi le rouleau de papiers secrets remis, en plus de sa cassette, au chevalier de Mesnil.

Ces aveux venant contredire son premier interrogatoire mené fort aimablement par Dubois, le chevalier fut à nouveau arrêté et amené cette fois chez Le Blanc, à qui le Régent avait confié l'instruction de cette ténébreuse affaire. Il fut vite clair pour Mesnil que persister dans ses premières déclarations était inutile. Il demanda alors à Le Blanc une conversation entre gentilshommes, hors la présence du greffier, et lui tint enfin le langage de la sincérité :

« Je vais, monsieur, vous parler non comme à un ministre d'État et à mon juge, mais comme à un galant homme qui fait cas des sentiments d'honneur. »

Après ce préambule, le chevalier de Mesnil lui conta toute l'affaire, et notamment l'autodafé des papiers compromettants remis par la vieille bonne de l'abbé Brigault, et dont il ne connaissait rien jusqu'à ce que l'arrestation du prince de Cellamare ne le pousse à les lire. À l'heure où ils se parlaient, les cendres de cette funeste conspiration servaient à faire la lessive de son linge, ce qui était certainement leur seule véritable utilité. Le Blanc, touché par cette franchise mais surtout par l'attitude chevaleresque qui avait consisté à détruire les preuves de la culpabilité de l'ami qui les lui avait confiées plutôt que de les livrer à la police, lui dit qu'il ne pouvait évidemment pas garder le secret de cet aveu dans le cadre d'une affaire d'État aussi grave, mais qu'il ferait valoir que le code de l'honneur, à défaut de l'obéissance au roi, avait été respecté.

Le Régent, entendant parfaitement ce langage, s'apprêtait à signer l'élargissement du prisonnier, mais c'était compter sans la fureur de Dubois. Piqué au vif de n'avoir pas été mis dans la confidence, comme si ses origines roturières, malgré son immense pouvoir, le rendaient inapte à recevoir les aveux d'un véritable gentilhomme, il jeta feu et flammes pour que celui qui lui avait menti par mépris soit bouclé incontinent à la Bastille. Dans l'entourage du Régent, ce fut alors un cri d'indignation, et chacun blâmait Dubois de s'en prendre ainsi à un homme dont le seul crime était d'avoir placé l'honneur et le respect de la parole donnée au-dessus des arguties autant que des mesquineries des juges. Le marquis de Nocé, premier gentilhomme de la chambre du duc d'Orléans, se proposa même de garder chez lui le chevalier de Mesnil comme prisonnier sur l'honneur pour lui éviter l'opprobre de la Bastille alors que tout démontrait qu'il n'était mêlé ni de près ni de loin à la conspiration, mais rien n'y fit : le fils d'apothicaire devenu ministre par une extravagance du destin ne voulut rien entendre et se refusa à tenir compte des quartiers de noblesse de l'homme qui lui avait dissimulé la vérité alors qu'il l'honorait jusque-là de sa confiance.

Dès que l'arrestation du chevalier fut connue, un certain marquis du Mesnil, qui appartenait à une famille différente ne partageant avec l'embastillé qu'un même nom de terre assez répandu dans la noblesse, alla au Palais-Royal se jeter aux pieds du duc d'Orléans pour l'assurer qu'il n'était ni le parent ni même l'ami du prisonnier. Le Régent, chagriné par la violence que l'on faisait à un homme dont il admirait le geste et par la bassesse de ce courtisan, lui répondit :

« Tant pis pour vous, monsieur, car le chevalier de Mesnil est un très galant homme… »

Paris, Palais-Royal, dimanche 25 décembre 1718, jour de Noël

Au sortir d'un Conseil de régence où l'on avait débattu du renvoi du prince de Cellamare, du calme des ministres étrangers qui se refusaient à cautionner les menées criminelles de l'un des leurs et enfin de l'obstination du Parlement à ne pas enregistrer des édits de finances, enregistrement dont le gouvernement se passait désormais fort bien, personne n'osant plus contester ses décisions, le duc de Saint-Simon se vit attraper par la manche au moment de retrouver son carrosse, avec ordre de rester en place au lieu de toujours s'agiter comme un damné et de se précipiter d'entrer ou de sortir. Une fois les membres du Conseil partis chacun de son côté pour vaquer à ses occupations, le Régent entraîna donc Saint-Simon dans son cabinet d'hiver, au bout de la petite galerie où ils rejoignirent le duc de Bourbon.

Avant de donner la moindre explication, le duc d'Orléans demanda à Saint-Simon de vérifier que personne ne se promenait dans la galerie et que la porte qui communiquait avec la chambre où il couchait était parfaitement verrouillée de l'intérieur.

Toutes ces précautions prises, comme chaque fois qu'il voulait donner de la valeur à ses confidences, le Régent leur dit qu'ils ne seraient certainement pas surpris d'apprendre que le duc et la duchesse du Maine étaient de tout leur long dans la conspiration que l'on venait de découvrir, qu'il en détenait les preuves écrites et que leurs projets visaient à rien de moins que de l'éliminer pour mettre le roi d'Espagne à la tête des affaires de France, et le duc du Maine comme son fidéicommis. Pour l'heure, seuls le garde des Sceaux, l'abbé Dubois et Le Blanc étaient dans la confidence avec ordre de n'en rien dire à personne, mais il avait souhaité s'entretenir avec eux deux, dans le secret de ce cabinet, avant de déterminer le parti qu'il convenait de prendre.

À ces paroles flatteuses en apparence, Saint-Simon comprit que le duc de Bourbon et lui-même avaient été tenus à l'écart de cette affaire pendant deux longues semaines, au cours desquelles le Régent avait déjà eu le temps d'en débattre avec les trois hommes qui en détenaient tous les secrets. Il se garda bien, néanmoins, de faire la moindre remarque.

Le duc de Bourbon, lui, ne s'embarrassa, comme à son habitude, d'aucune réflexion et alla droit au fait en poussant les hauts cris : il fallait les arrêter tous les deux et les mettre en lieux si sûrs que l'on n'ait plus rien à en craindre. Saint-Simon qui connaissait la pusillanimité de son vieil ami renchérit en ajoutant que cette arrestation devait se faire sans délai pour empêcher que des gens désespérés, se sachant découverts, ne cherchent à exécuter tout ce qui pouvait être en leur possibilité et à tenter même l'impossible.

Il ajouta même, sur un ton sentencieux, que l'impossible réussit quelquefois, surtout lorsqu'il a pour terreau le désespoir.

Le Régent acquiesçait, mais il ajouta que la qualité du duc et de la duchesse du Maine ainsi que ses propres liens de famille avec eux le faisaient hésiter à aller jusqu'à de telles extrémités. C'était un piège habile tendu au duc de Bourbon qui, n'étant pas seulement borgne d'un œil mais cyclope d'esprit, sauta dedans à pieds joints. Ce prince éructa alors que les liens du sang, loin d'être un obstacle, devraient au contraire engager le Régent à sévir avec la plus grande rigueur. Ce ne serait pas la première fois que l'on arrêterait des princes du sang en France, ce n'était que justice, car plus ils étaient grands par la naissance, plus ils devaient être naturellement attachés à l'État ; ils se rendaient donc doublement coupables lorsqu'ils se prévalaient de leur rang pour en troubler la paix.

Saint-Simon, lui, cherchait à savoir où le Régent voulait en venir. Il se lança donc dans un de ces tableaux politiques dont il possédait parfaitement la manière : il fallait effrayer toute cette pernicieuse cabale en lui ôtant ce grand appui de nom et d'intrigue que continueraient à incarner le duc et la duchesse du Maine tant qu'ils seraient en liberté. La conspiration en resterait quasi orpheline, sans point de réunion ni de subordination, et par manque de temps sans possibilité d'envisager un quelconque remède à la tourmente qui l'emportait. Ce fut long, brillant et hargneux, et aussi très inutile, car en réalité la décision du Régent était déjà prise.

Avec beaucoup d'imprudence, le duc de Bourbon considérant, à raison cette fois, que l'arrestation du couple était acquise, s'interrogea sur le lieu où l'on gîterait son oncle et sa tante. Aussitôt, Saint-Simon récusa la Bastille autant que le château de Vincennes : outre que ces forteresses paraissaient indignes de la naissance des futurs prisonniers, elles présentaient l'inconvénient d'être soumises aux humeurs des Parisiens et à portée des décisions du parlement de Paris. Or le premier président ne manquerait pas de voler au secours de princes auxquels il était, chacun le savait, vendu corps et âme. Enfin, il convenait de séparer le couple. Saint-Simon suggéra donc de faire enfermer le duc du Maine à Doullens, place forte sous le commandement de son ami Charost dont il se portait garant.

Restait à trouver une cage pour la duchesse du Maine, car si son mari n'était plus qu'un simple bâtard elle était de sang royal, et la maison de Bourbon-Condé ne manquerait pas de protester dès lors que son emprisonnement porterait atteinte au prestige du reste de sa famille. Par ailleurs, une fois dans les fers, le duc du Maine tomberait dans le dernier abattement et ne bougerait plus d'un pouce, alors que sa femme, dont la folie et le courage étaient trop bien connus, tenterait tout ce qui était possible pour s'échapper et s'engager dans les aventures les plus folles, dignes des romans et des contes dont elle avait la tête toute retournée depuis l'enfance.

C'est exactement où voulait en venir le Régent : seul un prince membre de cette auguste maison pouvait se voir confier la garde d'une princesse de Condé. Il se tourna alors vers le duc de Bourbon pour lui proposer de la faire enfermer à Dijon, ville dont il était le maître.

Ce prince comprit, mais un peu tard, que le Régent le destinait en réalité à devenir le geôlier de sa propre tante. C'était une façon habile de museler tout un clan rendu par lui complice de cette détention. Il résista longtemps à cette proposition, mais la haine et les talents de persuasion de Saint-Simon, qui s'amusait à l'idée de donner cette dernière rocambole à sa vieille ennemie, finirent par l'emporter sur l'honneur : le duc de Bourbon acquiesça à tout ce que l'on voulut. Saint-Simon ne put alors qu'applaudir intérieurement à l'habileté du Régent, dont l'indolence laissait parfois pointer de véritables fulgurances tactiques.

Quand les trois hommes se séparèrent, la nuit était tombée depuis bien longtemps sur le Palais-Royal, et le grand rideau de scène de la politique, lui, n'allait pas tarder à le faire sur l'une de ses meilleures actrices.

Paris, rue Saint-Honoré, petit hôtel du Maine

La nuit ne faisant que commencer, Rose Delaunay s'était assoupie tout habillée dans un simple fauteuil dans sa chambre de service de façon à pouvoir être sur pied à la première réquisition nocturne de sa maîtresse insomniaque. Elle fut donc très surprise, ce soir-là, de ne pas se voir éveillée par des valets de pied de la princesse, mais par une femme mise comme une crieuse de chapeaux. Cette première vision l'effraya, avant que l'étrange apparition ne la rassure aussitôt : elle appartenait à Mme de Lambert, femme tenant bureau d'esprit et amie de la duchesse du Maine, qui l'envoyait les prévenir de leur arrestation imminente.

Tout à fait réveillée par cette annonce funeste, Rose se précipita dans la chambre de sa maîtresse qui venait de recevoir les mêmes avertissements, mais d'autres sources. La princesse montra alors un sang-froid digne d'une reine des Amazones : elle fit venir ses gens autour d'elle pour qu'ils passent la nuit à ses côtés, convaincue que sa naissance, son rang, l'illustration de son nom et la gloire du Grand Condé, son aïeul, formaient autour d'elle un rempart de respect que personne n'oserait jamais franchir. Cela revenait à étendre à tous ceux qui l'entouraient le cercle magique de cette protection que les grands du royaume doivent, en toute occasion, à leurs vassaux comme à leurs plus humbles serviteurs.

Elle eut alors pour chacun de ces paroles apaisantes dont elle était assez peu familière dans son particulier, et assura Rose que, quel que soit le lieu de son exil, les maisons royales capables de l'accueillir avec sa suite ne manquant pas autour de Paris, elle exigerait de ne jamais être séparée d'elle. Ce fut pour la femme de chambre qui, dans le cas contraire, ne savait où aller un immense soulagement.

La nuit promettant d'être longue, on commença par jouer aux bouts-rimés ; de là on en vint aux jeux de salon puis aux chansons et aux plaisanteries de toutes sortes pendant que les valets de pied dressaient dans la chambre un buffet vite couvert des mets les plus délicats.

Au bout de quelques heures, toujours soucieuse des nerfs fragiles de sa maîtresse, Rose se proposa de lui faire un peu de lecture pour l'aider à trouver le sommeil. La proposition fut acceptée, mais à la condition que tout le monde écouterait et demeurerait autour de l'alcôve. On s'accommoda comme l'on put, les hommes abandonnèrent leurs sièges aux femmes et s'assirent à même le parquet sur des oreillers de plumes enlevés aux chambres voisines. Sans y prendre tout à fait garde, la femme de chambre s'empara alors du premier ouvrage qui lui tomba sous la main. La princesse, curieuse de ce choix de fortune, demanda à le voir ; c'était un volume des *Décades* de Machiavel. Elle le feuilleta et s'aperçut qu'il était marqué par un petit ruban de soie rouge au chapitre des « Conjurations »...

Elle le rendit aussitôt à sa femme de chambre dans un geste de comédie comme si le livre lui brûlait les doigts, ajoutant dans un grand éclat de rire :

« Ôtez vite cet indice contre nous : ce serait l'un des plus graves ! »

Rire aussitôt repris par toute la compagnie. Le reste de la nuit se passa ainsi fort gaiement sans être autrement perturbé que par le ballet des laquais servant et desservant les assiettes de ce médianoche impromptu. On jouait à narguer le bourreau.

Lorsque le jour se fit, voyant que personne n'était venu l'arrêter comme on le lui avait pourtant prédit, la duchesse renvoya chacun se coucher et décida de s'atteler à la composition d'un mémoire en défense contre tout ce dont on chercherait à l'accuser. Heureuse de prendre la plume, elle demanda sa précieuse écritoire et garda Rose auprès d'elle, car elle avait une absolue confiance dans son bon goût et son sens de la formule. La malheureuse tombait d'angoisse et de fatigue mais s'exécuta, allant même jusqu'à vérifier dans d'énormes dictionnaires les quelques mots de jurisprudence dont la princesse s'amusait maintenant à émailler, un peu à tort et à travers, sa plaidoirie *pro domo*.

27.

Par ordre du roi !

Château de Sceaux, vendredi 30 décembre 1718

Au sortir de la messe célébrée dans sa chapelle, le duc du Maine aperçut un carrosse à six chevaux qui n'était pas le sien mais qui semblait pourtant l'attendre. Il s'en étonna, car il était dix heures du matin et il n'avait aucunement manifesté l'intention de partir pour Paris où il s'était déjà rendu la veille, lorsque M. de La Billarderie, lieutenant des gardes du corps, s'approcha avec respect pour lui remettre une lettre de cachet et l'inviter à le suivre. Déjà, une escorte de chevau-légers prenait partout possession du château sous l'œil effaré de la nombreuse domesticité venue elle aussi assister à l'office.

« Je m'attendais depuis quelques jours à ce compliment », répondit le prince avant de demander à pouvoir repasser dans ses appartements et donner quelques ordres à ses gens effrayés.

Mais cette grâce lui fut poliment refusée : il fallait monter en voiture. La portière en était déjà ouverte lorsque M. Trudaine, prévôt des marchands et conseiller d'État chargé de procéder à perquisition et d'apposer partout les scellés, vint lui faire dire le grand chagrin qu'il éprouvait à assumer une telle commission. Sans se départir de sa courtoisie habituelle, le duc du Maine l'assura qu'il préférait encore que ce soit à lui plutôt qu'à un autre que revienne ce pénible office. À la suite de quoi il monta en voiture et s'installa à l'arrière comme il en avait toujours eu l'habitude, sauf, bien sûr, dans les carrosses du roi. La Billarderie vint alors s'asseoir à sa droite, suivi de deux exempts des gardes du corps qui prirent place à l'avant, après quoi les palefreniers fermèrent la porte au dos de M. de Favancourt, brigadier des mousquetaires. À la vue de la casaque bleu roi frappée de la croix flammée et fleurdelisée, le prince boiteux ne put réprimer un cri :

« Pourquoi cet homme ? »

Personne ne répondit à cette exclamation, mais la présence d'un mousquetaire du roi à ses côtés venait, sans autre forme de procès, de signifier au duc du Maine qu'il n'était plus seulement un prince en disgrâce, exilé sur quelque terre lointaine par lettre de cachet, mais un véritable prisonnier d'État, bientôt soumis au secret et peut-être même à pire encore.

À partir de cet instant, il changea de contenance, multipliant entre deux soupirs et quelques hoquets les serments de fidélité au Régent, les protestations d'innocence et les démonstrations de piété.

Dès que le carrosse eut franchi les pavillons d'entrée du château de Sceaux sous bonne garde, le duc se signa à chaque fois que le convoi croisait une croix votive et, lorsque l'on arrivait en vue d'une église de village, d'un monastère ou même d'une simple chapelle, il exigeait l'arrêt de la voiture et en descendait pour s'agenouiller par terre sans se soucier de la blancheur de ses bas de soie délicatement tissés, et pour prier avec la ferveur brûlante d'un condamné que l'on conduit tout droit à l'échafaud. Il se relevait ensuite péniblement et, comme sa canne lui avait été enlevée et qu'il devait s'appuyer à l'épaule d'un exempt, sa boiterie paraissait plus pitoyable que jamais.

Une fois remonté en carrosse, il répétait ses justifications, se disait certain de son bon droit, et prenant tour à tour ses gardiens à témoin il marmonnait :

« L'erreur sera bientôt reconnue... Je rentrerai chez moi, car je ne suis pas moins attaché au duc d'Orléans qu'au roi... »

Il se taisait alors, semblait réfléchir un instant et ajoutait aussitôt :

« Mais je ne puis, bien sûr, répondre que de moi-même... Car pour ce qui est de ma femme, elle pourrait bien ne pas revenir de sitôt ! »

Les soldats restaient silencieux devant tant d'assauts de lâcheté, et le prince prêtait à ce silence des interprétations sinistres. Il se voyait déjà dans la cour de la Bastille ou de Vincennes en chemise et la tête sur le billot. Alors, se croyant perdu, il retira le beau diamant incarnat qu'il portait au doigt, cadeau de sa mère la marquise de Montespan, et le tendit à l'officier des gardes du corps en lui faisant jurer de le remettre à son fils aîné, le prince de Dombes, pour qu'il le conserve comme une marque de souvenir après son exécution.

Pendant ce temps, au château, Trudaine suivi d'un concierge plus mort que vif procédait à la perquisition des lieux, ordonnant de briser tous les miroirs pour vérifier qu'ils ne dissimulaient aucun papier et poussant le zèle jusqu'à forcer le petit coffre de marbre blanc dans lequel le duc du Maine resserrait son tabac d'Espagne. Une fois les papiers du prince mis sous scellés, il exigea aussi de visiter les appartements de M. de Malézieu dont le nom paraissait très mêlé à la conjuration.

C'est l'esprit serein que le maître de philosophie de la duchesse du Maine accompagna la visite du conseiller d'État et de ses exempts, ouvrant de lui-même les portes de ses placards et les tiroirs des commodes, certain que l'on ne trouverait rien de compromettant.

Dans son cabinet de travail pourtant, l'œil de M. Trudaine fut attiré par un large portefeuille de chagrin noir fermée d'une petite serrure d'argent et demanda à son propriétaire de bien vouloir l'ouvrir devant eux, ce que l'autre fit de bonne grâce en expliquant qu'il y resserrait uniquement des papiers personnels. En homme aimant les mathématiques et donc les démonstrations, le vieux professeur déplia lui-même le contrat de mariage de son propre fils de façon à prouver combien tous ces documents étaient inoffensifs. C'est alors que deux petites feuilles s'en échappèrent. Malézieu reconnut aussitôt le brouillon du fameux projet de lettre du roi d'Espagne au roi de France entièrement corrigé de sa main et dont il cherchait partout la trace depuis des mois. Pris d'une panique qui n'avait rien de cartésien, le trissotin se jeta dessus, assura que c'était là un écrit sans conséquence et entreprit de le déchirer, jusqu'à ce que Trudaine l'en empêche et ramasse soigneusement les morceaux pour les joindre à son rapport. Le malheureux, se sachant perdu par cette seule lettre, ne fit ensuite aucune résistance pour monter dans la voiture qui le conduisait à la Bastille avec les autres secrétaires de la duchesse du Maine qui avaient eu le malheur de prêter leur concours à ses travaux dangereux.

Paris, rue Saint-Honoré, petit hôtel du Maine

Depuis le dimanche de la grande attente, Rose Delaunay ne dormait plus, travaillant toutes les nuits à la justification que sa maîtresse composait avec fièvre pour sa propre défense. Ce jour-là, sur les coups de six heures du matin, la duchesse s'étant elle-même assoupie au beau milieu de sa prose de plaideur, la fidèle femme de chambre en profita pour aller prendre un peu de repos. À peine endormie, elle fut brutalement tirée de son sommeil par le bruit que fit sa porte, jamais fermée à clé pour faciliter son service, en s'ouvrant dans un grand fracas. Rose sentit soudain la présence de plusieurs hommes et prit peur.

« Qui est-ce ? » demanda-t-elle, obtenant alors pour toute réponse : « Par ordre du roi ! »

Le jour n'étant pas encore levé et la chandelle ayant été soufflée, il était impossible de se reconnaître dans l'obscurité ; l'un des intrus sortit chercher de la lumière et revint un flambeau à la main. La pauvre fille se vit alors entourée d'un officier des gardes et de deux mousquetaires qui lui commandèrent sans ménagement de se lever pendant que le premier lui lisait son ordre d'arrestation. Rose réclama sa propre domestique pour l'aider à finir de s'habiller, mais cela lui fut refusé. Elle ne devait communiquer avec personne. La maison était pleine d'hommes en armes et des éclats de voix se faisaient maintenant entendre.

C'était la duchesse en personne que l'on arrêtait en bas, et cela ne se faisait pas sans bruit ni difficulté. Dubois et le Régent ayant évidemment envisagé qu'à la différence de son mari elle ne se laisserait pas mener comme un mouton, ne s'impressionnerait de rien et exigerait jusqu'au bout les honneurs dus à son rang, ils lui avaient dépêché, pour remplir cette corvée, le jeune duc d'Ancenis, capitaine des gardes du corps alors en quartier auprès du roi, de façon à marquer nettement la différence de rang avec son mari, si rabaissé depuis le lit de justice. Il était lui-même accompagné du frère cadet de M. de La Billarderie, qui ce matin-là remplissait à Sceaux les mêmes obligations auprès du duc du Maine. C'est donc au petit-neveu du grand Sully que revint le privilège disputé par personne d'entrer le premier dans l'appartement de la princesse afin de lui signifier son arrestation. Surprise d'être réveillée à une heure invraisemblable à ses yeux, elle se leva d'un saut comme une petite fée furibonde et, reconnaissant le duc d'Ancenis qui, la veille encore, soupait et jouait gros jeu chez elle, lui lança :

« Mon Dieu, monsieur ! Que vous ai-je donc fait pour que vous me réveilliez de si bonne heure ? »

L'élégant capitaine, aussitôt rejoint comme en renfort par La Billarderie, lui répondit simplement qu'elle était en état d'arrestation et devait le suivre vers une destination qu'il n'était pas en droit de lui révéler.

À quoi, sans se démonter le moins du monde et avec un aplomb princier, elle rétorqua :

« Ah, mais pour quel motif m'arrête-t-on ? »

Soucieux de se donner une contenance, les deux hommes ajoutèrent que tout était découvert, que les prisonniers arrêtés les jours précédents avaient beaucoup parlé, qu'il fallait maintenant s'habiller et les suivre. N'ayant jamais reçu un seul ordre de toute son existence, celle qui régnait à Sceaux avec la toute-puissance d'une idole orientale, loin d'obtempérer, se dressa sur ses petits talons comme sur des ergots et lança aux deux capitaines, du défi et du mépris plein les yeux :

« Vous avez devant vous la petite-fille du Grand Condé, et je sens que je n'ai en rien dégénéré de mon aïeul ! Abattue ? Moi, une princesse de Condé ? Jamais ! »

Puis se tournant vers le grand trumeau de glace placé au-dessus de la cheminée de sa chambre, elle dit à haute voix mais comme s'adressant à un parterre imaginaire et conquis :

« Ah, que ne suis-je un homme… »

S'ensuivirent de nombreuses et pénibles négociations avec cette tragédienne de salon. La duchesse refusait de quitter sa maison sans sa dame d'honneur, deux femmes de chambre, trois de ses valets, son médecin et son apothicaire. C'était bien là le moins pour assurer le particulier d'une princesse, répétait-elle à l'envi. De guerre lasse et par respect pour le sang royal qui coulait dans les veines de cette poupée irritable, le duc d'Ancenis céda sur le nombre de domestiques, mais pour la dame d'honneur il ne pouvait en être question car, outre que l'on ne saurait qu'en faire, elle exigerait à son tour ses propres domestiques. Il avait reçu ordre de convoyer une prisonnière de marque, pas d'organiser le cortège de la reine de Palmyre.

Une fois ce premier accord arraché de haute lutte, on achoppa sur une nouvelle difficulté : la princesse ne partirait pas sans sa cassette. Elle exigeait maintenant d'emporter ses pierreries. Or ses gardiens, selon les instructions, devaient veiller à ce qu'elle ne dispose d'aucune valeur susceptible d'acheter des complicités ou de soudoyer des geôliers. Après de nouvelles tractations et un choix qui prit un temps infini, l'intraitable prisonnière fut autorisée à conserver un collier de grosses perles, une boucle en brillants et les deux portraits de ses enfants enrichis de diamants qu'elle portait souvent en devant de corset. Le duc l'assura qu'il remettrait lui-même le reste des bijoux entre les mains de la princesse douairière de Condé, sa mère. Ludovise, ulcérée, protesta que lui accorder pour tout faste un écrin d'une médiocrité presque bourgeoise revenait à la laisser aller nue par les chemins.

La matinée avançait, la rue Saint-Honoré était maintenant remplie de mousquetaires en armes et de curieux venus assister avec étonnement à l'arrestation d'une princesse qui n'était pas encore sortie de sa chambre et cherchait par tous moyens à gagner du temps. Des murmures commençaient à se faire entendre dans la foule. La situation devenait ridicule, mais elle pouvait aussi tourner à l'émeute d'un moment à l'autre si les harengères prenaient en pitié cette mère que l'on séparait de ses enfants et dont le mari restait un prince populaire auprès de la halle de Paris. Inquiet et ne sachant plus très bien comment procéder, le duc d'Ancenis, qui eût préféré cent fois assiéger une ville pour le roi que d'avoir à arrêter sa grand-tante, s'approcha au plus près de la petite duchesse et lui dit avec fermeté en lui prenant la main sans en avoir sollicité l'autorisation :

« Madame, c'est l'heure ! »

Surprise d'être ainsi abordée et contrainte, Louise-Bénédicte, restée jusque-là à peu près maîtresse d'elle-même, poussa un cri venu du plus profond de son âme :

« On ne touche pas à la petite-fille du Grand Condé ! On ne s'adresse pas à moi sans y avoir été invité ! »

De crainte que ses hurlements n'alarment la domesticité et surtout la rue, le capitaine recula de quelques pas en lui lâchant le bras, mais ses hommes embarquaient déjà une grande partie des fidèles de la maison qui avaient, comme Rose Delaunay, le malheur de se trouver là. Comprenant que cette résistance théâtrale pourrait passer pour de la lâcheté alors que sa propre femme de chambre se laissait arrêter avec beaucoup de dignité, la princesse accepta enfin de sortir de sa maison.

Dans la cour, elle cherchait ses carrosses du regard lorsqu'elle vit approcher deux voitures de remise. Quand elle comprit que le duc d'Ancenis l'invitait à monter et donc à voyager dans un tel équipage, la petite duchesse suffoqua d'indignation, mais jamais au cours de cette terrible matinée une seule larme ne vint ravager l'ordonnancement des grands emplâtres de fard qu'elle avait pris le temps de se laisser étaler sur les joues avant de s'abandonner à l'adversité. C'est en reine qu'elle monta dans sa voiture de louage, et c'est en reine qu'elle comptait faire ses adieux aux Parisiens.

Pourtant, loin de prendre par la rue Saint-Antoine qui servait aux entrées royales dans la capitale, le petit convoi évita soigneusement le palais des Tuileries puis la place de Grève, empruntant des chemins de traverse pour franchir le pont de la Tournelle et sortir de Paris par la sinistre porte Saint-Bernard. Jusqu'au bout la duchesse s'était imaginé pouvoir, comme les grandes frondeuses, en appeler au courage du peuple de Paris ou à l'esprit de revanche du Parlement, mais personne ne prêta la moindre attention à ces deux voitures de la police aux essieux bien fatigués et à l'illustre passagère dont le visage était caché par les rideaux de portière.

Après avoir longé la halle au vin, il fallut bien traverser le misérable faubourg Saint-Victor où pleurait encore dans le secret d'une mansarde la vieille femme responsable de l'embrasement de Paris quelques mois plus tôt. L'infortunée duchesse, pour dissimuler sa désillusion et dompter sa peur, débitait les longues tirades des tragédies qu'elle jouait à Sceaux en obligeant les officiers chargés de la garder à vue de baisser le regard, chaque fois qu'ils se risquaient à la dévisager.

Bien plus tard, M. de La Billarderie le cadet jura avoir entendu plusieurs fois la petite-fille du Grand Condé répéter au cours du voyage qui la conduisait à Dijon, et dans de profonds soupirs :

« Mon Dieu, que le monde est plus difficile à faire mouvoir qu'on ne le croit… »

Épilogue

Château de Sceaux, vendredi 12 janvier 1720

C'est dans son carrosse tiré à huit chevaux que Louise-Bénédicte avait exigé et obtenu de rentrer chez elle à Sceaux. Elle apparut donc, en début d'après-midi, dans l'immense allée qui menait au château, entourée de ses équipages caparaçonnés comme à la parade et conduits par M. de Sailly, son premier écuyer, venu très obligeamment la chercher au château de Champlay où elle était encore assignée à résidence, après plus d'un an de véritable captivité. Avant de monter en voiture, elle avait prié M. de La Billarderie, son geôlier autant que son souffre-douleur pendant sa longue détention, de rester à sa place et de ne plus la suivre. L'officier obtempéra, car depuis que le Régent avait signé sa grâce les prières de l'Altesse Sérénissime n'étaient plus des suppliques mais des ordres souverains. Elle regretta simplement de ne pas pouvoir emmener un petit ânon apprivoisé au cours des promenades qui lui avaient été autorisées pendant ces longs mois et auquel elle chantait des chansons. L'animal essayait toujours de lui répondre avec beaucoup de courtoisie et elle aimait ce dialogue.

Alors que les roues dorées traçaient de larges sillons noirs dans la neige immaculée, les bonnes gens de Sceaux, alertés par le bruit des grelots attachés aux harnais d'apparat puis par les cris des postillons et des garçons d'attelage, accouraient de toutes parts comme par une sorte d'enchantement, la boue assourdissant le bruit de leurs sabots. Ne sachant pas si le Régent les y autorisait encore, ils hésitaient à crier leur joie mais la manifestaient par des signes de respect silencieux. Les hommes ôtaient leurs chapeaux sur le passage du carrosse et les femmes esquissaient des révérences de paysannes. La princesse s'amusait de ce ballet rustique et penchait parfois la tête à la portière, non pour rendre leur salut à ses jardiniers, mais par impatience d'apercevoir enfin les grilles de son royaume.

Depuis plus d'un an, sa mère, la princesse douairière, remuait ciel et terre pour obtenir sa libération, avec le courage et l'obstination des femmes forcées de vivre toute leur vie aux côtés d'un fou furieux. Sa fille s'était longtemps cabrée, refusant tout compromis et allant même jusqu'à réclamer un procès, mais après bien des cris, de guerre lasse, circonvenue par un directeur de conscience à la solde de Dubois, elle avait fini par accepter de rédiger une confession complète en échange de laquelle le Régent lui promettait sa grâce et sa libération immédiate. Dans cette longue mélopée, elle avait mis beaucoup de soin à disculper tous ceux qui étaient encore en prison, son mari le premier, sans se rendre tout à fait compte qu'en citant leurs noms elle les accusait directement, défaisant parfois par inconscience le fragile écheveau de leur propre défense.

Rompant avec sa promesse de ne pas la divulguer, Philippe d'Orléans avait fait une lecture complaisante de cette longue amende honorable politique en plein Conseil, et le soir même ce ne fut dans tous les salons et cafés de Paris qu'un seul cri d'indignation contre cette princesse capable de vendre ses amis pour se sauver elle-même. Elle l'avait appris, s'en était émue auprès du Régent, mais pouvait-on attendre autre chose d'un homme qui, quelques jours après les avoir fait arrêter, elle et son mari, déclarait la guerre à l'Espagne et à son roi, petit-fils de Louis XIV ? Le monde marchait sur la tête sans que cela paraisse offusquer les Français qui s'accommodaient de tout.

Ces tristes pensées politiques l'assombrissaient. Pourtant, la fraîcheur de l'air, l'éclat de la neige, le moelleux de la banquette de son carrosse, la chaleur de son manchon de loutre et la joie de retrouver Sceaux, tout la portait à espérer et à vivre. Le temps ferait son œuvre et, lorsque le roi serait en âge de gouverner seul, il lui rendrait justice avec éclat comme il rendrait leur rang à son mari et à leurs fils ; mais elle connaissait désormais le danger de ses propres emportements et ne demandait plus qu'à régner sur l'esprit, les arts et les Muses.

Arrivée devant le grand perron, juchée sur le marchepied de son carrosse, la petite duchesse chercha du regard des visages souriants pour ne distinguer finalement que la livrée de ses domestiques. Elle était désormais libre, mais seule. Personne n'était venu l'accueillir, sinon ceux dont c'était la seule raison d'être et qui n'étaient après tout que des meubles vivants. Son mari, aigri par la peur bleue qu'il avait eue de se voir couper la tête, refusait désormais de la rencontrer et racontait à tout un chacun qu'il réclamerait bientôt une séparation de biens et de corps devant le Châtelet de Paris. Ses enfants restaient encore retenus dans une semi-captivité. Le cardinal de Polignac, après un long exil dans l'une de ses abbayes, avait pris la poudre d'escampette en même temps que la route de Rome dès qu'il en avait reçu l'autorisation du roi. Quant aux autres, tous les autres, ils jouaient depuis des mois au lansquenet, aux charades et aux billets doux derrière les murs de la Bastille où l'esprit de Sceaux s'était disait-on déplacé, mais sans elle. Des indiscrétions suintant depuis les murs humides de la vieille prison royale laissaient même entendre que Mlle Rose Delaunay tissait, à travers barreaux et portes de fer, une sorte de galanterie épistolaire avec le chevalier de Mesnil. Que cette vieille fille puisse jouer les amoureuses de comédie à trente-cinq ans passés fit grimacer la princesse de jalousie.

L'intendant Brillon, tout dévoué à son maître le duc du Maine, s'était abstenu lui aussi de venir la saluer, mais il avait eu au moins la galanterie de faire garnir les parterres de fleurs en pots, de remplacer toutes les glaces brisées par les mousquetaires, à la recherche de papiers compromettants, le jour de la fameuse perquisition et d'installer partout le grand meuble d'hiver. Des feux d'enfer brûlaient dans chaque cheminée ; une collation servie dans son joli cabaret en porcelaine de Saxe tout cerclé de vermeil attendait la duchesse qui se fit verser une tasse de chocolat et s'amusa un moment à démolir le petit jardin de sucre et de pâtes de fruits qui l'accompagnait.

Le jour tombait et les laquais en grande livrée allumaient les salons les uns à la suite des autres, en précédant dans un silence lumineux la lente progression de la duchesse à travers la succession des pièces jusqu'à son lit. Brisée par la fatigue du voyage, les souvenirs de sa captivité et l'émotion qui l'étreignait, Louise-Bénédicte demanda à ses femmes de chambre de la déshabiller, s'allongea sur sa chaise de repos, une somptueuse couverture de zibeline, cadeau du tsar Pierre le Grand, lui couvrant les jambes, et se laissa surprendre par le sommeil contrairement à son habitude, alors que huit heures à peine sonnaient au monumental cartel d'écaille et de bronze.

Très vite, son esprit s'enfuit au pays des rêves et embarqua pour Cythère. Elle glissait sur une gondole de bois dorée au son des fifres et des musettes, saluée par tous les bergers d'Arcadie, curieusement vêtus à l'espagnole et venus assister à son départ. Sur l'autre rive, un enfant nu et simplement chaussé de petites sandales tirait la barbe du dieu Pan qui avait pris le visage jaunissant et grimaçant de l'abbé Dubois. Elle voulut prévenir le chérubin du danger qu'il courait à lutiner cette méchante créature, mais aucun son ne sortait de sa bouche et déjà l'enfant, pour échapper à la concupiscence du satyre, fuyait en poussant de grands éclats de rire. Il s'était mis à courir d'un bosquet l'autre, donnant de-ci de-là quelques coups de pied, comme pour alerter de sa présence les habitants d'un monde souterrain auquel il allait s'adresser depuis un piédestal de marbre où il avait trouvé refuge.

Aussitôt sur cette chaise, il se mit à débiter un joli conte :

« *Mes frères, levez-vous ; les amours de Sceaux sont réveillés. Il y a quelque temps qu'une sage fée qui se mêle de leur conduite, voyant qu'ils n'avaient plus rien à faire à Sceaux et qu'ils n'étaient pas d'humeur à aller servir ailleurs, les endormit sous les fleurs, sous les gazons et sous les ombrages où ils avaient coutume d'habiter. Cette fée leur a dit :*

"Réveillez-vous, troupe légère,
Vos maux cessent, ouvrez les yeux,
Courez embrasser votre mère,
Du Maine revient dans ces lieux.
Trop longtemps votre sommeil dure,
Regagnez tant d'instants perdus,
Faites blessure sur blessure,
Aux cœurs qui croyaient n'aimer plus…" »

Un coup de vent soudain fit claquer une porte mal fermée qu'un valet de pied assoupi avait laissée sans surveillance. La duchesse se réveilla en sursaut et crut, l'espace d'un instant, être tombée à nouveau dans le cauchemar bien réel de son ancienne prison, mais un simple regard suffit à la rassurer : le feu vrombissait dans l'immense cheminée de marbre rouge, le cristal des lustres et des girandoles émaillait de ses reflets l'or répandu à foison sur les boiseries peintes. Ses mains toutes pommadées s'accrochaient à la fourrure. Elle était bien chez elle, à Sceaux, et n'avait fait que rêver.

Pourtant la voix continuait à se faire entendre, et le jeune Cupidon de l'île de Cythère terminait son récit, au beau milieu de sa propre chambre, comme si les grandes tapisseries de Beauvais s'étaient mises soudain à parler :

« *Les amours ne se le sont pas fait dire deux fois. Ils se sont tous rendus auprès de leur souveraine...* »

Un instant, Louise-Bénédicte se crut plus folle qu'elle ne l'était ; elle regarda autour d'elle mais ne vit personne, et ce n'est qu'en tournant légèrement la tête vers la droite qu'elle aperçut Mme de Chambonas, sa dame d'honneur, qui la croyant encore éveillée lui lisait de sa jolie voix une lettre de leur ami, le président Hénault, fidèle chevalier de l'ordre de la Mouche à Miel. Le Régent avait fait défense aux hommes de rendre visite à la conspiratrice au retour de son exil, mais les gens de lettres s'étaient donné le mot pour lui écrire leur joie de la savoir de retour et faire assaut d'esprit comme au cours des plus belles nuits de Sceaux.

La princesse, tout à fait réveillée, réclama aussitôt son écritoire pour lui faire une réponse qui serait lue dès le lendemain dans le salon de Mme de Lambert et applaudie par tous les beaux esprits.

Versailles, 8 mars 2020-
Saint-Gorgon, 23 avril 2022.

Avertissement de l'éditeur

Si, comme à son habitude, l'auteur ne s'est interdit aucun des artifices de la littérature pour faire de l'histoire, les faits rapportés dans ce récit sont rigoureusement exacts et l'intégralité des dialogues tirée des Mémoires ou des témoignages du temps. Pour autant les mystères dont se sont parfois entourés les protagonistes de la conspiration et l'imprécision, évidemment consciente, de leurs aveux n'ont pas toujours permis de fixer avec certitude les dates et les lieux.

Bibliographie

ANDRÉ, Valérie, « De Cellamare à Pontcallec. Une mise en scène dumasienne de la Régence », in *Revue du Nord*, 2015/4 (n° 412), p. 895-917.

ANDURAND, Olivier, « La conjuration de Cellamare ou les échecs de la calomnie (1715-1720) », in Monique COTTRET et Caroline GALLAND, *Peurs, rumeurs et calomnies*, Paris, 2017, p. 79-99.

ANQUETIL, *Louis XIV, sa cour et le Régent*, 2 vol., Paris, 1819.

BATTIFFOL, Louis, « La construction de l'Arsenal au XVIIIe siècle et Germain Boffrand », in *La Cité*, bulletin trimestriel de la Société historique et archéologique des IIIe et IVe arrondissements de Paris (n° 121), p. 6-8.

BAUDRILLART, Alfred, *Philippe V et la cour de France, d'après les documents inédits tirés des Archives espagnoles de Simancas et d'Alcala de Henares, et des Archives du ministère des Affaires étrangères*, 5 vol., Paris, 1889-1901.

BÉGUIN, Katia, *Les Princes de Condé. Rebelles, courtisans et mécènes dans la France du Grand Siècle*, Paris, 1999.

BENABOU, Erica-Marie, *La Prostitution et la police des mœurs au XVIIIe siècle*, Paris, 1987.
BOTTINEAU, Yves, « L'alcazar de Madrid et l'inventaire de 1686. Aspects de la cour d'Espagne au XVIIe siècle », in *Bulletin hispanique*, année 1956, 58-4, p. 421-352.
BOTTINEAU, Yves, *L'Art de cour dans l'Espagne de Philippe V (1700-1746)*, Bordeaux, 1962.
BOTTINEAU, Yves, « *L'Art de cour dans l'Espagne de Philippe V (1700-1746)*, mise au point 1962-1982 », in *Mélanges de la Casa Velasquez*, année 1982, 18-1, p. 477-493.
BRÊME, Dominique et CESSAC, Catherine, *Les Caprices de Ludovise. Un décor retrouvé de l'ancien château de Sceaux*, Paris, 2019.
BUCHANAN, Michelle, « Une ombre à la fête de Sceaux : madame de Staal-Delaunay », in *French Review*, n° 205/4, 1999, p. 353-360.
CATHEU de, Jean-Raoul, « La décoration des hôtels du Maine au faubourg Saint-Germain », in *Bulletin de la Société de l'histoire de l'art français*, 1945-1946, p. 100-108.
CESSAC, Catherine et COUVREUR, Manuel, *La Duchesse du Maine (1676-1753). Une mécène à la croisée des arts et des siècles*, Bruxelles, 2003.
CESSAC, Catherine, *Un portrait musical de la duchesse du Maine*, château de Sceaux, château de Versailles, 2003.
CESSAC, Catherine, *La Duchesse du Maine. Entre rêve politique et réalité poétique*, Paris, 2016.
CHAUSSINAND-NOGARET, Guy, *Le Cardinal Dubois (1656-1723)*, Paris, 2000.

CHEYNET de BEAUPRÉ, *Joseph Pâris-Duverney, financier d'État (1684-1770). Les Sentiers du pouvoir (1684-1720)*, Paris, 2012.

CLÉMENT, Nicolas, *L'Abbé Alary (1690-1770). Un homme d'influence au XVIIIe siècle*, Paris, 2002.

COIRAULT, *Dans la forêt saint-simonienne...*, Paris, 1992.

CONSTANS, Martine et FORMEL-LEVASSEUR, François, « Le domicile parisien de Saint-Simon, rue Saint-Dominique, ou Saint-Simon chez les Jacobins », in *Cahiers Saint-Simon*, n° 12, 1984, *Saint-Simon dans les capitales de son temps*, p. 45-59.

CORNETTE, Joël, *Le Marquis et le Régent*, Paris, 2008.

CORNETTE, Joël, *La Mort de Louis XIV. Apogée et crépuscule de la royauté*, Paris, 2015.

CRAVERI, Benedetta, *Madame du Deffand et son monde*, Paris, 1999.

CRELIER, Damien, « Dans le bruit et la vivacité de la débauche : Saint-Simon face aux singularités du duc d'Orléans », in *Cahiers Saint-Simon*, n° 41, 2013. *Singularité chez Saint-Simon*, p. 49-66.

DEBRIEFFE Martial, *La Duchesse du Maine ou la Conspiration de Cellamare*, Paris, 1995.

DENIS, Serge, « En marge de la conjuration de Cellamare. Le retour en Espagne », in *Bulletin hispanique*, année 1952, 54-1, p. 34-44.

DUMA, Jean, *Les Bourbon-Penthièvre (1678-1793)*, Paris, 1995.

DUMAS, Alexandre, *Le Chevalier d'Harmental*, édition de Claude Schopp, Paris, 2006.

DUMAS, Alexandre, *Une fille du Régent*, préface de Bertrand Tavernier, Paris, 2020.

DUMOLIN, Maurice, « Les maisons du noviciat des Jacobins et leurs locataires », in annexe au *Procès-verbal de la séance du 23 février 1929 de la Commission du Vieux Paris.*

DUPILET, Alexandre, *La Régence absolue. Philippe d'Orléans et la polysynodie (1715-1718)*, Paris, 2011.

DUPILET, Alexandre, *Le Cardinal Dubois, le génie politique de la Régence*, Paris, 2015.

DUPILET, Alexandre, *Le Régent. Philippe d'Orléans, l'héritier du Roi-Soleil*, Paris, 2020.

DUPONT-LOGIE, Cécile (dir.), *Une journée à la cour de la duchesse du Maine. Évocation d'un art de vivre où fête rimait avec esprit*, catalogue de l'exposition du musée d'Île-de-France-Domaine de Sceaux, Paris 2003.

ERLANGER, Philippe, *Philippe V d'Espagne*, Paris, 2000.

FAURE, Edgard, *La Banqueroute de Law*, Paris, 1977.

FIERRO, Alfred et SARRAZIN, Jean-Yves, *Le Paris des Lumières d'après le plan de Turgot (1734-1739)*, Paris, 2005.

FOUCHER, Isabelle, DENIS, Vincent et MILLOT, Vincent (dir.), *La Police des Lumières. Ordre et désordres dans la ville du XVIIIe siècle*, catalogue de l'exposition des Archives nationales, Paris, 2020.

FUNCK-BRENTANO, Franck, *Les Lettres de cachet à Paris. Étude suivie d'une liste des prisonniers de la Bastille*, Paris, 1903.

GOURDIN, Jean-Luc, *La Duchesse du Maine. Louise-Bénédicte de Bourbon, princesse de Condé*, Paris, 1999.

LABRACHERIE, Pierre et MILLEPIERRES, François, *La Conspiration de Cellamare. Quand la duchesse du Maine complotait*, Paris, 1963.

LAURENTIE, Sébastien, *La Conspiration de Cellamare*, Paris, 1909.

LECLERQ, Dom Henri, *Histoire de la Régence pendant la minorité de Louis XV*, 3 vol., Paris, 1921.

LEMONTEY, Pierre-Édouard, *Histoire de la Régence et de la minorité de Louis XV jusqu'au ministère du cardinal de Fleury*, Paris, 1832.

LENSEL, Pierre-Louis, *Le Duc du Maine, le fils préféré de Louis XIV*, Paris, 2021.

Le Palais-Royal, catalogue de l'exposition du musée Carnavalet, mai-septembre 1988, Paris, 1988.

LE ROY LADURIE, Emmanuel, « Réflexions sur la Régence », in *French Studies*, 3/38, juillet 1984, p. 286-305.

LE ROY LADURIE, Emmanuel, avec la collaboration de Jean-François Fitou, *Saint-Simon ou le Système de la cour*, Paris, 1997.

LEVRON, Jacques, *Le Maréchal de Richelieu. Un libertin fastueux*, Paris, 1971.

MADRUS, Françoise, « Philippe d'Orléans collectionneur », in *Cahiers Saint-Simon*, n° 34, *Philippe d'Orléans*, p. 23-34.

MAUREL, André, *La Duchesse du Maine, reine de Sceaux*, Paris, 1928.

MEYER, Jean, *Le Régent*, Paris, 1985.

PETITFILS, Jean-Christian, *Le Régent*, Paris, 2013.

PIÉPAPE, Léonce de, « Une princesse conspiratrice sous la Régence », in *Revue des deux mondes*, t. 47, 1908.

PIÉPAPE, Léonce de, *Une petite-fille du Grand Condé. La Duchesse du Maine, reine de Sceaux et conspiratrice, 1676-1753*, Paris, 1910 (2020).

PIÉTRI, François, « Quand les ambassadeurs complotaient : la conspiration de Cellamare », in *Revue d'histoire diplomatique*, juillet-septembre 1960, 74e année.

POISSON, Georges, « Un foyer d'opposition à Versailles au XVIIIe siècle : la cour de Sceaux », in *Revue de la Société suisse des amis de Versailles*, 1961, no 7, p. 31-36 et no 8, p. 40-45.

POISSON, Georges, *Histoire et histoires de Sceaux*, Sceaux, 1969.

POISSON, Georges, « Aspects de la cour de Sceaux au début du XVIIIe siècle », in *Cahiers Saint-Simon*, année 1996, no 24, p. 67-75.

POISSON, Georges, *Monsieur de Saint-Simon*, Paris, 2000.

POMEAU, René, « Voltaire et Sceaux », in *Bulletin des Amis de Sceaux*, nouvelle série, no 6, 1989, p. 27-33.

PRADÈRE, Alexandre, *Charles Cressent, sculpteur, ébéniste du Régent*, Dijon, 2003.

PRADÈRE, Alexandre, « Les tables consoles du Palais-Royal, par Oppenord », in *Antologia de Belle Arti*, Milan, 2003, p. 32-43.

RANSAN, André, *Le Régent et ses maîtresses*, Paris, 1938.

REYNAUD, Denis et THOMAS, Chantal, *Le Régent entre fable et histoire*, Paris, 2003.

RICHARD, Aimé, *La Régence*, Paris, 2003.

SAUVEL, Tony, « Le Palais-Royal de la mort de Richelieu à l'incendie de 1763 », in *Bulletin monumental*, t. 120, no 2, année 1962, p. 173-190.

SAUVEL, Tony, « Saint-Simon et les appartements du Régent », in *Revue d'histoire littéraire de la France*, 62ᵉ année, nº 2 (avril-juin 1962), p. 189-197.

SERGE, Denis, « En marge de la conjuration de Cellamare : le retour en Espagne », in *Bulletin hispanique*, t. 54, nº 1, 1952, p. 34-44.

THOMAS, Yann, *Le Régent et le cardinal Dubois, ou l'Art de l'ambiguïté*, Paris, 2004.

TOUCHARD-LAFOSSE, Georges, *Chroniques de l'œil-de-bœuf, des petits appartements, de la cour et des salons parisiens, sous Louis XIV, la Régence, Louis XV et Louis XVI, nouvelle édition augmentée du règne de Louis XIII*, t. 5 (1714-1728), Paris, s.d.

VAN der CRUYSSE, *Madame Palatine, princesse européenne*, Paris, 1988.

VARGA, Suzanne, *Philippe V, roi d'Espagne. Petit-fils de Louis XIV*, Paris, 2011.

VATOUT, Jean, *La Conspiration de Cellamare, épisode de la Régence*, Paris, 1832.

WIESNER, Louis, *Le Régent, l'abbé Dubois et les Anglais d'après les sources britanniques*, Paris, 1893.

SOURCES MISES À CONTRIBUTION

Imprimées

BARBIER, Edmond-Jean-François, *Chronique de la Régence et du règne de Louis XV (1718-1763)*, Paris, 1857.

BARTHÉLEMY, Édouard de, *Les Correspondants de la marquise de Balleroy*, Paris 1883.

BUVAT, Jean, *Journal de la Régence (1715-1723)*, 2 t., Paris, 1865.

BUVAT, Jean, *Gazette de la Régence. Janvier 1715-juin 1719*, éditée par Édouard de Barthélemy, Paris, 1887.

COUSTILLIER (attribué à), *Lettres de la Fillon*, Cologne, 1750.

CRÉQUY, marquise de, *Souvenirs de la marquise de Créquy*, nouvelle édition revue, corrigée et augmentée, t. 2 et 3, Paris, s.d.

DANGEAU, Philippe de COURCILLON, marquis de, *Journal. Avec les additions inédites du duc de Saint-Simon*, 19 vol., Paris, 1854-1860.

DUCLOS, *Mémoires secrets sur les règnes de Louis XIV et de Louis XV*, Paris, 1791.

HÉNAULT, Charles-François, *Mémoires*, édités par François ROUSSEAU, Paris, 1911.

LENGLET-DUFRESNOY, Nicolas, « Réflexions sur la conspiration projetée par le prince de Cellamare », in PIOSSENS, chevalier de, *Mémoires de la Régence*, Paris, 1749.

Lettres, duchesse du Maine, A. Houdar de La Motte, Mme de Lambert, R. de Staal-Delaunay, éditées par Catherine Cessac, Paris, 2021.

MARAIS, Mathieu, *Journal et mémoires sur la Régence et le règne de Louis XV (1715-1737)*, 4 vol., Paris, 1863-1868.

MARMONTEL, Jean-François, *Histoire de la régence de Philippe d'Orléans*, in *Œuvres complètes*, t. 1, Paris, 1818-1820.

MONTESQUIEU, *Lettres persanes* (CXXVI), 1721.

ORLÉANS, Élisabeth-Charlotte de BAVIÈRE, duchesse d', *Correspondance complète*, éditée par Georges BRUNET, Paris, 1912.

SAINT-SIMON, duc de, *Mémoires*, 8 vol., Paris 1983-1988.

SOULANGE-BODIN, Henri, « Autour de la conspiration de Cellamare : le Petit Sceaux et ses habitants », in *Revue hebdomadaire* (juin 1924), p. 489-499.

SOULANGE-BODIN, Henri, « En marge de la conspiration de Cellamare (extrait du journal de Brillon, intendant du duc du Maine) », in *Annuaire-Bulletin de la Société de l'histoire de France*, vol. 62, n° 1 (1925), p. 124-133.

STAAL-DELAUNAY, Mme de, *Mémoires sur la société française au temps de la Régence*, édition présentée et annotée par Gérard DOSCOT, Paris, 1970.

Manuscrites

Bibliothèque de l'Arsenal :

Ms 10652, 10653, 10655, 10667, 10670, 10673, 10677, 10678, 10727, 12480, 12481, 12547 et 12717.
L'auteur tient, ici, à remercier Mme Fabienne Queyroux, conservateur en chef et adjointe au directeur de la bibliothèque de l'Arsenal, pour son accueil et son aide.

Bibliothèque de l'Institut :

Ms 373-401, 29 vol. : *Journal de la maison du Maine (1717-1735)*, par Pierre-Jacques Brillon.
L'auteur tient, ici, à remercier Mme Hélène Carrère d'Encausse, secrétaire perpétuel de l'Académie française, pour lui avoir permis et facilité la fréquentation de cette institution.

Archives diplomatiques :

37CP Vol. n° 293.

L'auteur tient, ici, à remercier M. Guillaume Frantzwa, conservateur du patrimoine aux Archives des Affaires étrangères, pour son accueil et son aide.

IV
Veillée d'armes

V
Une folle journée

VI
La reine du grand roman

VII
Dans la nasse…

Composition et mise en pages
par Facompo Lisieux

MIXTE
Papier
FSC FSC® C003309

L'éditeur de cet ouvrage s'engage dans une démarche de certification FSC® qui contribue à la préservation des forêts pour les générations futures.

Pour en savoir plus :
www.editis.com/engagement-rse/

CET OUVRAGE
A ÉTÉ ACHEVÉ D'IMPRIMER
SUR ROTO-PAGE
PAR L'IMPRIMERIE FLOCH
À MAYENNE EN JUIN 2022

N° d'édition : 64166/01 – N° d'impression : 100644
Imprimé en France